U0936621

普希金全集

沈念驹 吴笛 主编

书信

[俄] 普希金 著
吕宗兴 王三隆 译

普希金肖像，阿·利耶夫作，1836—1837

普希金夫人娜塔丽娅肖像，加乌作，1844

圣彼得堡艺术广场普希金纪念像

莫斯科以普希金命名的国家艺术博物馆

圣彼得堡普希金之家（俄罗斯科学院文学研究所）

目录

1831 年

1. 致 H. A. 波列沃依

1831 年 1 月 1 日于莫斯科

尊敬的尼古拉·阿列克谢耶维奇先生：

所寄《电讯》收悉，衷心感谢。对我来说，这是一个令人愉快的证明，证明我们文学观点的分歧[①]并未完全破坏我们以前的关系。《鲍里斯·戈都诺夫》业已问世，但我尚未收到，故不能随信奉上。深表遗憾。

谨致真诚之敬礼。

忠仆

亚历山大·普希金

于 1831 年 1 月 1 日

① 普希金曾批评波列沃依的《俄罗斯人民史》一书。

2. 致 П. Я. 恰阿达耶夫[①]

1831 年 1 月 2 日于莫斯科

我的朋友，这就是我心爱的作品，寄上一阅，因为这是我写的，读后有何高见，请不吝赐教。拥抱您，一并恭贺新年。

于 1 月 2 日

① 全信原文为法文。这是写在赠给恰阿达耶夫的《鲍里斯·戈都诺夫》上的题词。——原编者注

3. 致 П. A. 维亚泽姆斯基

1831 年 1 月 2 日自莫斯科寄往奥斯塔菲耶沃

你的诗[①]好极了——我不想把它们交给丛刊[②]发表。咱们最好还是给格涅季奇寄去。《车队》、《小猪》和《队长》都写得非常有趣。雅科夫列夫[③]谢肉节前要出版《发面煎饼》丛刊。如果他的头一张煎饼煎成软面团那就太可惜了。你不把《车队》给他，而把《少女之梦》给马克西莫维奇，是吗？雅科夫列夫更是好样的，非常勇敢，他准备在他的"煎饼"上抹上布尔加林的油脂和波列沃依的鱼子。如果你有讽刺文章，就给他寄去。你可知我都收到了些什么新年贺礼吗？收到了《电讯》书票和《望远镜》的书票[④]——这是出版家们为表示由衷的敬意寄来的。如何？《蜜蜂》也载文要与我和解，同时又指摘我们（我和你）既对永恒的涅墨西斯怀有不可抑制的敌意，又为她效力。这一切都太好了，唯一令人遗憾的是——我的《鲍里斯·戈都诺夫》中民众场面的描写，以及用法语或国语骂人的粗话给删掉了；而且，印出来后，有许多地方读起来令人莫名其妙。《北方花朵》有点平淡。不知杰尔维格在开什么玩笑，整整一年了，既不写一个字，也不出版自己的丛刊，可我们却满头大汗地替他干。日内我将去你那儿，欣然

---

① 指维亚泽姆斯基的《冬天的漫画》一诗。——原编者注

② 指 M. A. 马克西莫维奇主编的丛刊《朝霞》。——原编者注

③ 雅科夫列夫（1798—1868），普希金皇村学校同学之弟，诗人、音乐家。

④ 指免费领取《莫斯科电讯》和《望远镜》的书票。——原编者注

奉上香槟，我很高兴，有一瓶是为我喝的。我与波利尼亚克和好了。他再度被关进樊尚监狱，牢房的地板上有他画的子午线，阅读瓦尔特·司各特的小说和诗歌，这一切浪漫得令人感动。议院到底还算公正。辩护人们[①]的言辞我不满意，他们都太胆小。只有拉默内[②]一人也许能勇敢地处理这一问题[③]。没有波兰的一点消息。我看过奇切林给父亲的信，信上说：有理由可以指望不开战即可解决[④]。这里没人敢拿 V. C. P. [⑤] 同一千卢布打赌：不放一枪一炮便可攻下华沙。丹尼斯[⑥]在此。他为拉耶夫斯基写了生动有力的赞美词。我们建议他写拉耶夫斯基的生平传记。我们的基列耶夫斯基[⑦]在这里，昨天晚上我见过他。单纯的丽莎[⑧]给我写了一封绝望的政治性的信，显然，最近发生的事件[⑨]对彼得堡的影响很大。我若是光棍一个的话，我就会去那儿的。我是和茨冈人、和塔纽莎[⑩]，一个真正的酒鬼塔吉娅娜，一块儿迎接新年的。她唱了一首茨冈人营地上编的歌，是用《雪橇车来了》的调子唱的：

达维多夫长着一个大鼻子，
维亚泽姆斯基戴着一副眼镜子，
加加林留着一撮小胡子，
达——米秋沙，

---

① 指查理十世大臣们讼案的辩护人。——原编者注

② 拉默内(1782—1854)，法国作家、宗教活动家、神父。

③④ 原文为法文。

⑤ V. C. P.，一种香槟酒。

⑥ 丹尼斯，指丹尼斯·瓦西里耶维奇·达维多夫。

⑦ 基列耶夫斯基(1806—1856)，俄国哲学家、政论家、文学评论家。

⑧ 单纯的丽莎，指 E. M. 希特罗沃。

⑨ 指波兰起义。

⑩ 塔纽莎，指茨冈女郎塔吉娅娜·杰米扬诺芙娜。她唱的是一首关于酒鬼塔吉娅娜的古老歌曲。——原编者注

维——彼得鲁沙，
加——费久沙，
他们把姑娘们吓坏啦，
把大伙都给赶跑啦……

你唱过这首歌吗？再见，问候你们大家，再见。

4. 致 M. П. 包戈廷

1831 年 1 月 3 日于莫斯科

奉上《鲍里斯·戈都诺夫》。劳驾送一册给尼科季姆·纳多乌姆科，此人曾送我一张《望远镜》的书票。我们生活在大变革或大转折(怎样说更好些?)时代。彼得堡来信说《鲍里斯·戈都诺夫》获得成功。对我来说，这可真是怪事。出版《马尔法》吧。

刚才有人从我这里把给纳杰日金的那本抢走了，明天另寄一本吧。

5. 致П. А. 普列特尼奥夫

1831年1月7日自莫斯科寄往彼得堡

亲爱的,你是怎么啦?自从9月在我苦闷消沉时骂过我后,再也没听到你的一点消息。钱(二千卢布)已收到。《鲍里斯·戈都诺夫》看到了,版式非常漂亮。致格涅季奇函我看过了,复函没看——知道你还活着,可就是总收不到你的来信。不是总督又禁止你和我通信吧?很可能!你不生气了吧?看来用不着生气。回信,不然我会不安的。

现在咱们谈正经事吧。《花朵》我看到了,亲爱的。"莫名其妙的东西,不可思议的东西!"[①]杰尔维格自己却一行字也不发表。他对待我们就像地主对待自己的农民一样。我们都在干活,他却坐在船上骂我们。这样不好,也不合理。他让我们睁开眼,我们才发现自己当了冤大头。"莫名其妙的东西,不可思议的东西!"——可怜的格林卡干起活来像个雇工,可总是得不到好处。我仿佛觉得他痛苦得发了疯,竟然想起让谁当自己的亲家来![②] 想想看吧,他要把神父、执事、亲家母、老太婆,还有人们叫他别再装神弄鬼、随地吐痰、当面吹捧、拉帮结伙,以及其他不良行为的那位亲家公本人引向何处。纳肖金

① 引自Ф. Н. 格林卡的《莫名其妙的东西》诗中的语句。——原编者注

② 格林卡《贫穷与欢乐》一诗中有"上帝送来了孩子?……那有什么?就让他当我们的亲家公吧。"等语句。——原编者注

让人相信先皇把大家都宠坏了，先皇给所有人的孩子都洗了礼。由于格林卡的粗鲁举动，我至今还未能回过神来。“莫名其妙的东西，不可思议的东西！”

有人来信告诉我，说我的《鲍里斯》大获成功，“莫名其妙的东西，不可思议的东西！”至少说我没料到。原因何在？是瓦尔特·司各特作品朗诵会的评价？是百里挑一的行家评价？是朋友们的喝彩？还是宫廷的看法？不管怎么说，我对我的悲剧在你们那儿获得成功不理解。在莫斯科怎么会截然不同呢？这里，人们在为我完全的失败感到惋惜，他们认为，我的悲剧是在模仿维克多·雨果的《克伦威尔》；他们认为没韵的诗不是诗；认为萨莫兹瓦涅茨不该如此贸然地向玛丽娜公开自己的秘密，认为这是他轻率和太不理智；他们提了许多诸如此类的尖锐的意见。我在等待德国人的译本[①]和评论，法国人的译本和评论我不关心。他们要在《鲍里斯》中寻找对付华沙暴动的政治办法，他们会像我们的人那样对我说：“哪儿话，老爷！……”我很想知道我们的施莱格尔们的评论，他们之中只有卡杰宁一人在行。其余的全是学舌的鹦鹉，或者是英佐夫之流的多嘴多舌之徒。他们口齿不清地在反复弹唱他们死背下来的老调……再见，天使。向你致敬，向你们大家致敬。另外：巴拉丁斯基的叙事诗[②]好极了。再会。

于1月7日

---

① 冯·克诺林格的德译本《鲍里斯·戈都诺夫》于1831年问世。——原编者注

② 指巴拉丁斯基的长篇叙事诗《姘妇》。——原编者注

6. 致П. А. 维亚泽姆斯基

1831 年 1 月 10 日至 13 日自莫斯科寄往奥斯塔菲耶沃

我设法请假[①]去你那里过命名日。不过我不能保证能否去成。舍弟可能要来。托尔斯泰准备去你那儿。昨天我见到了优素波夫[②]公爵，完成了你的嘱托，向他详细询问了冯维辛的情况，获知如下：他很了解冯维辛，后者跟他在一幢楼里住了些日子。谈起话来，此公可谓博马舍第二……[③]知道他许多俏皮话，可就是回想不起来。他暂且给我讲了下面一条：悲剧作家迈科夫碰见了冯维辛，他习惯地结结巴巴地问道："你看了我的悲剧《阿格里奥帕》吗？""看了。""请你谈谈对我的悲剧有何看法。""我要说，《阿格里奥帕》嘛……写得很俏皮，出人意料！不对吗？"你要把这一情节写进冯维辛的传记里，我会感谢你的。至于《望远镜》上的另一部《阿格里奥帕》我手头上暂时没有。你写信给萨拉耶夫，让他把这所有乱七八糟的东西都寄给你。你写我伯父的文章，我要把它寄给杰尔维格。你干吗给人家添食加料呢？自己的人还在挨饿呢。不过，马克西莫维奇忍着一肚子气还是把《车队》交了出来。向公爵夫人致意，感谢她盛情邀请。听不到波兰的消息。据传英国发生了暴动。黎民百姓焚烧了威灵顿宫。巴黎倒平静，莫斯科也是。

---

① 指离开未婚妻。——原编者注

② 优素波夫(1750—1831)，公爵，曾任枢密官、国务会议成员。

③ 原文为法文。

7. 致 П. А. 普列特尼奥夫

1831 年 1 月 13 日自莫斯科寄往彼得堡

亲爱的，请寄来二十册《鲍里斯》，是给莫斯科的滑头们的；不然，向希里亚耶夫买我会破产的。

亲爱的，我的生活是这样安排的：本月结婚①，在莫斯科住半年，夏天去你们那里。我不喜欢莫斯科的生活。这里的生活不是你想怎么样就怎么样，而是要按大娘大婶们的意思过。我那岳母就是这样的大娘。在彼得堡就大不一样了！我自个儿舒舒服服地过日子，一切自己做主，用不着理会玛丽娅·阿列克谢耶芙娜会说什么②。咱们的《文学报》怎么样？我们应当考虑一下办《报》的事了。不然到后来它会半死不活的。不这样也不行。《报》反映着俄罗斯文学。到了最后，报上只谈布尔加林一个人；也只能这样，因为在俄国只有布尔加林一人在写作。这可是光荣的愤慨指摘的演讲词啊。要是我不懒，也不是新郎、心不过于善良、会读会写的话，我就每个礼拜都写上一篇文学评论——可就是没耐心，心没那么狠，没工夫，也没兴趣。最好等着瞧吧。

钱，钱：要紧的是给我寄钱来。我会向你道谢的。你为什么不给我来信，你这没良心的！

于 1 月 13 日

---

① 普希金的婚礼是在 1831 年 2 月 18 日举行的。

② 引自格里鲍耶陀夫《聪明误》中的语句，引用不准确。

8. 致 A. X. 宾肯多夫

1831 年 1 月 18 日自莫斯科寄往彼得堡

皇帝陛下对微臣历史悲剧赏评①,在下何幸,感戴之至。写于先皇当朝之作《鲍里斯·戈都诺夫》得以问世,不仅当感恩于陛下对微臣个人之庇护,亦当感恩于吾主恰值各国政府竭力压制束缚出版业之际慷慨赐予俄国作家之自由。

大人一向对在下仁爱宽厚,现又宣达圣谕嘉音,容在下致以深切之谢忱。

谨致以最崇高之敬礼并奉上一片忠诚。

忠仆

亚历山大·普希金

1831 年 1 月 18 日

于莫斯科拜上

① 宾肯多夫 1831 年 1 月 9 日致信普希金传达沙皇的意见。——原编者注

9. 致П. А. 维亚泽姆斯基

1831年1月19日自莫斯科寄往奥斯塔菲耶沃

我们昨天收到彼得堡传来的噩耗——杰尔维格死于创伤热[①]。我今天到萨尔蒂科夫[②]那儿去,可能他已全知道了。请把《阿道尔夫》[③]留在我这儿——日内我将把所要的评论转寄给你。

① 杰尔维格死于1831年1月14日。——原编者注

② 萨尔蒂科夫,"阿尔扎马斯社"名誉会员,杰尔维格的岳父。

③《阿道尔夫》,维亚泽姆斯基所译法国作家贡斯当的长篇小说。——原编者注

10. 致 П. А. 普列特尼奥夫

1831 年 1 月 21 日自莫斯科寄往彼得堡

我能对你说些什么呢,亲爱的! 礼拜日得到可怕的消息,第二天就得到证实。昨天我去见了萨尔蒂科夫,把一切都对他讲明了——我心绪不宁。晚上收到你的来信。令人难过,痛心。这是我头一次痛哭哀悼亡灵。卡拉姆津毕竟跟我志趣不同,我是作为一个俄国人对他深表惋惜。然而,世上没有谁比杰尔维格跟我更亲近了。童年种种关系中,只有他一人最有地位——他周围聚集了一小群人。没有他,我们孤苦无依。屈指数数看,我们才有几个人? 你、我、巴拉丁斯基,就这么几个。

昨天我是和纳肖金一起度过的,纳肖金为他的死深为震惊——我们谈论他,称他为故人杰尔维格,这种称呼既陌生又可怕。毫无办法! 只好如此。故人杰尔维格,就这么着吧。

巴拉丁斯基悲痛欲绝,我也很难摆脱痛苦。多保重——我们都要努力活下去。

于 1 月 21 日

11. 致 E. M. 希特罗沃[①]

1831 年 1 月 21 日自莫斯科寄往彼得堡

您责备我在莫斯科耽搁，夫人所言极是。在莫斯科，人不变得愚蠢是不可能的。您知道，有一首讽刺一个庸人伙伴的诗这样写道：

我不是一个人，我们也不是两个人。[②]

这也是为我的生活所写的题词。您的信函是欧洲照射在我身上的一缕阳光。

您还记得报纸令人乏味的那段好时光吗？对此我们抱怨过。真的，要是现在我们还不满意的话，那就很难让我们满意了。

波兰问题不难解决。能够拯救波兰的只有奇迹，而奇迹却是没有的。拯救波兰是毫无希望的。**唯一的生路就是不再指望生路**[③]，这是一句废话。只有全社会迅猛奋起也许能让波兰人有些希望。因此，青年们是对的，不过温和派会占上风，因而我们定会得到华沙省的，这是三十三年前就应当作到的。在所有波兰人中，唯有密茨凯维支使我感兴趣。起义初期他在罗马，我担心他要去华沙，为的是在祖

---

① 全信原文为法文。

② 引自法国诗人勒布伦的讽刺诗中的诗句。

③ 原文为拉丁文。引自维吉尔的《埃涅阿斯纪》，引文不确。——原编者注

国临终前痉挛时送终。

我不满意我们的官方文章。这些文章中,充斥着于一个大国很不体面的冷嘲热讽的调门儿。文章中所有好听的话均出自皇上的坦荡胸怀。全部难听之语,即狂妄自大和挑衅的腔调均出自御前录事之手。鼓动俄国人反对波兰纯属多余之举。我们的想法早在十八年前就已完全明确了。

法国人几乎已不再使我感兴趣了。革命该结束了。然而每天都在撒播新的革命火种。他们那位腋下夹着伞的国王[①]过于市侩气。他们想要共和国,也得到了共和国,——可是欧洲会说些什么呢?他们到哪儿去找个拿破仑呢?

杰尔维格之死令我孤寂。除了非凡的天赋外,还有极有条理的头脑和坚忍不拔的精神,他是我们中间的佼佼者。我们的队伍在开始减员。

夫人,伤心地向您致敬。

于1月21日

① 指路易·腓力。——原编者注

12. 致 П. А. 普列特尼奥夫

1831 年 1 月 31 日自莫斯科寄往彼得堡

所寄两千卢布刚收到,我的恩人。够了,天哪,足够了。[1] 今年我不再需要钱了。把所余四千卢布交给索菲娅·米哈伊洛芙娜[2]吧,我就不再麻烦你了。

可怜的杰尔维格! 我们用《北方花朵》来纪念他吧(如果这会伤害索莫夫[3]的话,我很遗憾),他对死者是真心地依依不舍,我们的朋友之死对他来说怕是心情最沉重的了:内心的感受正在减弱、在改变,生命的需求正在警醒。

巴拉丁斯基打算撰写杰尔维格的生平事迹。我们大家都来回忆吧,帮他写出来,对吗? 早在皇村我便了解杰尔维格,我是他那高尚的心灵悄然发展的第一个见证人,也是他那非凡的天才发展的第一位见证人,对他的天才我们尚未作出应有的、公正的评价。我曾和他一起阅读杰尔查文和茹科夫斯基的诗作。我与他无话不谈,“凡有激

---

① 原文为拉丁文。

② 索菲娅·米哈伊洛芙娜,即杰尔维格夫人,替普希金还过债。——原编者注

③ 索莫夫(1793—1833),文学家,杰尔维格之友,杰尔维格《北方花朵》的助理编辑。杰尔维格在 1830 年 10 月 28 日的《文学报》上刊登了法国诗人卡齐米尔·德拉文为七月政变烈士纪念碑写的四行诗,表示对法国七月革命英雄们的同情和对推翻波旁王朝的法国的欢呼。宾肯多夫下令查封《文学报》。后经过各方努力,第三厅终于同意该刊恢复出版,条件是主编换人,由索莫夫担任。

动心灵之事，凡有令人陶醉之事”[1]，我都要和他倾谈。总之，我非常了解他的青少年时代；不过，你和巴拉丁斯基对他的早熟更为了解。你们是他思想成熟期的见证人。我们三人一道来写我们朋友的生平吧。他的一生不是充满浪漫的趣闻逸事，而是充满了高尚的情感、清醒纯洁的智慧和希望。此事请答复我。

从来信中得知图曼斯基在彼得堡，替我拥抱他。爱他吧，要是你还未爱上他。他身上有许多美德，虽说也有那么一点小俄罗斯人的禀性特征。

格涅季奇怎么突然想到把自己的诗作给《北方蜜蜂》呢？我很高兴格列奇拒绝了，这也难怪，厕所里怎么能画具有古希腊、古罗马遗风的装饰画呢？一个诗人格涅季奇和……纯粹的警察法杰伊[2]之间能有什么共同之处呢？

亲爱的，还有一事相求，去一趟圣弗罗伦（即他的继任人）处替我还债。我记得欠他一千卢布，代我向他致歉，我简直把他给忘了。

遗孀[3]好吗？

于1月31日

---

① 引自席勒的叙事诗篇《哈布斯堡伯爵》中的诗句，有改动。该诗由茹科夫斯基翻译。——原编者注

② 指布尔加林。

③ 即索菲娅·米哈伊洛芙娜·杰尔维格。——原编者注

13. 致 E. M. 希特罗沃[①]

1831 年 2 月(不晚于)9 日自莫斯科寄往彼得堡

您多么幸福啊,夫人,因为您有一颗对万事都能理解、对万事都感兴趣的心。在此诗人之死[②]令全欧洲为之震惊之际,您所流露的不安便是这种情感无所不容的有力证明。我朋友的遗孀[③]境况艰难,为此我只能向您求助,请相信我,夫人。杰尔维格还丢下两个弟弟,他是他们二人的唯一靠山,不知夫人能否把他们安置在贵族子弟军官学校?……

我们在等待命运的裁决——皇上最近所颁诏书[④]实在圣明。显然,欧洲为我们提供了行动的自由。1830 年革命之腹地产生了伟大的原则——不干涉原则,该原则将取代被欧洲各地破坏的王朝正统主义的原则。坎宁[⑤]的办法不是这样。

那么说,莫蒂马[⑥]先生到了彼得堡,成了你们圈子里一位最快活、最具历史性的人物了。我真忍不住想出现在你们中间——莫斯科这

---

① 全信原文为法文。

② 指杰尔维格之死。

③ 指杰尔维格之妻。

④ 1831 年 1 月 25 日诏书,批复华沙议会关于废除罗曼诺夫家族在波兰的王位之决定。——原编者注

⑤ 坎宁(1770—1827),英国国务活动家、外交家。

⑥ 莫蒂马,法国将军、外交家,曾以路易・腓力私人代表身份到彼得堡。——原编者注

种鞑靼人式的贫乏真让我受够了！

您谈到《鲍里斯·戈都诺夫》的成功，说实话，我无法相信。在写这部作品时，我极少想到成功。这是1825年的事。我的悲剧能够问世，多亏亚历山大一世驾崩和当今圣上恩典、仁厚，以及对待事物的宽松、自由的观点。其实，剧中所有成功的地方，非常不利于感染尊敬的公众（即评断我们的黎民百姓），从而很容易让人从理性上抨击我。当初，只想让那些能够讥讽我的傻瓜们满足罢了。可是，在这个世界上一切全靠机遇，华沙应当摧毁。

14. 致 Н. И. 克里夫佐夫

1831 年 2 月 10 日于莫斯科

亲爱的朋友，把我自己心爱之作[①]寄给你。你对我的早期作品无暇见爱，就请你赏识我较为成熟的作品吧。你离群索居在干什么？去年秋天，我曾住得离你不远，当时打心眼儿里想见你，聊聊往事，可是检疫站不让我如愿。这样一来，不知命运之神让我们何时何处再次聚首。如今你我都不是说走就能走的人了：你没有脚，我又成了家。成了家——或者说差不多成了家。你可能要对我说的赞成独身反对结婚的种种看法，我都反复考虑过。我对自己选择的处境权衡利弊想得不多。我的青春年华已逝，当年喧喧嚷嚷，一事无成。至今，仍过着与常人迥然不同的生活。我并不幸福。走老路才能找到幸福。[②] 我已年逾三十。通常人们是在三十岁以内结婚。我也就像一般人那样做了，或许我不会为此后悔。何况，我的婚事毫无欢乐，毫无孩子般兴高采烈的心情。我的未来不会如花似锦，将是一贫如洗。但灾难吓不倒我：种种不幸和灾难已经列入我的家庭预算之中。任何欢乐对我来说都将是意外。

今天我已厌倦了，我想把信撕了，免得把我的烦恼传给你，你自己的烦恼已经够了。来信请寄阿尔巴特街希特罗沃寓所。日前

① 指《鲍里斯·戈都诺夫》。

② 引自夏多布里昂《勒内》中的语句。原文为法文。

我收到维亚泽姆斯基转来的信，是 1824 年写的。谢谢，但我不回信了。

2 月 10 日

15. 致 П. А. 普列特尼奥夫

1831 年 2 月(不晚于 16 日)自莫斯科寄往彼得堡

过几天我就要结婚了。向你提交一份家庭开支状况的报告:我抵押了我的二百个农奴,得到三万八千卢布。这笔钱是这样安排的:给岳母一万一千卢布,她非要女儿有嫁妆不可,毫无办法。给纳肖金一万,把他救出困境,金钱是忠实的。剩下一万七千卢布用于购置日用品和安排一年的生活。6 月我要去你们那里开始过小市民生活,要想对付这里几个老大娘是不可能的——她们的要求既愚蠢又可笑——真让人没办法。现在你明白嫁妆意味着什么和我为什么生气了吧?妻子买不起啊,我倒是买得起,可为她的穿着服饰去负债我却不能。不过,我坚持,而且也该坚持到至少要举行婚礼。无奈只好出版我的小说集①。下礼拜给你寄去,要在复活节后那个礼拜前赶印出来。

男爵夫人②好吗?我给希特罗沃去信谈了杰尔维格两个弟弟的事。你去问问她进展如何?我父亲欠杰尔维格的债还了没有?她能否把我的画像③卖给我?有人来信说她身体不好,可她给米哈伊洛·亚历山德罗维奇④去信说她身体健康。谁说的对?关于撰写《杰尔维

---

① 指《别尔金小说集》。

② 指索菲娅·米哈伊洛芙娜·杰尔维格。——原编者注

③ 基普连斯基 1827 年为普希金所画的肖像,普希金卖给了杰尔维格。

④ 米哈伊洛·亚历山德罗维奇,索菲娅·米哈伊洛芙娜·杰尔维格之父。

格生平》之事你为啥不答复我？巴拉丁斯基在认真考虑此事。你写他的文章好极了，我越看越喜欢。不过还需要一些细节，要陈述他的观点，要有逸闻趣事，要评价他的作品……

16. 致 A. H. 冈察罗夫

1831 年 2 月 24 日自莫斯科寄往亚麻厂领地

尊敬的阿法纳西·尼古拉耶维奇祖父大人：

身为祖父大人的掌上明珠娜塔丽娅·尼古拉耶芙娜之夫君，我急于向您禀告我的新婚大喜之事，同时把我的一切托付于祖父大人。去乡下探望大人理所当然，也是我们的心愿，然而，唯恐打搅大人，又不知时间是否合宜。德米特里·尼古拉耶维奇[1]多次对我说大人仍以嫁妆为虑。在此务求大人断不可为了我们把本已不景气的领地搞得更加败落。我们可以等待。至于说铜像，只要我在莫斯科，我是绝不会出售的。此事全由大人定夺。

谨向祖父大人致以最崇高之敬礼，并奉上我们儿孙辈之忠诚。

忠仆

亚历山大·普希金

1831 年 2 月 24 日

于莫斯科拜上

---

① 德米特里·尼古拉耶维奇，即德米特里·尼古拉耶维奇·冈察罗夫，娜塔丽娅·尼古拉耶芙娜·冈察罗娃的长兄。

17. 致 П. А. 普列特尼奥夫

1831 年 2 月 24 日自莫斯科寄往彼得堡

亲爱的，我很担心你。听说彼得堡在流行感冒，也很担心你的小女儿。总之，我盼着你的来信。

我结婚了——也很幸福；我唯一希望的是我的生活不再有什么变化，更大的幸福我是不指望了。对我来说，这种境况是全新的，仿佛再生一般。寄上一张名片给你们——妻子不在家，所以她不能向斯捷潘妮达·亚历山德罗芙娜[①]作自我介绍。

朋友，对不起。男爵夫人好吗？对杰尔维格的怀念是我幸福生活中唯一的阴影。拥抱你和茹科夫斯基。从报上得知格涅季奇获得新的职务[②]。这一任命为皇上增了光。每当皇上言行举止表现出睿智和帝王风范时，我总是爱戴他，总是为他高兴。

2 月 24 日

各位要多保重。

---

① 斯捷潘妮达·亚历山德罗芙娜，普列特尼奥夫之妻。——原编者注

② 格涅季奇被任命为中等学校总署成员。——原编者注

18. 致 Н. И. 赫梅利尼茨基

1831 年 3 月 6 日自莫斯科寄往斯摩棱斯克

尊敬的尼古拉·伊凡诺维奇阁下：

阁下之建议如此见惠，颇能满足在下之自尊心，速复为幸。拙作若能惠存斯摩棱斯克图书馆，实在三生有幸。怎奈限于与彼得堡书商所订条款，在下手中竟一册无存，书价腾贵，又不容在下作购买之想，遗憾之至。

谨致最崇高之敬礼，并奉上一片忠诚。

忠仆

亚历山大·普希金

1831 年 3 月 6 日

在对阁下正式来函正式奉复之后，祈容在下感激阁下念记之恩，亦请阁下鉴谅，如此请求并非为在下本人，实为在下之书商者流。他们竟违背在下之嘱托，未将在下每年之贡品奉上，此贡定当为阁下、在下深为喜爱之诗翁奉献的。请勿离间在下与斯摩棱斯克省长之情谊，其实，在下对省长之尊重犹如对阁下之爱戴。

您的仆人

19. 致 E. M. 希特罗沃[①]

1831 年 3 月 26 日于莫斯科

本月奔波忙乱，根本不能称之为我们的蜜月，忙得没法给夫人写信。我给夫人的这封信本应充满道歉与感激之语，然而夫人根本不容道歉与感激，我也就不必多此一举了。总之，舍弟今后的升迁全仰仗夫人了[②]。他满怀感激之情离去。我时刻盼着宾肯多夫的决定，以便及时通知舍弟。

我希望再过一个月，顶多两个月，就能出现在夫人面前。这确实是我的心愿。莫斯科乃贫乏之城，城门上写着："你们，进城之人，抛弃一切见解吧。"[③]政治新闻总是姗姗来迟，要不然就是走了样。我们已经快两个礼拜听不到波兰的一点消息了，而且也没人表现出不安和焦虑！如果我们还是那样无忧无虑、肤浅轻狂，那就大错特错了。已变得赤贫如洗、灰心丧气的我们正在笨拙地筹划缩减我们的开支。

夫人谈到拉默内先生，我知道这是一位报刊界的波舒哀[④]。不过，他的报纸到不了我们这里，让他随心所欲地去预言吧，不知巴黎

---

① 全信原文为法文。

② Л. С. 普希金想通过希特罗沃说情批准他参加在波兰的作战部队。——原编者注

③ 套用但丁《神曲》中的语句："凡来此之人，放弃一切希望吧……"——原编者注

④ 波舒哀（1627—1704），法国教会活动家、演说家。他反对 17 世纪正在萌生的唯物主义和无神论思想，反对民权论，坚持天命论思想。

是否是他的尼涅维亚城①,不过,我们无疑是大南瓜②。

斯卡里亚京刚告诉我说他行前见过您。夫人心地如此宽厚,既惦记我,又要送书来,真让人不得不感激您,即使这样做又要惹您生气也罢。

请接受我深深的敬意,向您的女儿、伯爵小姐们致敬。

我的地址:阿尔巴特街,希特罗沃寓所。

---

① 尼涅维亚城,《圣经》故事载,先知约拿预言该城灾难将临,居民闻之纷纷逃避。——原编者注

② 传说凭上帝旨意,南瓜一夜间长大又死亡。——原编者注

20. 致Π. A.普列特尼奥夫

1831年3月26日自莫斯科寄往彼得堡

亲爱的，这是什么意思？你全然不吭声了。整整一个月见不到你一行字。莫非总督大人再次大发慈悲禁止你与我通信不成？未必吧？你是不是病了？你那里诸事顺利吗？或者，你纯粹是偷懒，平白无故地吓唬你的朋友们？现在向你详细禀报我、我的家庭状况和打算。莫斯科我是无论如何不打算久住的，个中缘由你已知悉——天天都有新人来。复活节后再过一个礼拜我便去彼得堡。你知道这是为什么？我实在是忍不住了，不是去你们那里，而是住在皇村。这可是个绝好的主意！在那能激发灵感的幽静之地消夏度秋，京城近在咫尺，置身于甜蜜的回忆以及诸如此类的方便之中。那里的房价现在可能不贵：骠骑兵没了，皇室也不在了——空房子很多。亲爱的，每个礼拜都能跟你见面，和茹科夫斯基也能这样，因为离彼得堡很近，生活费用又低，用不着马车，看来，再没有比这更好的地方了，是吗？有空你考虑一下这个方案，有何想法来信告我。别利扎尔[①]的书收到了，非常感谢。请你让他再把克雷布[②]、华兹华斯、骚塞和莎士比亚的作品给我寄到阿尔巴特街希特罗沃寓所（为纪念我的伊丽莎[③]我

---

① 别利扎尔，书商。

② 克雷布(1754—1832)，英国韵文故事作家。

③ 即E. M.希特罗沃。——原编者注

租下了这幢房子，请把此事告知南方的燕子[①]，我们那位晒得黑里透红的美人）。如可能的话，让索莫夫把《文学报》给我寄来（今年的我不要，我会自己去取），还有，把咱们杰尔维格最后的纪念物《北方花朵》也寄来。关于丛刊之事我们另行商谈。我不反对与你一道出版最后一期《北方花朵》，但是，我打算做另一件事[②]，此事我们也可以再谈。一些人对我说，茹科夫斯基对《市长夫人马尔法》很满意。既然如此，就请他费心向宾肯多夫，或者他认为合适的人请求批准出版全剧。这部作品极为出色，虽然诗写得无力，与总的优点不相称。包戈廷是个非常能干的正派的年轻人，他是个真正热爱科学、热爱劳动、平和稳重的地道的德国人。应当扶持他，也应当扶持舍维廖夫，把他安置在那位心地善良的酒鬼、不学无术到极点的麦尔兹利亚科夫空出来的教授位置上不是很好吗？这将是对大学，即对陈规偏见、对摧残文化行为的一个胜利啊。

关于我重商主义的情况，我要对你说的是：多亏了家父我才得到了三万八千卢布，结了婚，好歹把日用家什准备齐全而又未举债。岳母和我内人的祖父很难指望，一来是因为他们已经家道中落，二来是因为空话信不得。起码我这方面办事正派，也较少私心。我既不吹嘘，也不抱怨——因为我内人绝非徒有其表。该我做的一定做，我不会认为是在牺牲。就这样，再见，亲爱的。

3 月 26 日

---

① 即 A. 罗谢特。——原编者注

② 指打算出版《日记报》。——原编者注

21. 致 С. Д. 基谢廖夫

1831 年 3 月底(28 日前后)于莫斯科

兹将你的书给你寄去,非常感谢。你好吗?该恭喜你有继承人了吧?

亚・普

22. 致 Л. С. 普希金

1831 年 4 月 6 日自莫斯科寄往丘古耶夫

要不是宾肯多夫在莫斯科听到了对你的不良反映，一切都已经解决，只等帕斯凯维奇伯爵的答复了。我不打算进行道德说教了。要不是你多嘴多舌、在雅尔①跟法国演员狂饮，可能你已到了维斯拉②了。你不能在丘古耶夫磨蹭了，马上回团里等待命运的决定。愿上帝保佑不会为这个玩笑让你永世待在格鲁吉亚。

4 月 6 日

① 雅尔，莫斯科一家饭店。

② 维斯拉，波兰的一条河流。

23. 致 П. А. 普列特尼奥夫

1831 年 4 月 11 日自莫斯科寄往彼得堡

随你的便吧，你真让人受不了，盼不到你一行来字。你死了还是怎么的？如果你已离开人世，就请你那可爱的鬼魂替我问候杰尔查文、拥抱我的杰尔维格吧。要是你还活着，请看在上帝的分上，给我回信。我能否去你们那里？住在皇村行吗？或者马不停蹄地直奔彼得堡或雷瓦尔[①]？莫斯科实在令我厌烦了。你会说，彼得堡也好不了多少，那我就要像阿尔图尔·波托茨基[②]那样：人家劝他钓钓鱼，他说我宁可换个法子无聊[③]。我觉得，要是我们大家聚在一起，文学不会不热起来，不会搞不出什么名堂的，丛刊、杂志，说不定还有报纸，都可能办起来！维亚泽姆斯基要把《冯维辛的生平》带给你，那恐怕是自从有人写书以来最出色的一本书了(卡拉姆津的作品[④]可要除外)。彼得·伊凡诺维奇[⑤]漂到了莫斯科，在这里显然受到了相当冷淡的接待。是怎么回事？莫非是我们诱导过读者？还是读者公众自己醒悟了？显然，布尔加林简直是为这些读者而生的，这些读者是为布尔加林而生的，他们会同生共死的。我尚未伤害过维日金二世。都说这

---

① 雷瓦尔，塔林旧称。

② 阿尔图尔·波托茨基伯爵，普希金在敖德萨的熟人。

③ 原文为法文。

④ 指《俄罗斯国家史》。——原编者注

⑤ 指布尔加林的长篇小说《彼得·伊凡诺维奇·维日金》。

部作品没有一句话是涉及我的，那我也不去侵犯他了。我的意思是，不去看，但骂还是要骂的。索莫夫给我来了一封长信，我尚未回信。请你转告他，我自己会把德洛尔姆[①]给他送去，所以就不寄了。男爵夫人[②]好吗？日哈列娃[③]向我谈过你。有关书票的笑话——太有趣了。

4 月 11 日

基督复活了！

---

① 指普希金评圣伯夫《约瑟夫·德洛尔姆……生平》的文章。——原编者注

② 指杰尔维格的遗孀。——原编者注

③ 日哈列娃，С. П. 日哈列夫之妻。

24. 致 П. А. 普列特尼奥夫

1831 年 4 月(不晚于 14 日)自莫斯科寄往彼得堡

"你是对的,缪斯的宠儿"[①]——应当成为一个认真仔细的人,虽然说这也是德国人的美德。做一个有节制的人也没坏处,虽说"恰茨基也在嘲笑这两位天才"[②]。那么,我就来答复你的质询[③]。杰拉留[④]作为一个年轻的皇村学校的学生,写得过于平稳流畅,过于正确,过于拘谨。我看不出他有一丝一毫的创造性,而技巧却很多。这是波多林斯基的第二卷。不过,他很可能会发展成熟的。关于果戈理我对你说不出什么,因为迄今为止我尚未看过他的作品,没时间。他的作品我到皇村再看。请务必在那里给我们租一处住所——一共:我们两个、三个或四个人,加上三个娘儿们。自然住所越便宜越好。不过,多花四百卢布我们也垮不了。我们不需要小花园,因为大花园近在咫尺,要有厨房和板棚就够了。务必快点!要马上让我们知道这样的消息:一切就绪,敬请光临。我们就飘然而至。

请替我拥抱茹科夫斯基,为的是我从未怀疑过他对我的关心。我不给他写信了,因为我不习惯和他通信。我在焦急地等待着他的新抒情诗问世。这么说,他又故伎重演了,谢天谢地!不过,信上你

---

① 巴丘什科夫给 И. М. 穆拉维约夫-阿波斯托尔的寄语诗中的语句。——原编者注

② 格里鲍耶陀夫《聪明误》中的语句。

③ 1831 年 2 月 22 日信中的问题。——原编者注

④ 杰拉留(1811—1868),俄国诗人、翻译家。

没说清楚，是他的抒情诗、译著，还是文集。德米特里耶夫本想对茹科夫斯基的作品进行评论，反而给他出了个好主意。他说，茹科夫斯基在自己的村子里逼着一些老太婆给他按摩双腿和讲故事，然后再把这些故事改写成诗。在荒诞离奇的幻想方面，俄罗斯的口头传说丝毫不比爱尔兰和日耳曼的口头传说逊色。如果还有灵感，不妨劝他看看日读月书[①]，尤其是基辅奇迹创造者的传说。质朴、虚构，异常美妙！

重看此信，发现对你的下述问题我答得不认真：1)租何处房子？2)租多久？3)住宅要有几个房间？答复是：

1)皇村任何一条街上的房子均可；

2)住到一月，所以住宅要有火炉；

3)要有专门书房，别的都无所谓。

为此我拥抱你，并先致谢意。

---

① 东正教教徒每日阅读的书，主要内容为圣徒行传，每月一册。

25. 致 A. H. 冈察罗夫

1831 年 4 月 25 日自莫斯科寄往亚麻厂领地

尊敬的阿法纳西·尼古拉耶维奇祖父大人：

承蒙大人接见我的委托人，又赐予宝贵信函以示关怀，晚辈向您致以真诚的谢意。不论何事，只要大人认为适当，晚辈绝对同意[①]，恭请大人对此务必相信。只是我不能接受委托书，因为这会增加债务和税款，也会使领地最终完全丧失。如大人方便，不妨将许诺分给娜塔丽娅·尼古拉耶芙娜的三百个农奴改为领取这些农奴收入的委托书和凭据，条件是大人健在时此据无效。（愿上帝保佑永不生效！）有鉴于此，需要农奴事务局开具票据，款额为大人想分给的农奴个数那么多个十万卢布，以求在债权人大会上确实得到三百个农奴，而不是此数的十分之一。这样的票据，大人也可以放心地开给别的孙儿孙女，委托书只能在他们成婚时才给他们。乞望大人恕我直言。在任何情况下，我都唯大人之命是从。

谨致最崇高敬意，并奉上一片忠诚。

忠仆、愚孙

亚历山大·普希金

4 月 25 日拜上

---

① 同意把尼日哥罗德的领地分给三个孙儿孙女（包括娜塔丽娅·尼古拉耶芙娜）的条件。——原编者注

26. 致 E. M. 希特罗沃[①]

1831 年 5 月 8 日自莫斯科寄往彼得堡

兹将您要的《旅行家》[②]奉上，夫人。在这种稍嫌稀奇古怪的消闲之作中，流露出真正的才气。最值得注意的是，作者已经三十五岁，这是他的处女作。扎戈斯金的长篇小说尚未面世。描写 1812 年的波兰人的那几章，他只有重写。1831 年的波兰人麻烦事实在太多，写他们的长篇小说还不能结束。这里盛传好像是发生在 4 月 20 日的战事。肯定是讹传，至少数字方面是如此。

由于与我关系不大的一些事情缠身，我搬家推迟了几天。但愿月底前能办好这些事情。

舍弟是个轻浮懒惰之人，夫人如此关心他，实在太善良、太客气了。我苦口婆心地给他写了一封信，信中我也不知为什么把他臭骂了一顿。此时他该在格鲁吉亚了。夫人的信，不知是否该转给他，我倒宁愿把此信留在自己身边。

5 月 8 日

---

① 全信原文为法文。

② 《旅行家》，俄国作家 A. Φ. 维尔特曼的作品。

27. 致 П. В. 纳肖金

1831 年 5 月下半月(20 日前后)自彼得堡寄往莫斯科

亲爱的帕维尔·沃伊诺维奇,我们已平安到达杰穆特旅馆,过几天去皇村。我在那儿租的小房子尚无家具(我的新地址是:基塔耶娃寓所[①])。波利瓦诺夫[②]刚才还在我这儿,他好像在热恋。他明天去见你们。我的事办得比想得要顺利。过几天我把欠戈尔恰科夫的两千卢布给你寄去。维亚泽姆斯基的一千卢布不知你收到否。我要和他通信。亲爱的,你在干什么?你的内当家[③]好吗?玛丽娅·伊凡诺芙娜[④]呢?你把她打发走了吗?有关我房子和你的债务之事忙得怎么样了?委托书的初稿我至今尚未拿到,又不能自己写,请快点寄来。

我妻子衷心问候你。

---

① 宫廷侍臣的寡妻安娜·基塔耶娃的一座普通的木房。

② 波利瓦诺夫,后来娶娜塔丽娅·尼古拉耶芙娜的姐姐亚历山德拉为妻。——原编者注

③ 指与纳肖金同居的茨冈女人奥莉加·安德烈耶芙娜。——原编者注

④ 玛丽娅·伊凡诺芙娜,普希金家的女管家,曾为清理他们家在莫斯科的住宅事务帮过忙。——原编者注

28. 致 E. M. 希特罗沃

1831 年 5 月下半月(18 日至 25 日)于彼得堡

夫人,谨将所借书籍奉还。请寄《红与黑》第二卷,我非常喜欢。《普洛克和普利克》[①]糟糕透顶,全是废话和胡扯,可谓一无是处。《圣母院》[②]可能收到了吧? 再见,夫人。

亚・普希金

---

① 《普洛克和普利克》,欧仁休的中篇小说。

② 指雨果的长篇小说《巴黎圣母院》。

29. 致 E. M. 希特罗沃[①]

1831 年 5 月 25(?)日于彼得堡

我马上要去皇村，不能与夫人共度良宵，遗憾之至。夫人何等聪明——请满足一下休利万[②]的自尊心吧，随便想点什么办法安慰安慰他吧。祝夫人万事如意，主要的是——再见。

① 全信原文为法文。

② 休利万，荷兰使馆秘书，普希金曾约他在希特罗沃家会面。——原编者注

30. 致 П. В. 纳肖金

1831 年 6 月 1 日自皇村寄往莫斯科

我搬到皇村已一个礼拜了，只是前天才收到你的信。此信保证没有风险，我同警察局、邮局打过交道。委托书立即给你寄去。玛丽娅·伊凡诺芙娜给你添了友好的麻烦，太感谢你了。恭喜你家庭大战停息。我每天都在等我的行李、等你的信。本想满怀感激之情把欠戈尔恰科夫的债款立即寄去，但由于这两个礼拜需要开销两千卢布，只好推迟。现在看来一切都搞好了，可以开始安安静静地过日子了，躲开了岳母，用不着马车，所以也就节省了大笔开支，也避开了流言蜚语。你跟堕入爱河的波利瓦诺夫相处得如何？他会追随恋人去卡卢加吗？他在我这里时，和我妻子的姨母 К. П. 扎格里亚日斯卡娅见过面，我介绍说他是我未来的侄子。我担心祖父惹他生气，你照顾他一下。你家里情况如何？那位女士还没找到未婚夫吗？我可能从皇村去参加这次婚礼，去祝贺你获得解放，恭贺奥莉加·安德烈耶芙娜的合法婚姻，再把你带回彼得堡，那才算过上好日子呢！又有黑奴，又有小矮人，又有索丹白葡萄酒，等等。再见，来信，别太想我。有人说过：如果失去朋友，就去俱乐部，就再给自己找一个。我和妻子每天都会想到你。她问候你，暂时，在这儿没有熟人，所以她很想你。

6 月 1 日

我刚在《文学报》上看到对维尔特曼的评论，评论写得过于冷淡和不公。但愿他别以为我在这里面插了一手。问题是我也有错：答应过的事又不办。我自己没写评论，不过也没工夫。拥抱戈尔恰科夫。维亚泽姆斯基一千(卢布)怎么样了？

31. 致 П. А. 维亚泽姆斯基

1831 年 6 月 1 日自皇村寄往彼得堡

我住在皇村官道上的基塔耶娃寓所，你却不来看看我，真是罪过。彼得堡我们所有相熟的女士都向你致意，盼你来。这里的客厅[①]妙极了，人们可以自由发表议论，令我惊奇不已。季比奇[②]已受到公开的、非常严厉的抨击。那位埃里温人[③]还在彼得戈弗。看到 5 月 14 日最新战事消息否？某些细节只字未提，不知何故。我从私人来信和看来是可靠的人士口中得知这些细节：据说克尔涅茨基[④]参加了这次战役。我们的军官们看见他骑着他那匹白马跑来，然后换上一匹栗色马指挥部队作战，看见他肩部受伤、马刀落地跌下马来，卫兵们见状冲上去扶他上马。就在这时他唱起了《波兰尚未亡国》。身边的人也随声和唱起来。这时一颗子弹恰好击中了人群中的一位少校，歌声便戛然而止。从艺术的角度看，这一切实在太好了。不过，还是该镇压他们，我军动作迟钝得令人惊奇。对我们来说，波兰暴动是家庭内部事务，是历史遗留下来的老纠纷。而且，不论我们的思维方式如何，我们都不能照欧洲人的印象来判断这一纠纷。可对欧洲人来说，他们需要的是共同关注的目标和热衷的事物，人民需要，各

---

① 指上流社会的沙龙。——原编者注

② 季比奇(？—1831)，驻波俄军总司令。

③ 即帕斯凯维奇。——原编者注

④ 克尔涅茨基(1787—1860)，波兰将军，1830 年波军总司令。

国政府也需要。当然，在此情况下，几乎所有国家政府的利益，都要求保持不干涉原则，即免替别人吃亏；然而各国的民众却如此急切、如此呐喊起哄，弄不好欧洲会缠住我们。好在去年我们没有卷入法国新的麻烦①中去。不然这次他们就会以怨报怨了。我们还是把话题从政治上转到文学上来吧，即转到布尔加林身上来吧。你知道他为什么被遣出彼得堡吗？据说，好像是因为出现了“江湖艺人就是典型的波兰人”的题诗。② 他伤心极了，径直叩见皇上，一把鼻涕一把泪地控告我。他说：恭求陛下降恩、降旨，让普希金安分些吧，他一个劲地写打油诗欺负为臣哪。然而，皇上已顾不上诗了。布尔加林的控告和告密不是第一次让皇上厌烦了，于是便降旨打发了这个不安分的人。看吧，布尔加林无耻、无礼到何等地步？他骗取了给彼得·伊凡诺维奇·维日金③的诏书，以皇袍作掩护，兜售其猥亵的流言蜚语。对此他还不满足，查理十世好端端地坐在爱丁堡，布尔加林这个恶魔却要求俄国沙皇为他提供辅助力量！天哪，我们终于等到了这一天！我还要告诉你一个好消息：茹科夫斯基真的写了十二首美妙的抒情叙事诗和许多别的佳作。再见，问候公爵夫人。

6 月 1 日

---

① 指法国 1830 年革命。——原编者注

② 普希金未题此诗，布尔加林也未被遣出彼得堡。

③ 布尔加林的长篇小说《彼得·伊凡诺维奇·维日金》中的主人公；信中这句话的意思是小说得到批准出版。

32. 致 E. M. 希特罗沃

1831 年 6 月 9(?)日于彼得堡

不能与夫人共度良宵，我很遗憾。有件事很无聊，却是义务，弄得我不知如何是好。承蒙夫人美意，借书一阅，现随信奉还。夫人对《圣母院》的赞许容易理解。这部虚构的作品不乏优美之处。不过，不过……我不敢把我对这部作品的所有看法都说出来。不管怎么说，神父的道德堕落，无论从哪种角度来看，都写得非常之好，扣人心弦。《红与黑》是部好小说，尽管有些地方修辞上牵强附会，不够自然，有些话语趣味低下。

礼拜二

33. 致 П. В. 纳肖金

1831 年 6 月 9(?)日自彼得堡寄往莫斯科

兹将一千寄去，另一千我收到的是金币。替我向戈尔恰科夫道歉。全部欠款，他会提前或如期收到——不会更晚。见到维亚泽姆斯基问问他，他那一千如何转他？他在这里有无债务？或者他本人来取？再见，亲爱的，保重，别发愁。

34. 致 П. В. 纳肖金

1831 年 6 月 11 日自皇村寄往彼得堡

亲爱的帕维尔·沃伊诺维奇，委托书和钱都已给你寄去，从莫斯科运来的全部行李也收到了。但我未收到你一字回音，而且，莫斯科谁也不给我来信，既不给我，也不给我妻子来信。难道是所寄信件都丢了不成？请别再懒散了，别再跟帕夫洛夫[①]玩牌了，尽快跟拉赫曼诺夫[②]了账，向奥莉加·安德烈耶芙娜求婚，再轻轻松松地到我们这儿来。我们在这里过得很平静、快活，如同住在偏僻的乡下。勉强能听到一些消息，又是一些令人不愉快的消息。季比奇之死，似乎没什么可悲伤的，他在欧洲面前丢尽了俄罗斯的脸，在土耳其迟迟不能获胜，镇压波兰暴乱分子又处处失利。这里在盛传攻克和焚毁维尔诺[③]的消息，传说好像把赫拉波维茨基[④]给绞死了。太可怕了。但愿这不是真的。传说霍乱尚未得到控制，特维尔已设立检疫站，是真的吗？今年真是流年不利啊！再见，亲爱的，我妻子很爱你，衷心问候你。

亚·普

6 月 11 日

于皇村

---

① 帕夫洛夫(1803—1864)，俄国作家。

② 拉赫曼诺夫，普希金的委托人。——原编者注

③ 维尔诺，今拉脱维亚维尔纽斯。

④ 赫拉波维茨基，维尔诺和格拉德诺的俄国总督。——原编者注

35. 致П. А. 维亚泽姆斯基

1831 年 6 月 11 日自皇村寄往彼得堡

这岂不是见鬼吗？我写了一封又一封信，可是谁也不回信。你收到我的信没有？再给你写一封，以防万一。你那一千卢布尚在我这里。给你寄往莫斯科还是等你来取？听说特维尔正在流行霍乱，还设了检疫站，那你怎么来我们这里？毕竟你不能像帕斯凯维奇伯爵去军中上任那样坐小火轮呵。那里到底发生了什么事？我们一无所知。季比奇之死的影响波兰人肯定会有所察觉。算起来，托尔[①]要代理二十天总司令的职务，在这段时间里，或许他能为自己和我们做点什么。此间盛传已攻克维尔诺和赫拉波维茨基被绞死的消息。[②]各方面的传闻都很可怕！愿上帝保佑这些传闻不是真的。

我见到了屠格涅夫，我发现他变化不大，稍有白发，可还是那么生气勃勃，至少，最初见面给人的印象是这样。我等他到皇村来。他要去见你，如果检疫站拦不住他的话。你要想方设法打开他那装满欧洲宝物的皮包，这对我们有益处。茹科夫斯基仍在写作，他译了骚塞、席勒、古兰德的一些抒情叙事诗，其中有《水中女妖》、《手套》、《波吕克拉特的指环》[③]，等等，还译了瓦尔特·司各特未完成的《皮利格

---

① 托尔(1777—1842)，俄国伯爵、步兵上将。

② 消息不实。——原编者注

③ 这几首诗均为席勒所作。——原编者注

利姆》，并且还把它续完了，妙极啦。现在他正在写六韵脚诗的童话，有点像他的《红宝石》，依旧是那些角色：祖父、露易莎、烟斗等。这都将收入斯米尔金为他出版的两卷集的抒情诗全集里。而今令人痛苦的形势下，我们能聊以自慰的仅此而已了。我们这里收不到杂志，不知在我们这个泥潭中人们都在干些什么，也不知谁输谁赢。

再见，问候公爵夫人和卡捷琳娜·安德烈耶芙娜，要是她已经到了奥斯塔菲耶沃[①]的话。你们要是团聚了，就很难把你骗到我们这里来了，不过也是应该的。索菲娅·尼古拉耶芙娜[②]好吗？她骑在马上还能称王吗？马呀，马呀！我的王位可以换马！[③] 再会，再见。

亚·普

---

① 奥斯塔菲耶沃，维亚泽姆斯基家在莫斯科郊外的领地。——原编者注

② 索菲娅·尼古拉耶芙娜，卡拉姆津之女。——原编者注

③ 原文为英文。引自莎士比亚悲剧《理查三世》。

36. 致 E. M. 希特罗沃[①]

1831 年 6 月中旬自皇村寄往彼得堡

斯维斯图诺夫告诉我，今晚他要去拜见您；夫人，我想借此机会求您帮个忙；我在研究法国大革命；如果可以的话，恭请夫人将梯也尔[②]和米涅[③]的书给我寄来，这两部著作都是禁书。我这里只有《革命回忆录》[④]。近几天我打算花几个小时去彼得堡到黑溪去看看。

---

① 全信原文为法文。

② 梯也尔(1797—1877)，法国史学家、法兰西科学院院士。

③ 米涅(1796—1884)，法国史学家、法兰西科学院院士。

④ 指基佐的《法国革命回忆录集》(1821—1825)。——原编者注

37. 致 E. M. 希特罗沃[①]

1831 年 6 月(不晚于 20 日)自皇村寄往彼得堡

我通过诺沃西利采夫[②]得到了米涅的《革命》,多谢夫人。——屠格涅夫要离开我们,且又如此突然,这是真的吗?

这么说,你们那里出现了霍乱,不过别怕。这跟鼠疫事件一样;正像一个希腊小女孩说得那样,上流社会人士是不会死于此病的。应当相信,流行病并不那么厉害,就是在老百姓中间也这样。彼得堡空气通畅,而且还有大海……

夫人所托,我已照办——确切地说,我没办。我连法文都不会写,竟然让我把俄文诗译成法语散文[③]——您可真是出了个好主意!况且要译的又是平庸之作。同样题材我另外写了一些诗,不会比这些诗更好,一有机会便给你带去。

请多保重,夫人,这是我要对夫人说的最要紧的话语。

---

① 全信原文为法文。

② 诺沃西利采夫,莫斯科总督 Д. В. 戈利岑的副官。——原编者注

③ 指 Д. Ю. 斯特鲁伊斯基纪念希特罗沃之父库图佐夫的诗《库图佐夫陵墓》。普希金的献诗是《致统帅的坟墓》(又译《在这神圣的坟墓之前……》)。——原编者注

38. 致 П. В. 纳肖金

1831 年 6 月(不晚于 20 日)自皇村寄往莫斯科

非常非常感谢你 6 月 9 日的来信,不知这封信我写过回信没有。以防万一,我重读了此信后才写回信。我和包运人[①]已结清运费,他一再说你答应给他加钱,为此盼告。我可是一个子儿也不加。你和拉赫曼诺夫订的什么条款,我不太清楚;在俄罗斯尚无人寿保险惯例,以后会有的;我们暂时还没投保,只好提心吊胆了。在我们这里,即在彼得堡,流行霍乱,皇村却被封锁了——这就像历代皇室常干的那样:亲王闯祸,侍从挨鞭子。我估计物价行将飞涨,遗传和后天形成的吝啬的禀性令我惶恐不安。有关我妻子的事我没得到任何消息,祖父和岳母缄口不提,他们在为上帝给他们塔申卡安排了如此温顺的丈夫高兴。亚历山大·尤里耶维奇要出点什么事吧?你讲的有关他的消息让我们笑得要死。我能想象得出,他在亚麻厂与耳聋的老头[②]四目相对、娜塔丽娅·伊凡诺芙娜[③]在两个给看管得严严实实的女儿身旁坐立不安的情形。亚历山大·尤里耶维奇好吗?冷静下来没有?你自己如何?钱快有了吧?一有了钱,我就去,管它什么霍乱不霍乱的。对于能否见到你,我都绝望了。再见,回信。

---

① 指替普希金把家具从莫斯科运到皇村的人。——原编者注

② 指 A. H. 冈察罗夫。——原编者注

③ 娜塔丽娅·尼古拉耶芙娜之母。——原编者注

39. 致 П. В. 纳肖金

1831 年 6 月 26 日自皇村寄往莫斯科

来信收到，非常感谢，我的朋友。你得的什么病，这么快就好了？我写信告诉过你，彼得堡在流行霍乱，它就像一位新客人，所以在这里要比在你们那些冷漠的莫斯科人那里更受尊重。前几天谢纳亚的暴动[①]助长了霍乱流行；聚集了六千之众的东正教徒，打开了医院，(据说)打死了人；皇上驾临暴动现场，亲自平定了暴动。没有开炮便把事态平息了，要是连鞭子也不用就更好了。时世艰难啊，帕维尔·沃伊诺维奇！皇太子的遗体要运走，还有季比奇的也要运走[②]。帕斯凯维奇已到了十三军团。尚无军队行动的消息。能告诉你的就是这些社会新闻；现在来谈谈我的痛苦吧。来信告诉我，我何时能去莫斯科拿钱？多加诺夫斯基在你们那儿吗？如果在，就尽量和他好好谈谈，即尽量和他讨价还价，把事情了结，别等我——不过，我一定要去莫斯科看望你，不管霍乱如何，我亲爱的。我收到维亚泽姆斯基一封信，他留了一千(卢布)在我这里，以备后用。过几天我把欠戈尔恰科夫的一千给你寄去。霍乱坑了我们。皇村物价飞涨。我这里没有马车，没有甜点心，可钱花得总是很快。请想想看吧，自从那天我们分

---

① 1831 年 6 月 23 日发生在彼得堡的暴动。——原编者注

② 皇太子(康斯坦丁·帕夫洛夫维奇大公)和季比奇(伊凡·伊凡诺维奇，波兰俄军总司令)均死于霍乱。——原编者注

手后，我只喝了一瓶香槟酒，而且还不是一次喝完的。你已解除痛苦了吗？问候奥莉加·安德烈耶芙娜，不寄丝围巾给她了，因为像我说过的那样，通往彼得堡的交通均已中断。基于同样原因，你也不能很快收到我的肖像。布柳洛夫[①]此时在彼得堡并成了家，因此他不会很快去意大利的。请问候施奈德[②]；我在这里谁也见不上，也没法向谁打听他的情况。也要问候安德烈·彼得罗维奇，请把他的浪漫曲，即第二版改过的浪漫曲寄给我。再次问候奥莉加·安德烈耶芙娜、塔季娅娜·杰米扬诺芙娜、马特廖娜·谢尔盖耶芙娜和所有的人。再见，亲爱的，内人衷心问候你，她为你绣的东西，因为没有黑绸子而停下来了，都怪霍乱。

6 月 26 日

① 布柳洛夫，建筑师、肖像画家。

② 施奈德，名医。

40. 致 Н. И. 冈察罗娃[①]

1831 年 6 月 26 日自皇村寄往莫斯科

夫人：

波利瓦诺夫先生的意图我禀告过阿法纳西·尼古拉耶维奇，从您给娜塔丽娅的信中可以看出您对此很不满意。我觉得此事已先和您谈过。嫁不嫁女并非我的事，波利瓦诺夫先生求婚获准与否，对我来说完全无所谓。可您却说我的行为有失体面。这是侮辱性言辞。容我斗胆直言，我无论如何是不能接受这种言辞的。

为逃避不快，无奈之中我只得离开莫斯科，这种种不快，使我最终失去的不仅仅是安宁；有人对我妻子说我是下流之辈、贪婪之徒、卑鄙无耻的高利贷者，说她太傻、对自己的丈夫姑息放纵，等等。您一定会看出这是在鼓动离婚。为了维护尊严，我妻子不能容忍别人说她的丈夫是无耻之徒，她的天职是顺从我，让我做想做的事。三十二岁的男子不是十八岁的女子能管得了的。我表现出极大的忍让和温顺，然而，看来这一切均属徒劳。我很看重自己的安宁，也一定要保障自己的安宁。

我离开莫斯科时，您并不认为有必要和我谈正事；您宁愿拿可能离婚以及诸如此类的话题开玩笑。可我必须彻底弄清您有关我的决定。别人打算为娜塔丽娅做些什么，我不想说三道四，这与我无关，

① 全信原文为法文。

也从未想过这个问题。尽管我贪婪,可我借出的一万一千卢布,并未要求归还,也从未催过您。我只想确切地知道,夫人打算怎么办,以便我酌情行事。

谨致最崇高之敬意!

恭顺之仆

亚历山大·普希金

1831年6月26日

于皇村

41. 致 П. A. 奥西波娃[①]

1831 年 6 月 29 日自皇村寄往奥波奇卡

我时刻都在期盼着夫人的光临，所以把给夫人写信之事一推再推。不过，形势已经不容我对此抱有奢望。所以，夫人，我在信上恭喜您，并祝愿叶芙普拉克西娅小姐，祝这位如此高贵、如此温柔的尤物得到她应该得到的人世间的一切幸福。[②]

时世堪忧：彼得堡瘟疫流行、民众数次暴动、谣言四起。医生向居民放毒之事已经证实，其中两个医生让愤怒的贱民打死。皇上亲临暴民之中。有人来信[③]说：皇上与百姓交谈，贱民们跪地恭听（静得出奇），只听见皇上的话语像圣音在广场上回响。皇上的智勇和口才令人不能不信服。此次暴动平息了，过了一些时日骚动又起。可能他们不得不使用霰弹镇压。我们等待皇室到皇村来，这里尚未染上瘟疫，我看也用不了多久啦。求上帝保佑三山村避免这场大难吧，让夫人幸福安宁地过日子吧。总有一天我会与夫人再次为邻！顺便问一句，要是我不怕成为一个纠缠不休的人，请您，我的芳邻好友，告诉我，我能否住到萨夫基诺村[④]，有何条件？我要在那里修座茅屋，摆上自己的书籍，在好心的老朋友们身旁，每年度过几个月的时光。夫人

---

① 全信原文为法文。

② 奥西波娃之女 E. H. 武尔弗举行订婚礼。——原编者注

③ E. Ф. 罗津男爵 1831 年 6 月 27 日的来信。——原编者注

④ 萨夫基诺村，米哈伊洛夫斯克村与三山村之间的村子。——原编者注

想对我的空中楼阁，即萨夫基诺村的茅屋说点什么吗？这主意令我兴奋不已，也使我念念不忘。夫人，请接受我崇高之敬意和一片赤诚，问候夫人全家，并请接受我妻子的问候，她在等待着我荣幸地把她介绍给您呢。

1831 年 6 月 29 日

于皇村

42. 致 M.П.包戈廷

1831 年 6 月底(27 日至 30 日)自皇村寄往莫斯科

来信和《老统计学》[①]均已收到。衷心感激您。从彼得堡寄来的书已如数收到,但不知如何把应当奉送给几位大公和茹科夫斯基的书给他们送去。您知道,我们这里霍乱流行,皇村幸免于难,可能将是皇室暂时避难之地。这种情况下,茹科夫斯基要来这里。我在等他到来,好把您的邮包交给他。你为他的沉默生气,没用,他是最不守时的撰稿人,不跟任何人通信。我可以向您保证,他是真心诚意地敬重您。您的悲剧剧本居然还未上市,真让我吃惊。维涅维季诺夫几次对我说书已经出来了,所以我才没为它张罗。一定要卖出去,一有机会我就给宾肯多夫写信。霍乱和皇太子的逝世使我格外不安。让我们都回过神来吧。

您要写《彼得》,别怕他的大棒。您要是生逢其时,定会成为他的辅佐之臣。如今,您应该成为描写他的写生画家。可惜您还没有摆脱莫斯科大学,这所大学迟早会把您赶出自己的圈子,因为任何机体都不允许异物存留其中啊。博学多识,种种活动和智慧都与莫斯科大学格格不入。

我们有笔账:我提成二百二十五卢布,其中七十五卢布给您——总共剩余一百五十(卢布)。我一旦收到斯米尔金的租金,您就会收

① 指包戈廷出版的伊凡诺维奇·基里洛夫著的《全俄繁荣景象》(1727)。——原编者注

到钱的。

来信请直寄皇村,检疫站把我和斯米尔金隔开了。您有关书籍的嘱托,由于诸多原因,不能照办。原谅。再见。

亚·普

43. 致 П. А. 普列特尼奥夫

1831 年 7 月 3 日自皇村寄往彼得堡

请劳驾相告，你是否尚在人世？你打算做什么？我们的人呢？

请看在上帝的分上让斯米尔金给我寄点钱来，不然，我就亲自去见他，管它检疫站不检疫站。

我活着，也健康，你知道吗？

再见。

7 月 3 日

我把我的五部中篇小说和前言，即亡人别尔金这个好小伙子的作品重抄了一次。这些作品怎么处理，你有何吩咐？是我们自己出，还是跟斯米尔金做交易？劳驾回信。

我妻子问候你妻子，并祝你们健康。

44. 致 П. А. 维亚泽姆斯基

1831 年 7 月 3 日自皇村寄往莫斯科

来信收到了(可能是费多谢伊·西多罗维奇[①]写的,至少图章上刻有十字架和锚,还刻有:"上帝是我的希望")。你要讨回自己的家具,唉,亲爱的!我在皇村很难找到新的,没办法,拿回去吧。那点价钱就把家具卖出去了,我真替你惋惜,真的,该多值几个钱的,大人。我是偶然的机会通过熟人才弄到手的,说实在的,应该再添百把卢布才对。从报上得知屠格涅夫去莫斯科见了你,你不和他一道回来吗?要是能这样就好了。我们要办个丛刊之类的东西。要把屠格涅夫撕成碎块。关于你的《阿道尔夫》我没有任何消息;霍乱把我和普列特尼奥夫隔开了,他一个字也不给我写。本来我期望茹科夫斯基能来这里,但是普尔科夫出现了霍乱,皇室不来皇村了。彼得堡人心不稳;放毒的谣言四处流传,就连上流社会的人也在认认真真地重复这些荒唐话。百姓们打死了两个医生。皇上平息了暴乱,不过还不太安宁。我们没有军队的消息。我知道的就是这些,都告诉你了。文学方面的消息你别问了:我一本刊物也收不到,只有《圣彼得堡新闻》报,我又不看。我看完了《罗斯拉夫列夫》,很想知道你是怎么骂它的。《关于〈鲍里斯〉的谈话》我既没听说过,也没看到,我不参与别人的谈话。暂时我什么也没写,等到秋天再说。伊丽莎对不幸殉难已

---

① 费多谢伊·西多罗维奇,维亚泽姆斯基家的家庭教师。——原编者注

有准备，她给我写了一封令人断肠的诀别信。你怎么样?《冯维辛》走出了检查机关没有？开印了吗？到检查机关顺便说一句，谢格洛夫[①]死了：他不是我们一伙的，是人家一伙的。——家父在离我不远的帕夫洛夫斯克村受苦，总之，相当寂寞。

7月3日

问候你们所有的人，包括屠格涅夫，要是他已经到了你们那里的话。

---

① 谢格洛夫，书刊检查官。

45. 致 П. Я. 恰阿达耶夫[①]

1831 年 7 月 6 日自皇村寄往莫斯科

我的朋友，我要用一种欧洲语言和你说话，我更习惯于这种语言。我们继续进行当初开始于皇村，后来常常被打断的交谈吧。

我们这里发生的事情你是知道的：彼得堡的民众认为有人在毒害他们。报纸又是规劝训诫，又是郑重保证，干得异常精明，可惜民众不识字，血腥场面还会再现。我们被围困在皇村和帕夫洛夫斯克村，和彼得堡没有任何联系。因此，我既未见到布卢多夫，也没见到别利扎尔。您的稿子还在我的手里，要我还您吗？可是您在涅克罗波尔[②]又能把它怎么样呢？在我这儿再放一段时间吧。稿子我刚刚看完，我觉得，开头部分过于受以前谈话的束缚，过于受以前业已阐明了的、对您来说已经非常明确、毫无疑义的，然而读者却不熟悉的一些观点的束缚。因此，前面几页不太好懂。我认为，如果把这部分改成简明扼要的前言，或搞成摘要，那就好了。还想提请您注意的是，整个作品结构层次稍嫌不足。但考虑到这是书信，我认为这种形式写起来可随意自然、无拘无束。关于莫西亚[③]、罗马、亚里士多德、真正上帝的主旨、古代艺术、基督教，你都谈得精辟透彻、极其实在、

---

① 全信原文为法文。

② 恰阿达耶夫在《哲学书简》中称莫斯科为涅克罗波尔，意为“死亡之城”。——原编者注

③ 莫西亚，罗马帝国行省，辖境约为前南斯拉夫东南部、保加利亚北部。

辞令雄辩。人物场景的刻画和描写，都很豪放、气势恢弘、雄伟壮观。您对历史的理解，对我来说是全新的，也不能总同意您的见解，比如：您对马可·奥里略[①]怀有敌意，却热衷于大卫[②]（如果圣诗真是他写的，那我就用他的圣诗赞美他），这是我不能理解的。我不懂，为什么荷马作品中对诸神生动质朴的描写竟让您愤慨。除它的诗艺方面的造诣而外，您自己也承认这是一座历史丰碑。难道《伊利昂纪》中的血腥场面在《圣经》中就没有吗？您看到了基督教统一于天主教，即统一于教皇。这种统一不也包含在基督思想之中么？这一思想我们在新教中不也发现了吗？最初，这一思想是君主制的，后来才演变为共和制的。我的想法表达得不好，不过您能懂我的意思。请来信，我的朋友，就是骂我也行。传道书上说得好：智者的训诫要比狂人的歌声悦耳。

7月6日

于皇村

---

① 马可·奥里略（121—180），161年起为罗马皇帝。

② 大卫，传说中的以色列-犹太国国王。

46. 致 П. A. 普列特尼奥夫

1831 年 7 月(不晚于 11 日)自皇村寄往彼得堡

皇室一来,皇村就热闹了,变成了首都。听茹科夫斯基说你不来了,我很伤心。也只好如此了:待在你自己的别墅里吧,多多保重。黑眼珠的罗谢特[①]想给你写信,不放心你,茹科夫斯基劝她说:“他活着,你们还希求什么呢?”不过她托我转寄给你五百卢布,一笔迟发的抚恤金。如果你那里有我的钱,就从中扣除五百卢布——并来信告诉我,我好收下她这五百卢布。

前几天,我让埃斯林格[②]把我亡友别尔金的小说集[③]带给你,收到了吗?随后把前言再给你寄去。请送当地检查机关,别送皇室检查机关,——我们再和斯米尔金[④]串通一气,我的想法是,这部小说集可为我们挣一千卢布。——办法是这样的:

出两千册,每册六个卢布等于一万两千卢布

——印刷费一千卢布

——提成一千卢布

共余一万卢布

---

① 罗谢特(1809—1882),随丈夫姓斯米尔诺娃,宫廷女官,П. A. 普列特尼奥夫的学生和女友,普希金在第 20 封信中称她为“南方的燕子”。

② 埃斯林格,皇村学校第四期毕业生。——原编者注

③ 《别尔金小说集》印刷时未署普希金的名字。——原编者注

④ 斯米尔金,书商。——原编者注

你为杰尔维格的弟弟设想的《北方花朵》的计划怎么样了？我出《莫扎特》[①]和几个小作品，茹科夫斯基提供他的六音步扬抑抑格的童话。给巴拉丁斯基去信，他会把宝贝寄给我们的，他现住在自己的领地里。——盼不到你的诗作，你要是能集中精力写点有关杰尔维格的东西该多好！那就太好了！无论如何要有散文，你要是什么也拿不出来，那就难办了。不要文学评论，我们的文学有什么了不起的？只能骂骂波列沃依和布尔加林。杰尔维格墓碑上的赞美词搞好了吗？——这一切你要好好筹划一下，安排一下——该出版了，就是说，到准备出版的时候了。望大家多保重。基督和你们同在。

① 指《莫扎特和萨利耶里》。

47. 致 П. А. 普列特尼奥夫

1831 年 7 月(不晚于 16 日)自皇村寄往彼得堡

我老写信,让你厌烦了吧,也不知你有伤心事。昨天人家才告诉我,说我们善良、睿智的盲者与世长辞。你此时此刻的感受我能清楚地想象到,因为我知道你对故友莫尔恰诺夫难舍难分的情谊。而今,人世间日渐空旷,我们面前的路上日渐无人。艰难的时世,艰难的岁月啊。得知你在自己的帕特莫斯岛[①]上安然无恙、超然自得,我多少感到慰藉。似乎传染病在彼得堡已失去势头。我们这些在莫斯科和尼日尼见过世面的人,听到日渐临近的浩劫心下漠然;可是多少个熟人故友蒙难而去啊!不过,除了莫尔恰诺夫,看来并未失去什么知心的人。在我们皇村这里,一片忙碌、欢乐的景象,都在期盼着皇后分娩,期盼着帕斯凯维奇的捷报,祈盼着霍乱停息。可我却盼着你的来信。我深信你和你的家人都健康无恙,就像我一直相信自己的生命、自己和全家人健康无恙一样。

---

① 帕特莫斯岛,古罗马时期的流放地,传说最著名的流放者为第四福音的作者约翰(中文版《圣经》译为拔摩)。普列特尼奥夫为躲避霍乱"自囚"于彼得堡附近别墅之中。

48. 致 M. Л. 雅科夫列夫

1831 年 7 月 19 日自皇村寄往彼得堡

亲爱的米哈伊洛·卢基扬诺维奇，在普列特尼奥夫那儿有我的钱，劳驾跑一趟吧。这是一位认真的人，故请带上我的票据并注明利息已领。请他给我写几句话来，并请他把我需要的钱寄来。如果他为躲霍乱待在别墅里不跟任何人打交道的话，那就请你来信谈谈他的情况，他身体好吗？全家人身体都好吗？

衷心问候索菲娅·米哈伊洛芙娜[①]，未能和她话别，非常遗憾。愿上帝保佑她身体健康，精力旺盛。如需钱用，请她别和我客气，这不仅仅指我欠她的债，请她任何时候都别客气。《北方花朵》如何？我可是准备好了。前几天我把手边杰尔维格的信函又细看了一遍，过一阵子也许可以发表。她那里有我给他[②]的信吗？我想把它们汇集起来。还有一事相求：我们的丘赫利准备出版的两部悲剧剧本在杰尔维格那里，还有他的《伊若尔斯基》、我的抒情叙事诗《爱上圣母的骑士》[③]。索菲娅·米哈伊洛芙娜能否把这些作品留在你那里？普列特尼奥夫和我，我们该想办法用这些材料干点什么。

---

① 索菲娅·米哈伊洛芙娜，杰尔维格的遗孀。

② “她”指杰尔维格的遗孀，“他”指杰尔维格。

③ 即《世间有个贫寒的骑士》一诗。

朋友们,你们在干什么？我们的朋友当中有谁上了天国,一去不返？再见,再见吧。

亚·普

7 月 19 日

于皇村

49. 致 П. В. 纳肖金

1831 年 7 月 21 日自皇村寄往莫斯科

我那可怜的教女[①]啊！亲爱的帕维尔·沃伊诺维奇，以后我再也不给你的孩子当教父了。我时运不好。你的心愿一定会不折不扣地得到满足[②]，要是你突发奇想欲追随优素波夫[③]而去的话。但这事办不到，至少我无论如何也不能想象你会成为一个亡人。一直想去看你，又怕途中的检疫站。现在要是上路，通过检疫站的时间肯定没有把握。三天的路程说不定在检疫站就要待上三个礼拜，这可不是闹着玩的！我把给恰阿达耶夫的包裹寄给你，劳驾你给他送去，他住在教堂对面的德米特罗夫卡。你们那里好像都还风平浪静，没听说有霍乱，没发生暴动，也没打死医生和上校们。难怪皇上把莫斯科树为彼得堡的榜样！皇村都还太平，周围却一团糟，糟透了。你来信说的批评性谈话我尚未看到。如果你看过我们的杂志就会发现，我们这里称之为批评的东西，无不愚蠢可笑。从我这方面来说，我退缩了，认真反驳——是不可能的。我也不想在读者面前像丑角似的插科打诨。况且，批评也罢，读者也罢，都不值得认真反驳。今秋我要搞文学，冬天我要钻进档案堆里，皇上已恩准我使用档案。皇上对我非常

① 普希金写此信时，纳肖金和茨冈女人奥莉加·安德烈耶芙娜所生之女刚死不久。——原编者注

② 关于处理家产一事。——原编者注

③ 优素波夫(1750—1831)，死于霍乱。——原编者注

宽厚客气。说不定我能当上个宠臣，就连祖布科夫和帕夫洛夫都要张开双臂向我扑来。舍弟已调入驻波兰军队，人家不满意他酗酒胡闹；不过这不会受到追究。你知道我军已渡过维斯拉河，没遇到一个敌人。我们时刻在盼着波兰和法国巴黎的重要消息。看来，不打欧洲大战就可以解决问题，愿上帝保佑。再见，亲爱的，别偷懒，多保重。

7 月 21 日

又及：光顾跟你闲扯了，把正事给忘了。是这样的：我的钱在彼得堡，在普列特尼奥夫或斯米尔金那里，由于霍乱他们二人都和我断了联系。不知 8 月 1 日前能否收到我的这笔钱，若能拿到，我就把欠戈尔恰科夫的一千寄给你；不然的话，就请以我的名义借钱替我如期还上。不是我的错，都怪霍乱，是霍乱把我与近在咫尺的彼得堡隔开了，莫斯科又不准进。我和多尔加诺夫相处得不错，老弟，我们不是会谈就是谈判——因为我的第一张期票快到期了。

50. 致 П. А. 普列特尼奥夫

1831 年 7 月 22 日自皇村寄往彼得堡

你 19 日的来信使我五内俱焚,你又要哀伤不已了。唉,瞧,忧伤比霍乱更可怕,后者消灭的是躯体,前者扼杀的是心灵。杰尔维格死了,莫尔恰诺夫死了,说不定茹科夫斯基也要死,我们也要死。但是生活仍然丰富多彩,我们还会遇到新的熟人,他们会成熟起来,成为我们新的朋友,你的女儿将长大成人,长成新嫁娘,我们变成老家伙,我们的妻子变成老太婆,而孩子们将会长成可爱、年轻、快乐的青年;男孩子们开始放荡,女孩子们变得多愁善感。这一切也都让我们欢喜。

废话少说,亲爱的。别犯愁——霍乱几天就会过去,我们也许能活下来,到时候也会快乐的。

让我遗憾的是,我的信你都未收到。其中有些信是谈正事的。不过也不要紧。这位埃斯林格你不认识,是我皇村学校的晚辈,看来是个好小伙子,我托他把我的故事[①]带给你,看看吧,也好排遣霍乱给你带来的寂寞,可发表却不急。除了《鲍里斯》的那两千外,我再也没收到斯米尔金一个子儿。我想,我在他那里的薪水已积攒了两千,这就给他写信,让他把罗谢特的五百交给你,余款给我寄来。顺便告诉你个新消息(鉴于诸多原因,只限于你我之间说说):皇上让我担任

① 指《别尔金小说集》。

公职[1]——不过,不是担任刀笔小吏,也不是近臣或军职,不是,是他发我薪俸,对我开放档案,好让我钻进故纸堆里,别的什么也不干。这在皇上来说已经很不错了,不是吗?皇上诏曰:此人既有家室,又不富裕,理当发给生活之资。[2] 他对我真的很好。老弟,我们何时能见面?唉,这该死的霍乱!我的优素波夫死了,我们的赫沃斯托夫[3]死了。也许死神对这两个牺牲品会满足的。再见,问候你们全家人,望你们多保重,上帝保佑你们。

7 月 22 日

① 尼古拉一世让普希金撰写《彼得一世史》。——原编者注
② 原文为法文。
③ 赫沃斯托夫之死传闻不实。——原编者注

51. 致 П. В. 纳肖金

1831 年 7 月 29 日自皇村寄往彼得堡

上次信上我请你把包裹送给恰阿达耶夫，可是邮局不收包裹。信上我还求你把欠款一千付给戈尔恰科夫，现随信寄上这一千，请把这笔钱和我由衷的感激之情送给我那可爱的债主。

你在做什么？在等自己的钱吗？能否把我从多加诺夫斯基的罗网中救出来？需要我前去吗？我得承认，我非常想去，也很想留在皇村，因为这里生活费用低、安宁一些。

谢天谢地，我们这里总算还平静。彼得堡的骚乱平息了，霍乱也过去了。皇上驾幸诺夫哥罗德，那里的移民区本来要造反，一片恐慌。皇上驾临使一切都平静下来了。前天皇后顺利生下尼古拉·尼古拉耶维奇大公。尚未听到波兰的任何消息。

别了，再会。

52. 致П. А. 奥西波娃[①]

1831年7月29日自皇村寄往三山村

亲爱的好心肠的普拉科维娅·亚历山德罗芙娜，您的沉默已开始让我不安了，您这封信来得非常及时，让我放心了。再次祝贺您，并衷心祝愿您阖家幸福、安宁康泰。我把您的信亲自送到了巴夫洛夫斯克，因为极想知道信中的内容；可家母不在。您知道他们那里出了事吗？知道奥莉加胡闹和检疫站等的事吗[②]？谢天谢地，现在一切总算结束了。我父母已解除关押了。霍乱再也没什么可怕的了，彼得堡的霍乱即将结束。诺夫哥罗德军屯发生风潮的事您知道吗？在有人毒害他们这一不可思议的借口下，士兵们造反了，将军、军官和医生们通通被极其残忍地杀害了。陛下驾临那里，以惊人的勇气和镇定自若的气概平息了哗变。但是，百姓动不动就造反，造反者动不动就要见皇上，这是不能允许的。看来现在一切都结束了。您对疾病的判断比医生和政府更为准确。这是流行病，不是瘟疫，设检疫站实属多余，只需在衣着饮食上采取预防措施即可。要是人们早点得知这一真理，我们本可以避免许多不幸。现在，人们用治疗一般中毒的方法来治疗霍乱病——用植物油、热牛奶，也没忽视蒸汽浴。上帝

① 全信原文为法文。

② 普希金的姐姐奥莉加·谢尔盖耶芙娜秘密前往由检疫站封锁的巴夫洛夫斯克，被认出后由警察押解回彼得堡。——原编者注

保佑你们在三山村不至于用这种方子。

现将我的需要和计划告诉您。在萨夫基诺还是在别的什么地方,这并不重要,我只想做您的邻居,成为一小块好土地的主人。此类庄园的价钱如何,盼告。看此形势,我陷在彼得堡要比我想待的时间更长,不过这不会改变我的打算和希望。

请相信我对您的忠诚和无限敬仰。向您全家致意。

7月29日

于皇村

53. 致 H. M. 孔申[①]

1831 年 6 月、7 月于皇村

多谢您的指点，狗找到了，内人甚为感激。不过，捉到狗的人却让我为难，给他十个卢布酬谢，他不收，说少，照我看连他带狗都不值这个数，可我内人不这么看。先生身体还好吧？我们能很快见面吗？

亚・普

① H. M. 孔申(1793—1859)，皇村总管办公室主任，二流作家。

54. 致 H. M. 孔申

1831 年 6 月底至 7 月于皇村

这是现存我这里的各期，随信奉上。衷心感谢您提供的消息，虽然是不愉快的消息。您那里有否《文学报》？您和阿芙多季娅·雅科夫列芙娜①健康无恙否？再会。

亚·普

① 阿芙多季娅·雅科夫列芙娜，孔申之妻。

55. 致 M. П. 包戈廷

1831 年 7 月底自皇村寄往莫斯科

亲爱的、尊敬的人，来信我无暇回复。今去信只有一事相告，您关于《彼得一世通鉴》之嘱托我已照办；茹科夫斯基为大公和他自己领取了几册，应送康斯坦丁大公的一册他另作安排。茹科夫斯基将把它呈奉皇后陛下。请劳驾正式呈文伊凡·帕夫洛维奇·尚博大人（皇后陛下的秘书）："谨奉某某精妙之书于陛下，不揣冒昧之至，云云。"[①]我为了您去过宾肯多夫将军府上[②]，可是将军不在：他正留在皇村，过几天我再和他详谈。先拥抱您。

亚·普

① 原文边注有写信人"并把信交我"之语。

② 为包戈廷争取出版他的悲剧剧本。——原编者注

56. 致 П. В. 纳肖金

1831 年 8 月 3 日自皇村寄往莫斯科

我的神父和恩人！前几天把欠戈尔恰科夫的一千卢布寄给了你，帕维尔·沃伊诺维奇老弟，如数收到了吗？回信。还有一个小小的请求：向科罗特基[①]打听一下，向抵押银行借贷四万我该付多少利息？支付期限多长？多罗霍夫的期票[②]用得上吗？科尔尼利昂-平斯基身体好吗？亲爱的，您还好吧？过得怎样？家人都好吗？你干吗不把耶萨乌洛夫修改过的第二版浪漫曲给我寄来？我们可以让他在宫廷内官中间走红的。我们这里一切都好，内人问候你。画像没寄，因为没有画家。为此我们请求原谅。

8 月 3 日

又及：劳驾，如何向抵押银行付款，望来信详加说明。需要我亲自去吗？委托书应寄给谁？款是通过邮局寄吗？

---

① 科罗特基，曾供职于贷款银行。——原编者注

② 多罗霍夫出具给普希金的期票。普希金想用它来偿还为买基斯捷涅沃村向抵押银行的贷款。——原编者注

57. 致П. А. 维亚泽姆斯基

1831 年 8 月 3 日自皇村寄往莫斯科

《文学报》有点沉默了，当然，索莫夫病了[①]，也许订阅情况不能令人满意。你那篇写布尔加林小拇指的评论[②]并未白写，我答应让你发笑的，不过我们暂时还顾不上笑：你一定听说过诺夫哥罗德和旧罗斯的骚乱了吧[③]。真可怕。将军、上校、军官一百余人在诺夫哥罗德被砍，手段极为残忍。暴民们鞭打他们，扇他们耳光，凌辱他们。暴民们打家劫舍，奸污妇女。十五名医生给打死了，在医院病人们的帮助下，只有一人获救。暴徒们把自己的长官们杀光后选了另外一些人当长官——只在工程师和传令兵中选。继奥尔洛夫之后，皇上驾临乱民之中，陛下行动勇敢，甚至可以说是鲁莽，他大骂杀人凶手，当即宣布他不能饶恕他们，令他们交出主谋。暴民答应了，于是骚乱平息了。但是旧罗斯的暴乱并未停息，军官们还不敢在街上露面。那里曾把一位将军五马分尸，把人活埋，等等。各团里的人把自己的长官出卖给农夫们，农夫们行动了。真糟糕啊，大人。当这种悲剧满目皆是之时，就顾不上我们文学狗屎般的喜剧了。波兰的战事好像快结

---

① 《文学报》最后一期是杰尔维格逝世后由索莫夫编辑的，1831 年 6 月 30 日出版。“当然，索莫夫病了”一句套用德米特里耶夫寓言《麻雀和苍头燕雀》中的语句。——原编者注

② 普希金在《略谈布尔加林的小拇指及其他》一文中有“遗憾的是，布尔加林不是用一根小指头在写作”一语。——原编者注

③ 两地的军屯暴动。——原编者注

束了;我仍然担心:大决战乃一触即发。我们要是包围华沙(这需要大量军队),欧洲便会有机可乘,便会干涉他们的分外之事。但是,只有法国不会插手,英国也犯不上和我们翻脸,这样我们也许能脱身。

皇村暂时既无暴乱也无霍乱,俄文刊物递送不到我们手里,外国的能收到,所以,我们的日子还算过得去。茹科夫斯基牙疼,他跟罗谢特吵架,她要把他撵出自己的房间,他就给她写了首阿尔扎马斯式的道歉诗,是六音步扬抑抑格诗:

……我恳求您,我的天帝呵,
请您剥下我的珍皮做您的套鞋,
您意下如何?
请您割下我的双耳做蝇拍等等,
您意下如何?①

这首道地的阿尔扎马斯式的作品我寄给你。

感谢亚历山大·伊凡诺维奇的宗教哲学的附笔。我不明白恰阿达耶夫一伙人干吗要攻击宗教改革②,即攻击众所周知的基督精神的表现形式。在其统一方面,基督教的基督精神丧失多少,则基督教在人民性方面便增加多少③。希腊教会则不同:它停滞了,与基督精神总趋势分道扬镳了。恰阿达耶夫又出现在社交界,我很高兴。你告诉他,我本想把他的手稿给他寄去,可邮局不收包裹,替我向他道歉。问候你们大家,并祝健康安宁。

8月3日

于皇村

---

① 引自茹科夫斯基为罗谢特写的戏谑诗《仁慈的女士……》。

② 《哲学书简》中对宗教改革有抨击性言辞。——原编者注

③ 原文为法文。

58. 致 П. А. 普列特尼奥夫

1831 年 8 月 3 日自皇村寄往彼得堡

亲爱的普列特尼奥夫，来信和一千五百卢布均已收到。你做得非常明智，乖乖待在自己的小窝里，在我诅咒的彼得堡连面也不露。可怕的不是霍乱，可怕的是当前这种恐怖局势下控制着所有能思维的生物的担心、道德状况和人心沮丧。再过一个礼拜，霍乱也许就停息了，可皇村却要长期被检疫站封锁着，所以，我们见面还早着呢。《花朵》怎么样了？我真不知该怎么办。雅科夫列夫来信说《花朵》暂时不能办了，到底为什么？莫非印刷厂停了？莫非没有纸张？莫非索莫夫病了，或者拒绝出版？另外，《文学报》出了什么事①？它比《墨丘利》②出得更不按时。顺便再问一句，别斯土舍夫-柳明没死吧？听说霍乱专门断送酒鬼。我得知赫沃斯托夫还活着，心情十分沉痛。在如此众多的棺材之中，在如此众多的英年早逝、无比高贵的牺牲者之中，赫沃斯托夫居然还厚颜无耻地翘立在那里。前几天我再次翻阅了杰尔维格的信件，他在一封信中对我谈到 Д. 维涅维季诺夫之死时写道："就在那天，我碰见了赫沃斯托夫，差点骂了他，他干吗还活着？"——我们可怜的杰尔维格！赫沃斯托夫居然比他的命还长。你记住我的预言：赫沃斯托夫也会比我的命长。在此情况下，我以我们

① 《文学报》停刊了。——原编者注

② 别斯土舍夫-柳明（卒于 1832 年）主办的《北方墨丘利》。——原编者注

友谊的名义恳求你把他杀了——哪怕用讽刺短诗也行。再见,多保重。我的故事[1]没到你的手就给退回来了。

8 月 3 日

我常见罗谢特,她很爱你,我们常常谈到你。她宣布订婚了,皇上也向她贺喜。

---

① 指《别尔金小说集》。——原编者注

59. 致П. A.维亚泽姆斯基

1831年8月14日自皇村寄往莫斯科

亲爱的维亚泽姆斯基，诗人和宫廷高级侍从……[①]

欣闻使“阿尔扎马斯社”高兴的这一事件后[②]，我们，住在皇村的“阿尔扎马斯社”的伙伴们，决定隆重集会。全部与会者顷刻聚齐，到会者共两人。根据抓阄儿选定茹科夫斯基为主席，我，蟋蟀，为秘书。会议记录即呈“阿尔扎马斯”的和宫廷的高级侍从大人（亦即公爵大人）。与会者再三询问：为什么阿斯莫杰伊在刊物上一次面也不露？秘书应声答道：他把自己的文章不署名送给“商报”[③]了。与会者又问：他从商多久了？在商界赚了吗？主席应声答道：他赢了一把钥匙[④]，现在要转银行了。

抛开“阿尔扎马斯社”的政治事件暂且不提，现有一事相告，谢天

---

① 见《摘自致维亚泽姆斯基的信》一诗。

② 1831年8月5日维亚泽姆斯基获得“宫廷高级侍从”官职。普希金风趣地称这是“使‘阿尔扎马斯社’高兴的事件”和“政治事件”，并戏称维亚泽姆斯基为“高级侍从大人”。

③ 这是俏皮话。“商报”指“商业式”的玩牌，下文中“银行”一词还有赌博中“庄家的赌本”之意（也是玩牌术语），也指赌博的一种方式。信中所指为维亚泽姆斯基任职的国家借贷银行。——原编者注

④ 旧俄时代，宫廷侍从官的大衣后背上有钥匙形状的衔职标志，故普希金在本信开始部分的诗中有“高级侍从装饰着钥匙，象征他的信念和忠贞”，“在你的屁股上同样也闪耀着一把钥匙”的诗句。

谢地,我们在波兰的战事总算有了进展:华沙被围,克尔日涅茨基让不耐烦的爱国者撤了职。偶然从立陶宛去华沙的登宾斯基[①]被推举为总司令。哗变者指摘克尔日涅茨基消极无能,无所作为。可见这些人想战斗,可见他们将被击毙,自然法国的干涉也会推迟,自然,帕斯凯维奇伯爵福星高照。荷兰国王发火了,但是,他似乎不得不把对比利时的关心搁置一旁[②],因为他已顾不上普鲁士了。如果全欧大战爆发,那我可就后悔结婚了,总不能把妻子拴在马鞍上啊。茹科夫斯基的诗歌腹泻[③]虽然停止了,但他毕竟还有……六音步扬抑抑格诗。我们在等你。我们真的应当着手办个杂志了,可办个什么样的呢?三个月出一本小册子,不,在上帝和单纯的伊丽莎[④]的帮助下,出一大本。顺便说一句,伊丽莎原打算给我写封类似遗嘱之类的信:请相信即使在棺材里也会爱您的那位的柔情[⑤],等等。后来就沉默了下来。我还心情平静地以为她死了呢,可你知道我后来弄明白的是怎么回事吗?伊丽莎爱上了旅行者莫内,还和他调情!如何?唉,女人哪,女人!又柔弱又靠不住的造物……[⑥]再见,宫廷高级侍从大人。衷心问候你和你全家。

8 月 14 日

---

① 登宾斯基(1791—1864),波兰政治活动家、将军。

② 指荷兰国王不承认比利时独立。——原编者注

③ 戏语,指茹科夫斯基诗作在前一时期颇丰。

④ 指 E. M. 希特罗沃。——原编者注

⑤⑥ 原文为法文。

60. 致 П. И. 米勒[①]

1831 年 8 月上半月于皇村

所寄书籍和客气的来信收悉，衷心感谢。您何时能履行自己的另一诺言——光临寒舍？若师弟能来，我这个早几年毕业的老师兄定会感激不尽。

亚・普

① П. И. 米勒(1813—1885)，皇村学校第五期毕业生。——原编者注

61. 致 П. А. 普列特尼奥夫

1831 年 8 月(不晚于 15 日)自皇村寄往彼得堡

今将果戈理的来信和我的朋友 Ив. П. 别尔金的小说集随信寄上,请你送普通检查机关,我们准备出版。前言随后寄到。出版时我们将遵循如下规则:

1)尽量多留空白,行距尽量留宽些;

2)每页不超过十八行;

3)人名用全称,如伊凡·伊凡诺维奇·伊凡诺夫,不用 И. Ив. Ивъ。城市、乡村名称亦然;

4)数字(除年份外)用字母表示;

5)小说《驿站长》中的骠骑兵叫明斯基,书中各处均需用此名更正过来;

6)把我的名字悄悄告诉斯米尔金,让他透露给买主;

7)每本只向极其令人尊敬的读者收取七卢布,不是十卢布——这是因为当前时世艰难,又是招募新兵,又是设立检疫站。

我想,读者会绝对毫无异议地缴纳此额合理租金,不会迫使我采取严厉措施的。

重要的是我们要活下来,要保重身体……再见,我的天使。

又及：题诗[①]应印在小说的最前面，小说集的目录另页单印（显得宽绰醒目）。顺便再说几句题诗，《射击》的题诗应另选，从 A. 别斯土舍夫发表在《北极星》上的《七封信的小说》中选：“在他射击之后，我还可以开一枪”等。请改过来，亲爱的。

① 普希金指的题诗选自 A. 别斯土舍夫的《露营之夜》中的语句（手稿上的题诗选自《叶甫盖尼·奥涅金》第六章的诗句：“好了，往前行进！”……）。——原编者注

62. 致 П. В. 果戈理

1831 年 8 月 25 日自皇村寄往彼得堡

亲爱的尼古拉·瓦西里耶维奇：

惠寄大函，又替我把包裹送给普列特尼奥夫，非常感谢，尤其感谢您的来信。您的学术批评的方案非常之好。不过，为实施这一方案，你显得太懒。费奥菲拉克特·科西奇金的文章[①]尚未登出来，不知何故：不知这是否意味着纳杰日金怕法杰伊·维涅季科托维奇发怒？祝贺您首战告捷，您的作品赢得排字工们不禁失笑和管理人的解释说明[②]。我急切地期待着您的另一成功：撰稿人的议论和有点苛刻的领班[③]的反应。我们这里诸事顺遂：暴动、洪水和霍乱均未发生。茹科夫斯基写得很起劲，我已感觉到了秋天的气息，也打算坐下来埋头写作了。您所说的纳杰日塔·尼古拉耶芙娜[④]，即内人娜塔丽娅·尼古拉耶芙娜——感谢您的惦念，衷心问候您。替我拥抱普列特尼奥夫，你们在彼得堡要活下来，多保重，看来这才是非常明智的。

亚·普

8 月 25 日

---

① 普希金《友谊的庆典》一文，署名为费奥菲拉克特·科西奇金，发表在 Н. И. 纳杰日金的《望远镜》上（1831 年 8 月号）。——原编者注

② 果戈理《狄康卡近乡夜话》在排字工中引起哄堂大笑。——原编者注

③ 指 Н. А. 波列沃依。——原编者注

④ 果戈理在 8 月 21 日信中把普希金妻子的名字弄错了。——原编者注

63. 致 П. А. 维亚泽姆斯基

1831 年 8 月底自皇村寄往彼得堡

（只限你我知道）杰尔维格给他的遗孀丢下两个一文不名的弟弟，他那块不大的领地业已失去大部分。今年我们要为这两个孤儿出版《北方花朵》才是。你把诗文寄给我，到时好用在我们的刊物上。

8 月 20 日是瓦西里·利沃维奇的忌日，此间的“阿尔扎马斯社”的伙伴们用卷边饼[①]纪念自己的社长，每张卷边饼都插上一片桂叶。斯维特兰娜[②]致悼词，他满怀特殊感情地回忆了当初接收此君参加“阿尔扎马斯社”的仪式。

---

① 卷边饼，一种抹奶渣、果酱的薄饼，是瓦西里·利沃维奇·普希金在“阿尔扎马斯社”的绰号。他在社里年龄最大，被称为“社长”。

② 斯维特兰娜，茹科夫斯基在“阿尔扎马斯社”的绰号。——原编者注

64. 致П. В. 纳肖金

1831 年 9 月 3 日自皇村寄往莫斯科

亲爱的帕维尔·沃伊诺维奇，最近一封信使我心里充满了喜悦和感激之情。因等候你答应过的下封来信（此信尚未收到），故此信未复。上帝保佑你史料考证圆满成功！我在等待多加诺夫斯基的决定，心里不免有些忐忑不安。你那里一切顺心否？你那痉挛病、头疼病，去见叶莲娜·季莫菲耶芙娜之行等风波都过去了吧？托上帝洪福，我这里一切均好，妻子健康，皇上赐予公职（只是你我说说），即赐我薪俸，恩准使用档案材料撰写《彼得一世传》。愿上帝保佑皇上龙体康泰！我家里已另行组阁[1]：亚历山大·格里戈里耶夫账目管理出现差错，我要他交出账本。会议非常激烈，如同伊凡·格里戈里耶夫被整得无地自容的那次会议一样。结果亚历山大·格里戈里耶夫把部里事务移交给瓦西里[2]（此人毛病性质不同）。厨子当天向我辞职，人家要此公去当兵，他要去莫斯科为此事奔波，也许会去见你。他的离去令我难过，不过，可能一切都会好起来的。我忘了告诉你，亚历山大·格里戈里耶夫离职时挨了我一耳光，这是他应得的服务证书。为此，他要造反，并对我动用了武力，即找来了警察分局局长，结果适

---

① 普希金以风趣的口吻谈他的家事，此处及下文多为玩笑话。

② 亚历山大·格里戈里耶夫、伊凡·格里戈里耶夫和瓦西里均为普希金家的仆人。——原编者注

得其反，店铺老板们弄清事情原委后，要扭送他去坐牢，我宽大为怀，救了他。我那岳母大人吵闹不休，没什么能让她改变，无论是时间、分离，还是天各一方[①]；骂起我来无休无止——一切都是为了我的朋友亚历山大·尤里耶维奇[②]。祖父则一声不吭，至今尚未为娜塔丽娅·尼古拉耶芙娜做成一件事[③]；我自己的事进展缓慢。我的中篇小说集[④]不署名发表。首册即将给你寄去。再见，亲爱的。别忘了详细打听一下抵押银行的事。

亚·普

9月3日

① 原文为法文。

② 指亚历山大·尤里耶维奇·波列瓦诺夫。

③ 指嫁妆一事。——原编者注

④ 指《别尔金小说集》。——原编者注

65. 致П. А. 维亚泽姆斯基

1831年9月3日自皇村寄往莫斯科

先谈正事:纳肖金那里没我的钱了,他本人可能也弄不到钱。由于霍乱之灾,我进款艰难。一俟与通信人联系上,你马上会收到自彼得堡寄去的你那五百卢布。来信谈到办刊一事,是啊,根本不可能!谁来批准我们办刊呢? 冯-福克死了,说不定Н. И. 格列奇接替他的位置。我们会好的! 政治性报纸想都不要想,但是月刊或四月一刊,一年出四期,我们倒可以试试——同样难办:不带时装办不起来,带时装吧,我们将成为沙利科夫、波列沃依之流同样的货色——这样做我们问心有愧。你看如何? 要不要赶时髦? 我们单辟个栏目,刊登阿夫拉姆和伊格纳季的通信[①]:这可是经典之作。茹科夫斯基仍在写作,已写完了六个本子,又同时开始写六首诗,他就是如此"腹泻"[②]的。很少有一天他不给我念点新东西。今年他真的写了整整一大本。这对杂志来说是件好事。我也开始……前几天,我修改了上千行故事诗[③],另外一个故事正在肚子里咕咕叫呢。然而,霍乱……关

---

① 显然是指С. Л. 普希金与农奴伊格纳季·彼得罗夫的通信(维亚泽姆斯基1831年8月24日信中提到过)。——原编者注

② 普希金曾多次与维亚泽姆斯基开玩笑,把诗歌称为"大粪",把写诗称为"出恭",把短时间写出很多诗作称为"诗歌的腹泻"等。

③《沙皇萨尔丹的故事》。——原编者注

于《罗斯拉夫列夫》[①]你说得极为实在，我看到我们杂志上的评论就觉得可笑，有的从荷马写起，有的从摩西写起，有的则从瓦尔特·司各特写起；你用三行字足以评论的那部长篇小说，人家一写就是几本书，不过，对这些书还可以补充三行：立论牵强附会却不失趣味，对白虚假却不失生动，尚可一读(共两行半)。

昨天我去了唐娜·莎尔[②]那里，她那儿没你的信件，她无意烧毁你的信，她责备你的纨绔习气[③]。问题在于她太聪明，太可爱，能惟妙惟肖地模仿兰贝特将军夫人和在宫内当奴才的那个德国人。你对俄国谚语的议论并非无益。下面这条谚语属于最好的谚语之例：别自寻烦恼。说到烦恼，顺便问一句：你看过《望远镜》上费奥菲拉克特·科西奇金的文章[④]吗？再见，问候你和你的家人。昨天我和茹科夫斯基在唐娜·莎尔那里时，她收到她弟弟的一封信，他替卡捷琳娜·安德烈耶芙娜征求茹科夫斯基的意见：她来彼得堡还是留在莫斯科？茹科夫斯基说，他要是有一百张嘴，张张都会说：到我们这儿来，到我们这儿来，到我们这儿来！且不说私心如何，我也是这个意见。霍乱在彼得堡停息了，我们这里又开始流行了。这是什么年月啊！华沙本该在上月25日或26日攻克，却仍不见消息。

9月3日

---

① 《罗斯拉夫列夫》，米哈伊尔·尼古拉耶维奇·扎戈斯金的长篇小说。——原编者注

② 唐娜·莎尔，雨果小说《欧那尼》中的女主人公，是罗谢特-斯米尔诺娃的绰号。——原编者注

③ 原文为法文。

④ 指普希金的文章《友谊的庆典》，署名费奥菲拉克特·科西奇金(载《望远镜》1831年第13期)，参见第81封信。——原编者注

66. 致 П. И. 米勒

1831 年 9 月(不早于 4 日)于皇村

亲爱的米勒,为费奥菲拉克特·科西奇金的文章(我已看到了这篇文章)非常感谢您。也为攻克华沙的消息衷心感激您。祝贺您和我的全体校友。忠实于您的老校友。

67. 致П. А. 奥西波娃[①]

1831年9月11日自皇村寄往三山村

夫人，与萨夫基诺村领主谈判辛苦了，不胜感激。如对方其中一人坚持不让，能否绕开他同另外两人谈定？其实并不急：新的差使要把我困在彼得堡至少两三年。为此我很难过，因为我希望在三山村附近度过这段时光。

我妻子非常感激您为她写的几行字。她心地极为善良，定会全心爱您的。

有关华沙攻克之事无须和您多谈。在九个月的惨遭挫折之后，得到这一喜讯[②]我们是何等地欣喜若狂，夫人可以想象得到的。欧洲舆论如何？这是我们关心的问题。

霍乱在彼得堡已停止肆虐，却在外省蔓延开来。请多保重，夫人。您的胃疼病让我惶恐不安。请别忘记用治疗普通中毒的偏方治疗霍乱：牛奶和植物油——还要忌生冷。

再见，夫人，请相信我的敬重与真心的依恋之情。问候您全家。

9月11日

于皇村

---

① 全信原文为法文。

② 指俄军1831年8月26日攻克华沙。——原编者注

68. 致 A. O. 罗谢特[①]

1831 年 9 月中旬于皇村

尽管您见过这些诗作，鉴于我已寄送兰贝特伯爵夫人一册，为公平起见，我也想让夫人手上有这样一本。

我从您那儿知道了华沙就擒……[②]

一旦我为您选好第二行诗句，您便会收到。

---

① 全信原文为法文。

② 这是普希金在送给罗谢特《为攻克华沙而作》的小册子上的题诗，全诗用俄文写成，共四行，缺其中第二行，诗人用省略号代替，故短笺中有“一旦我为您选好第二行”之说。

69. 致 E. M. 希特罗沃[1]

1831 年 9 月中旬自皇村寄往彼得堡

在这神圣的坟墓之前……

这些诗句写于情有可原的灰心丧气之时——感谢上帝，这段时光已经过去。我们又占据了本不该失去的地位。的确，这不是我们靠令尊公爵大人之手所获得的地位，但还是相当好的。我们没有表示绝对恭顺这个意思的单词，尽管这是一种精神状态，或者说（如果您更喜欢这样说的话）是俄罗斯人所固有的美德。“呆若木鸡”一词，也许最能准确地表达这个意思。

在此多难之秋，虽然我无意用信件惹您心烦，但我还是不能放过任何能打听您消息的机会。我已得知：您玉体安康，开心快活，当然，这是十足的《十日谈》里所描写的生活。在瘟疫流行期间，您不去听人讲故事，而是读书，此举也是明智的。

我想，舍弟也会参加华沙战役的，但没有他的消息。早该攻下华沙了！茹科夫斯基和我的诗[2]料您已看过，请看在上帝的情分上，把“是否会让自己所有城池圣地”这句诗中的“城池”一词改成“坟墓”一词。是指雅罗斯拉夫和洞窟修道院圣徒们的坟墓，这样改有教育意

---

① 全信原文除地名、诗句及个别词为俄文外，均为法文。

② 《波罗金诺周年纪念》中的诗句。——原编者注

义，有一定的含义，而“城池”一词却没什么含义。

但愿本月底能去您那里。皇村能让人发疯；在彼得堡，隐居却容易得多。

70. 致 П. И. 米勒

1831 年 9 月上半月于皇村

如果《祖国之子》上有给费奥菲拉克特·科西奇金的答复，请劳驾寄给我。多谢您寄来《电讯》。

亚·普

71. 致 M. Д. 杰拉留[①]

1831 年 9 月 28 日自皇村寄往彼得堡

亲爱的米哈伊洛·达尼洛维奇，多谢您的来信和提供的消息。我去过彼得堡，不知为什么没见到您。听说您很苦恼，愿上帝保佑您——这是什么年月啊！——当心，别让霍乱在撤退时逮住您。我们需要您。

随信附上给埃斯林格的信(他现在何处？他好吗?)，劳驾转交给他。多保重。

亚·普

9 月 28 日

于皇村

① M. Д. 杰拉留(1811—1868)，诗人、翻译家。皇村学校第五期毕业生。

72. 致 E. M. 希特罗沃[①]

1831 年 9 月底至 10 月初自皇村寄往彼得堡

夫人，多谢您出色地译出我的颂诗，我发现译文中两处有欠准确，有一处誊抄笔误。иссякнуть 意为 tarir（耗尽、枯竭），скрижали 意为 tables（碑文），измаилскии штык 意为 la bayonette d'lsmaèl（伊兹马伊尔的刺刀），而不是 d'lsmailof（伊兹麦洛夫的刺刀）。

彼得堡有您的一封信，这是对我收到您的第一封信的回信。请允许呈寄于您，信上附有我献给已故的令尊公爵大人的颂诗。

奥波奇宁[②]先生曾光临寒舍——这是一位值得称赞的年轻人——多谢夫人让我们结识。

过几天将拜伏在夫人的足下。

---

① 全信原文为法文。

② 奥波奇宁，希特罗沃之侄。——原编者注

73. 致 П. В. 纳肖金

1831 年 10 月 7 日自皇村寄往莫斯科

亲爱的帕维尔·沃伊诺维奇，我很遗憾，居然花了五千卢布事情才了结。辛苦了，我仍然感谢你，也感谢多加诺夫斯基和热姆丘日尼科夫的宽容。[①] 你别生气，他们不信任你是因为不认识你，这是自然的。不过，谁要是认识你，又不相信你拿自己领地作保，那他自己就不值得任何信任。最后一次请你与他们再联系一下，把你那一万五千卢布现金给他们，剩下的五千卢布我三个月内付清。我没能守约，非常抱歉。我很伤心：我原以为结婚要花费过去费用三倍的钱，结果花了十倍的钱。莫斯科传说我现在拿年薪一万，可至今我半个子儿也没见着，能得四千，也就谢天谢地了[②]。请尽快回信，回信请寄彼得堡德米特里耶夫寓所，О. С. 帕夫利谢娃转 А. С. П. 。再见。保重。问候奥莉加·安德烈耶芙娜和你的后代。

你的亚·普希金

1831 年 10 月 7 日

于皇村

---

① 纳肖金帮助普希金结算欠 В. С. 奥贡-多加诺夫斯基和 Л. И. 热姆丘日尼科夫的债务。——原编者注

② 普希金任职外交部，年薪五千卢布。——原编者注

74. 致 П. А. 维亚泽姆斯基

1831 年 10 月(15 日前后)自皇村寄往莫斯科

我马上从皇村去彼得堡,你的家具完好无损地留在这里,可以直接运往你要去的地方。钱未给你寄去,因为我等你来这里。但是,你何时才能来?我们等啊,等,就是等不来。请你为《北方花朵》操点心,把诗歌和散文寄给我们。雅济科夫那儿没什么可寄来的吗?我听说,他和基列耶夫斯基要办杂志,愿上帝保佑他们。有时装吗?这可是件大事。起码我们也有地方露露脸——科西奇金对此也会感到高兴的。不然的话,他就无藏身之地了!栖身于《望远镜》吗?谈何容易!皇宫在你们那里。茹科夫斯基和罗谢特在彼得堡。茹科夫斯基写了一大堆好东西,现在还在继续写,正在翻译《玛密恩》的一章[①],好极了。果戈理好吗?我的小说集正在印刷。《北方花朵》将会很有趣的。别了,再见啦。我的地址:沃斯克列先斯克街伊兹麦洛夫桥别尔尼科夫寓所。

---

① 瓦尔特·司各特的长诗《玛密恩》。茹科夫斯基译第二章《地下室里的审判》。——原编者注

75. 致 A. X. 宾肯多夫

1831 年 10 月中旬自皇村寄往彼得堡

尊敬的亚历山大·赫里斯托福罗维奇大人：

三年来，在下陆续发表了一些诗作，今欲合编为一集出版，故而斗胆恭请大人俯允。[①]

早在 1829 年，大人已示知在下：圣上指望在下今后出版我自己的诗集。皇上恩宠，令在下有责任成为自己作品之最严格检查官，自此以后，若再将诗作呈奉御览，实属不敬。大人于在下一向有恩，故而心怀奢望，乞望大人俯允在下事先申请。

谨致最崇高之敬意，并奉上一片忠心。

忠仆

亚历山大·普希金

包戈廷先生给我送来一函[②]，在此一并转呈大人过目。

---

① 普希金出版《诗集》第三卷，得到批准。——原编者注

② 包戈廷申请出版悲剧《市长夫人马尔法》和《彼得》。——原编者注

76. 致C.C.乌瓦罗夫[①]

1831年10月21日自彼得堡寄往莫斯科

尊敬的谢尔盖·谢苗诺维奇大人：

敦杜科夫[②]公爵送来一部诗章[③]，美妙异常，确实充满灵感，大人竟称其为模仿之作，何其谦逊。

在下小诗，对于大人一展诗才，不过抛砖引玉而已。大人对在下之关照，大人赋予该诗博大的精神和丰富的思想，对在下过于宽厚慷慨，令在下感戴不尽。

谨致无上敬意，并奉上一片忠诚。

忠仆

亚历山大·普希金

1831年10月21日

于圣彼得堡拜上

---

① 乌瓦罗夫(1786—1855)，一译乌瓦洛夫，1818年起任科学院院长，1834年起任国民教育大臣；与普希金为敌。年轻时曾参加“阿尔扎马斯社”。——原编者注

② 敦杜科夫(1794—1869)，公爵、检查委员会主席。——原编者注

③ 乌瓦罗夫的诗，是指他把普希金《给诽谤俄罗斯的人们》一诗译成法文。——原编者注

77. 致 П. В. 纳肖金

1831 年 10 月 22 日自彼得堡寄往莫斯科

亲爱的帕维尔·沃伊诺维奇，我已到了彼得堡，在此我不得不另租一所房子。来信请寄：加列尔街布里斯科恩寓所。我已见过热姆丘日尼科夫，他们同意收下我的五千期票，并想马上得到另一万五千。此事如何处置？要不要我亲自去莫斯科？有些事很想和你谈谈，我自己还有些事要办，比如我妻子的一些钻石，要想办法在岳母破产后从谢苗·费奥多罗维奇[①]的爪子里救出来。祖父是个不知好歹的人；他把自己的第三个姘妇嫁出去时，给了她一万卢布的嫁妆，我那一万二千卢布却不给——就连自家的孙女都什么也不给。现娜塔丽娅·尼古拉耶芙娜已有身孕——五月份生。凡此种种将会大大改变我的生活方式，我需通盘考虑一下才是。

莫斯科在干什么？你们如何为陛下接驾的？谁又来表现莫斯科古已有之的慷慨好客的风尚？富豪贵族们绝迹了。没钱，我们顾不上喜庆之事了。莫斯科只不过是一个能收到杂志的省城而已。真糟糕。我在等维亚泽姆斯基；不知能否办个文学的东西，杂志、丛刊之类的东西。懒哪。顺便告诉你，我在出版《北方花朵》，是为我们已故的杰尔维格的两个弟弟出版的。要让人们想到他们才是。我们要做

---

① 指谢苗·费奥多罗维奇·杜申，普希金的岳母娜塔丽娅·伊凡诺芙娜·冈察罗娃家领地的总管。——原编者注

件好事。我的小说集已经出版了,过几天你就会收到。问候你们全家人,由衷地拥抱你。

10 月 22 日

78. 致Д. Н. 布卢多夫[1](?)

1831(?)年10月下半月于彼得堡

(草稿)

承蒙大人盛情关照,感戴莫名。原拟今日上午因公晋见大人——现遵台命晚上拜访便是。

谨致无上真诚……

---

① Д. Н. 布卢多夫(1785—1864),伯爵,1832年至1837年任内政大臣,“阿尔扎马斯社”创始人之一。——原编者注

79. 致 П. И. 米勒

1831 年 10 月 24 日后至 11 月初(?)自彼得堡(?)寄往皇村

我这里的小说集别人拿去看了,我收到后很快就给您寄去。

亚·普

80. 致 E. Ф. 罗森[①]

1831 年 10 月至 11 月上半月自皇村寄往彼得堡或莫斯科

亲爱的男爵，随信奉上《瘟疫流行时的宴会》[②]，是从那专求效果的悲剧中选出的。由于我的短诗第三卷正在出版，其中一些诗就不寄给您了，因为它们可能比您的《金牛星座》面世更快。我急不可耐地想看到您为《鲍里斯》写的序言[③]。我想为第二版给您写封信，如蒙容许，我想谈谈写悲剧时的一些想法及我所遵守的原则。

您的亚·普

---

① E. Ф. 罗森(1800—1860)，男爵、诗人、歌词作者、翻译家。——原编者注

② 普希金替罗森的丛刊《1832 年的金牛星座》写的诗。——原编者注

③ 罗森为自己未竟的《鲍里斯·戈都诺夫》德文译本写的序，该序单独发表。——原编者注

81. 致 H. M. 雅济科夫

1831 年 11 月 18 日自彼得堡寄往莫斯科

亲爱的尼古拉·米哈伊洛维奇，衷心感谢您，感谢您和基列耶夫斯基的友好信件和美妙的诗章，如二位再附上你们的地址，那我就完全心满意足了。向全体兄弟们祝贺《欧洲人》诞生，我这方面已准备好了，随时为你们效劳，要什么都行，散文、诗歌，讲良心的、违心的，什么都行。费奥菲拉克特·科西奇金为您给予的关照感动得热泪盈眶；前几天他收到 A. 奥尔洛夫的感谢信，正打算给他写回信；劳驾，请您找到他（奥尔洛夫），把朋友的信（或者如包戈廷信上所说，把他朋友的回信）给他。茹科夫斯基来了，他带来的消息令人颇感慰藉。您垫付的一千（卢布）的缺款，将大为改善我们可怜的文学的家境。我寄希望于霍米亚科夫[①]：他的《僭王》已不再是个大学生了，他的诗章依旧美妙如昔。请您催催维亚泽姆斯基，请他把自己的诗作和文章给我寄些来；他应该感到害羞，巴拉丁斯基也该感到害羞。我们在为杰尔维格准备弥撒[②]。他们居然如此追悼自己的人！他们是谁呢？是他的朋友们！真让人感到害羞。赫沃斯托夫给我写了一首寄语诗来，诗中他年轻了，表现出了当年的劲头，他写道：

---

① 霍米亚科夫（1804—1860），俄国诗人、政治家。著有悲剧剧本《僭王德米特里》。

② 为杰尔维格的两个弟弟编辑出版《1832 年的北方花朵》。——原编者注

行近生旅的界碑之时，
我成了黄道带[1]的盟友，
我不喜欢治霍乱的药丸，
渐近老境却歌唱七月。

如此等等，依然是那个老样子。我打算好好回敬这位宝瓶座、巨蟹座和摩羯座的盟友。别的方面我们诸事顺利。

---

① 赫沃斯托夫毫无才气、写作成癖，作品都很拙劣，本信中所引的寄语诗同样令人费解。诗中的"黄道带"为天文学术语，下文所说"宝瓶座、巨蟹座和摩羯座"皆为黄道带的星座。

82. 致Φ.Η.格林卡

1831年11月21日自彼得堡寄往特维尔

费奥多尔·尼古拉耶维奇先生：

我们在这里想用出版最后一期《北方花朵》纪念我们的杰尔维格。在这诗歌弥撒上，我们发现，在他所有的朋友中只缺您和巴拉丁斯基，正是皇村校友外的朋友中他最为依恋的两位诗翁。人家告诉我说，您在生我的气①；这不是理由，生气归生气，友谊归友谊。天知道，那些人用哪些谣言离间我们，他们可真行。就我而言，我真诚地、自内心深处敬重您和您杰出的天才，在您面前，我是完全清白无辜的。

我依然指望您的关照和您的诗章，也许能很快见到您，起码要用我的这一愿望来愉快地结束这封信。

您不拘礼节的亚·普希金

于11月21日

---

① 可能是因普希金的讽刺短诗《昆虫集锦》中的一行诗（“这儿是瓢虫格林卡……”）。格林卡参加了出版《1832年的北方花朵》事宜。——原编者注

83. 致 A. X. 宾肯多夫[①]

1831 年 11 月 24 日于彼得堡

将军大人：

卑职有急事需去莫斯科，不得不暂离两三个礼拜。由于尚未正式担任公职，故而仅向警察分局长求得允准。此事理应禀告大人。

借此机会为一件私事告求大人。由于一向承蒙大人关照，卑职才敢斗胆禀陈。卑职是万分信赖大人的。

大约一年前，我国有家报纸登了一篇讽刺文章，讥刺某位自以为出身高贵而不过是一个贵族出身的平民文人。该文还点出此人之母是个黑白混血儿，母亲之父是穷黑孩子，是水手拿一瓶罗姆酒换来的。虽然彼得大帝绝不是好酒贪杯的水手，这也明明白白指的是我，因为俄国文人里面先辈中有黑人者只有我一个。该文载于堂堂大报，导致淫词秽语流传颇广，连纯文学的报刊上的讽刺小品栏也在谈论我的母亲。鉴于撰稿人不得参与决斗，所以我有责任像诗中所言严厉回击这位匿名讽刺作者。卑职已把答复寄给已故的杰尔维格，请他发表在自己办的报纸上。杰尔维格劝卑职不要发表，说是用笔自卫、对付这类攻击、夸耀贵族出身是可笑的，因为从本质上讲，自己若非贵族出身的平民，那就是平民出身的贵族。卑职让步了，事情就此结束。不过，我回击的文章有几份抄本却流传开了，卑职对此并不

---

① 全信原文为法文。

遗憾，因为我不会对那文中的言语听之任之。卑职承认很看重人们称之为先兆的东西，很看重当个与别人一样的好贵族，虽然这对我并无多少好处。还有，卑职最敬重先人的姓氏，这是卑职得之于先人的唯一遗产。

不过，对本应予以猛烈回击的挑衅，这是卑职极为克制的回敬，如果不了解这一点，卑职的诗可能被视为对某些著名家族的某种讽刺。为此，卑职理应禀明大人，并随信奉上所言之诗。

请大人务必相信卑职极为崇敬大人的保证。

卑贱、恭顺至极之仆

亚历山大·普希金

11月24日

于圣彼得堡

84. 致E. M.希特罗沃[①]

1831年10月下半月至11月于彼得堡

谢谢夫人寄来的《外科医生》[②]，此书流露出真正的才气——可是《巴纳夫传》[③]嘛……兹寄上给利塔伯爵的《曼佐尼传》，请夫人寄给他，别管我以前说过什么。

① 全信原文为法文。
② 指贝尔·德·居尔日的长篇小说《歌剧院名角和外科医生之子》。——原编者注
③ 《巴纳夫传》，儒勒·热内的长篇小说。

85. 致某君[①]

1830 年 12 月 5 日至 1831(?)年 11 月于莫斯科、皇村或彼得堡

我确实一个钱也没有,求您等一两天。

您的亚·普

① 全信原文为法文。

86. 致 H. H. 普希金娜

1831 年 12 月 6 日自莫斯科寄往彼得堡

我刚到普列奇斯坚城门伊丽英斯卡娅夫人寓所纳肖金下榻之处,明天再给你写信吧,今天没有力气了,累啦。亲吻你,贤妻,我的天使。

12 月 6 日

87. 致 H. H. 普希金娜

1831 年 12 月 8 日自莫斯科寄往彼得堡

你好，贤妻，我的天使。前天只给你写了三行[①]，别生气，实在太累了。现把我的旅行路线和日记告诉你。我原想坐冬季驿车，人家却说解冻天气，该坐夏季驿车前去，趁此多要我三十卢布，把我和两个旅伴安顿在一辆四座轿车上。我本想独自旅行，一个人也不带。旅伴中有一个是里加的商人、和气的德国佬。他天天早上都让痰堵得透不过气来，一到站便躲在角落里咳上半天。另一个是梅梅尔[②]的犹太人，花前面那位的钱旅行。你看，多快活的一对。德国佬白天三次、夜里两次准时喝醉。一路上，犹太人都在讲开心话让他快活，比如用德语给他讲《伊凡·维日金》[③]，妙极了。我尽量不听他们的，装成睡着了。我们车后跟着一辆四轮驿车，坐着三个商人、戈利岑娜公爵夫人（兰斯卡娅）[④]、我的朋友热姆丘日尼科夫、内廷女官科切托娃等人。都凑到一块啦，没有片刻安静。我们只好在瓦尔代换上轻便马车，才勉强到了莫斯科。在纳肖金的旧居没有找到他本人，好不容易才在**普列斯坚城门伊丽英斯卡娅家**找到他（这个地址别忘了）。他还是老样儿：非常讨人喜欢，非常聪明，原先赢钱，现在输了，拖着债

① 第 86 封信原文只有三行。

② 梅梅尔，今立陶宛克莱佩达。

③ 《伊凡·维日金》，布尔加林的长篇小说。

④ 戈利岑娜娘家姓兰斯卡娅。——原编者注

务忙活。你的嘱托已经照办:替你吻过他,又告诉他:“纳肖金傻瓜,傻瓜纳肖金。”他的房子(还记得吧?)在整修,多漂亮的烛台,多漂亮的成套餐具、茶具！他订了一台钢琴(蜘蛛可以弹琴了),订了一只船(斑蝥也有地方拉屎了)。我见到了维亚泽姆斯基夫妇、麦谢尔斯基夫妇、德米特里耶夫、屠格涅夫、恰阿达耶夫、戈尔恰科夫、丹尼斯·达维多夫。大家都问候你呢,都详细地打听你的情况、你的成功。我开始澄清谣言,谣言很多。我还没有见到莫斯科的夫人们。舞会、聚会也许去不成了。跟纳肖金、多加诺夫斯基的事也许快了结啦。正在等着你钻石的消息。其间人们说我是可怕的高利贷者,他们把我和我的钱袋搞混了。顺便说一句:我把小钱包换成大钱袋:我要年年过生日、年年办洗礼宴,该有的命名宴更不用说了。皇室迁来后,莫斯科充满欢天喜地的气氛,人们还未从皇上驾临的喜庆和众多舞会中缓过气来,齐霍列尔[①]一个月净赚八万。A.科尔萨科娃将嫁给维亚泽姆斯基公爵。我们的消息都告诉你了,希望过两礼拜能见到你。离开你太寂寞,一离开你我就替你担心。你在家里待不住,要进皇宫,卫戍室前一百零五级台阶,弄不好要让你流产。我的心肝,我的贤妻,我的天使！对我行行善吧:每昼夜在房间走上两小时,多多保重。让令兄照顾自己,别胡来。布柳洛夫在给你画像吗?希特罗沃、费克利蒙上你那儿去过没有?要是参加舞会,除了卡德里尔舞外,你什么也别跳。告诉我,没人欺负你吧?你能和他们合得来吧?为此,热烈亲吻你。我来客了。

12月8日

---

① 齐霍列尔,莫斯科的一家时装店。——原编者注

88. 致 H. H. 普希金娜

1831 年 12 月 10 日自莫斯科寄往彼得堡

我一直担心你没有把票据寄到纳肖金旧居，要耽误我的事。分手已经一礼拜，我的假[①]也快满了，还想办一件事，不过不会因此而把我困在这里。莫斯科我给你讲点什么好呢？莫斯科还在激动，我倒没参加过舞会。昨天在英国俱乐部吃的午饭，一上午都在弗拉索夫的拍卖行[②]，晚上是在住处消磨的，来了个傻乎乎的大学生，是你的崇拜者。他给我送来一部小说《特奥多尔和罗扎莉娅》，写的是我们俩的浪漫故事。太可笑啦。不过这些并不让人开心，彼得堡让人牵肠挂肚——我不喜欢你的莫斯科。你的家，也就是尼基塔的家，我还没去过。不想让你家的奴才知道我来了，也不想问他们娜塔丽娅·伊凡诺芙娜来了没有，弄不好还得去见见她，又要跟她上演一场免不了的对台戏，她满城抱怨我自私自利。够啦，我不爱听她的。亲吻你，请你在客厅走动走动，别去皇宫，舞会上别跳舞。上帝保佑你。

12 月 10 日

---

① 普希金已在外交部任职。——原编者注

② 普希金拍卖物品偿还巨额债务。——原编者注

89. 致Д. Н. 班蒂什-卡缅斯基[①]

1831年12月14日于莫斯科

尊敬的德米特里·尼古拉耶维奇先生：

在下拜识小俄罗斯卓有名望的史学家之夙愿，今日万难实现了。遗憾之至。期望下次能有此幸。姑祈接受最崇高的敬礼。

忠仆　亚·普希金

12月14日

---

① Д. Н. 班蒂什-卡缅斯基(1788—1850)，历史学家、考古学家。普希金1834年才见到此人。

90. 致 H. H. 普希金娜

1831 年 12 月 16 日前自莫斯科寄往彼得堡

突然收到你两封信，两封信都让我既伤心又生气。瓦西里[①]说为我花了二百卢布，他在撒谎，我没有给阿廖什卡钱让他做那些蠢事。伙食费我到后即付，没人要你替我还债。告诉用人们，就说我说的：我对他们很不满意。我没有让他们去打搅你，看得出，我不在家他们很高兴。既然你不想见福明[②]，他们怎敢让他去见你？你可真行，竟然顺着他们的心思办事，只要有人伸手你就给钱。这样管不好家的。今后有人找你，就说你管不了我的事，让他们明白你的话就是圣旨。我回来后再跟阿廖什卡算账，可能不得不把瓦西里和他的恋人打发走——把仆人全换了。这一切真让人恼火。不要看我生气就去生气。

我的事很麻烦，纳肖金搞得比我们意料的还要糟糕[③]。他有三四种计划，一个也没有定下来。我不想去见你祖父，他的事我得尽量阻止。我的天使，我爱你，爱得无以言表。一到这里，我心里想的只是如何跑回彼得堡——去见你，我的贤妻。

可爱的朋友，为给你回信，我又把信拆开了。请别把腰缠紧了，

---

① 瓦西里，指 B. M. 卡拉什尼科夫，普希金的农奴。——原编者注

② H. И. 福明，没有才气的作家。——原编者注

③ 纳肖金为普希金的赌债奔走不力。

别盘腿坐，不要跟那些在公开场合不便打招呼的公爵夫人[①]交朋友。我不是开玩笑，是认真地、不放心地对你这样说。宾肯多夫的信[②]你寄出来了，做得好，虽不关乎礼节，但实属必要。我在等此信。过几天给你写写我在纳肖金那里的日子，索尔丹[③]家的舞会、维亚泽姆斯基家的晚会——只谈这些。你的诗我不看，见它的鬼吧，连自己的诗我都烦了。最好给我写写你自己——身体情况。别去合唱团——那不是你该去的地方。

---

① 可能指 E. M. 伊维利奇和 A. П. 伊维利奇。——原编者注

② 1831 年 12 月 10 日信，宣达了尼古拉一世对普希金《我的家世》一诗的谕旨。——原编者注

③ 索尔丹，荷兰使馆秘书之妻。——原编者注

91. 致 H. H. 普希金娜

1831 年 12 月 16 日自莫斯科寄往彼得堡

可爱的朋友，你真可爱，给我写信很勤。只有一样不好：你的信不让我高兴。你说“头晕”是什么意思？昏厥还是恶心？你去看过产婆没有？给你放过血没有？这都让我担心得不得了。越想我越后悔，离开你真是犯傻。我不在家你总要做些蠢事，说不定弄得流产。为什么不走动走动？不是向我保证过每昼夜来回走两小时吗？这样做好吗？天知道我在这里的事完得了否，节前我一定去会你。戈尔康达[①]的钻石我不等了，新年一定让你戴上项链就是了。在这里我太寂寞，纳肖金忙的那些事，他房内乱成一团，让人头昏脑涨。从早到晚他身边总有一群形形色色的人：赌徒、退伍的骠骑兵、大学生、讼棍、茨冈人、密探，特别是债主。人人都可随便进出，有事都找他，个个都大喊大叫、抽烟、吃、喝、跳、唱，没有一个角落没有人——有什么法子？其实他也没有钱，借贷无门——一天天过去了，我的事却尚无头绪。这一切弄得我心火直冒。加之手又冻了，信纸都可能有月桂油膏气味，像你的名片那样。我过得单调乏味，难得出去。到处都有人请我去，可是只去过索尔丹那儿，再就是维亚泽姆斯卡娅家。在她那里我见到了你的达维多夫[②]——还是单身一个（你别难过）。昨天，

---

① 戈尔康达，印度古城，盛产钻石。

② 可能指 B. 达维多夫，大学生。——原编者注

纳肖金为我们办了一场茨冈式晚会。这种场合我不习惯,客人的叫喊,茨冈女子的歌声,这会儿还让我头疼。想你,我的天使——再见。

12 月 16 日

1832 年

92. 致П. А. 奥西波娃[1]

1832年1月(8日、9日前后)自彼得堡寄往三山村

夫人为我的书费心张罗,盛情感人,请接受我真诚的谢意。我在滥用夫人的好心和时间,不过还是要最后一次恳求夫人发发慈悲,请夫人派人去问问米哈伊洛夫斯克我家的仆人,家里有没有一个大箱子,和我几个书箱一道运到乡下去的?我疑心是阿尔希普或别人应我仆人(现在是列夫的仆人)尼基塔请求给藏起来了。它(我指的是大箱子,不是尼基塔)装有他的衣物和零星用品,还有我的东西和没有找到的几本书。再次恳求夫人宽恕我一再打扰,这都是你的友谊和仁厚把我惯成这样的。

夫人,现寄上《北方花朵》,不才便是该杂志不体面的出版人。这是该刊最后一期了,是祭奠我们朋友的供品,他的早逝将使我们刻骨铭心地长久地痛苦。随信附上不像样的小说集[2],希望能让夫人稍展欢颜。

获知令爱[3]有了身孕,不胜心喜,愿上帝保佑她顺利生产,彻底康复。据说年轻妇女生育头胎后更漂亮,愿上帝保佑令爱如此。

夫人,请接受我崇高的敬意和矢志不渝的依恋之情的保证。

亚·普

---

① 全信原文为法文。

② 即《别尔金小说集》,1831年10月出版。

③ 即E. H. 武尔弗。

93. 致 A. A. 奥尔洛夫

1831 年 11 月 24 日、1832 年 1 月 9 日自彼得堡寄往莫斯科

尊敬的亚历山大·安菲莫维奇先生：

华函拜收，不胜荣幸，感激非常。我为毋庸任何庇护的天才所作力所能及的辩护，竟然受到先生赏识，我很高兴。先生器重的是我的勤勉而非我的成就。我们一伙人成就甚微，我的藤杖要能击中戈利亚弗·菲格利亚林那冥顽不化的额头，应该感激造物主！先生新作《维日金》[1]第一章便是您无穷才气的又一证明。但是，尊敬的亚历山大·安菲莫维奇，请克制这种高贵而正义的愤懑，请控制您创作灵感的爆发！请您勿以盛怒的笔使已经安静下来的《蜜蜂》的出版人陷于绝境。今后让我当个旁观者和看守人吧。我向先生保证，只要他们稍有动作，Ф. 科西奇金便会大闹一场，要叫他们吃不了兜着走。在《传闻》上看到先生的一则广告，说打算撰写《俄罗斯民族史》——这则好消息是可信的吧。

谨致以真诚的敬礼。永远热心为先生效劳。

亚·普希金

1831 年 11 月 24 日

于彼得堡

---

① A. A. 奥尔洛夫不高明地模仿布尔加林《伊凡·维日金》的诸多粗俗作品之一。——原编者注

又及：尊敬的亚历山大·安菲莫维奇先生，这封信早该送到您手上了。可是去莫斯科动身前没有发出此信，指望能面见先生。命运却不让我们相会，十分遗憾。在此再次申述我的请求：让那些不值得，也不配让您生气的人安静吧。似乎波列沃依先生还在攻击您，也在攻击我；[①]我想以后再对他发发脾气。暂且嘛，由沃耶伊科夫和化名 H. 卢戈沃伊的索莫夫跟他周旋——跟我不相干。

亚·普

1832 年 1 月 9 日

于圣彼得堡

---

① 波列沃依在评果戈理《狄康卡近乡夜话》的文章中攻击奥尔洛夫和普希金。在 A. Ф. 沃耶伊科夫《俄罗斯残疾人文学增刊》第 94 期，O. M. 索莫夫化名 H. 卢戈沃伊发表过反击文章。——原编者注

94. 致 П. В. 纳肖金

1832 年 1 月 8 日、10 日自彼得堡寄往莫斯科

你好，亲爱的帕维尔·沃伊诺维奇。我一直盼着你的消息，急不可耐地想知道使命[①]完成如何，令弟的最后通牒是什么？有希望办好你自己的事吗？请别偷懒，把全部情况写信详细告诉我。再劳驾把我的监护证寄来，我丢在你抽屉的暗匣里了。暗匣里我还掉进一个银戈比，找到后也寄给我，它会给我带来运气，你不信，可我信。拉赫曼诺夫好吗？钻石一事办得如何了？我是否有必要跟他通信？你看怎么样？另外，别忘了寄来《巴黎评论》。你那位德国佬交涉的情况如何？详细告诉我，这件事很有趣。你想何时要回自己的钱，不起诉吗（千万别，不过，其实也没什么可怕）？我妻子虽然漫不经心，看她身体倒没什么不好，舞会上总跳个不停，还跟皇上调情，从台阶上往下蹦。应当把老婆抓在手里才是。她问候你，还在刺绣，盼着你许诺的好处。我在此拥抱你。我要给奥莉加·安德烈耶芙娜寄些绸围巾和手帕。

1832 年 1 月 8 日

于圣彼得堡

亲爱的帕维尔·沃伊诺维奇，我的事几天便可了结。如果钻石

---

① 指 A. X. 克涅尔采尔找 B. B. 纳肖金要钱一事。——原编者注

可以赎回,请把拉赫曼诺夫的地址告诉我,先寄给他五千五百卢布,让他以这个价钱把钻石寄给我(作五千五百卢布的抵押)。我再次抵押后赎回其他东西。劳驾回信,别偷懒。

你的

1 月 10 日

95. 致 M. O. 苏季延科

1832 年 1 月 15 日自彼得堡寄往莫斯科

亲爱的米哈伊洛·奥西波维奇,我担心长期天各一方会使我们完全断绝往来。这次去信是让你想到我的存在,再谈谈我一件大事。

应该告诉你,我成家约有一年啦,因此个人生活方式也彻底改变了,这让索菲娅·奥斯塔菲耶芙娜和近卫重骑兵寄生虫们伤心得难以名状。我已经两年多不摸纸牌骨牌了,因为老输,戒了,不幸得很。结婚开销加上赌债,使我破产。我现在求你:要能借我二万五千卢布,三年,至少两年为期,就可以让我衣食无忧。如果我死了,有领地可以作为你的钱的抵押。

问题在于,你能否为我做这种称得上是行善之事?实际上大财主中天底下只有三位或多或少跟我有往来:你、雅科夫列夫和另一位①。后者不久前刚把我录用于外交部,(传说)给我六千年薪,我无权再求他。雅科夫列夫嘛,以前我倒曾找他喝过几杯,请他吃吃清淡的早餐。但此人太吝啬,我怎么也下不了决心向他借钱。剩下的只有你啦,我只能对你一个人率直相求。我知道,要是你也拒绝我,那实在是出于无能为力,不是吝啬或者不信任。

再说一句:如果我的希望不会落空,请讲明利息多少。并不是你

① 指尼古拉一世。——原编者注

需要利息，不然，对我来说，你的钱就太沉重了。盼复。友爱地拥抱你。

你的普希金

1月15日

我的地址：加列尔街布里斯科恩寓所。

96. 致Д. Н. 布卢多夫[1]

1832年1月20日于彼得堡

尊敬的德米特里·尼古拉耶维奇先生：

华函拜收，荣幸之至。盼先生指示，以便在下着手办理受托之事[2]。

谨致以最崇高的敬礼！

恭仆

亚历山大·普希金

1832年1月20日

---

① Д. Н. 布卢多夫供职于外交部，与国家档案馆有联系。——原编者注

② 指撰写《彼得一世史》一事。——原编者注

97. 致 А. Д. 巴拉绍夫[①]

1832 年 1 月 23 日于彼得堡

尊敬的亚历山大·德米特里耶维奇大人：

再次感激大人。又有一事相烦，甚望宽宥。在下遵奉台命陪克涅尔采尔先生前来晋见大人，其人自行陈述似较在下代言为佳[②]。

谨致以最崇高的敬礼！

恭仆

亚历山大·普希金

1832 年 1 月 23 日

于彼得堡

---

① А. Д. 巴拉绍夫(1770—1837)，侍从武官。

② П. В. 纳肖金想购买巴拉绍夫一块土地。——原编者注

98. 致П. B. 纳肖金

1832 年 1 月(不晚于 29 日)自彼得堡寄往莫斯科

你的事已经办妥。安德烈·赫里斯托福罗维奇[①]从我这里拿了一千上路。我还欠你两千多一点,要是你在……我就可以还清你了。

请看在上帝分上尽快把信交给拉赫曼诺夫。你如果不想回我的信,定会使我感到莫大的痛苦。

非常感谢你送来的"黑人"[②]。绸围巾、绸手帕由安德烈·赫里斯托福罗维奇给你带去了。过几天布柳洛夫要给我画像[③]。你写令弟的信好极了,没有跟他一刀两断吗?别了,再见吧。

---

① 指 A. X. 克涅尔采尔。——原编者注

② 做成黑人模样的墨水瓶。——原编者注

③ 普希金的像后来不是布柳洛夫画的。——原编者注

99. 致 E. M. 希特罗沃[①]

1832 年 1 月底于彼得堡

大使夫人[②]的舞会我当然忘不了,还求夫人允许带上内兄冈察罗夫。夫人喜欢《奥涅金》,我很高兴,夫人的高见我十分珍视。

于礼拜天

① 全信原文为法文。

② 奥地利大使的夫人达丽娅·费奥多罗芙娜·菲克利蒙是希特罗沃之女。——原编者注

100. 致 И. В. 基列耶夫斯基

1832 年 2 月 4 日自彼得堡寄往莫斯科

尊敬的伊凡·瓦西里耶维奇先生：

收到《欧洲人》至今未表感谢，也没送上我那菲薄的贡礼，深表歉意，甚望先生宽宥。怪都怪这该死的彼得堡的闲散生活和丛刊耗尽了我的存货，连描写艰难日子的两行诗也没剩下，留下的只有一部中篇小说[①]，其中一段随即奉与先生的杂志。上帝保佑先生的刊物长命百岁吧！照前两期看，《欧洲人》要长寿。时至今日，我们的杂志都干巴巴的没内容，有些文章道理是有，但是写得干巴巴的。《欧洲人》显然是第一个把道理和魅力结合起来了。现就如何经济地办杂志说两句：前两期先生就登载完茹科夫斯基两部重要剧本和雅济科夫的许多诗，实属不当，这太浪费了。从《十二个睡美人》到《老鼠斯捷潘尼达》，至少可以刊载三期。有雅济科夫两首短诗也就够啦，他的诗要节省点用，留给困难日子里用，不要挥霍光了，只好靠拉伊奇和帕夫洛夫过日子了。先生评论《戈都诺夫》和《姘妇》[②]的文章[③]，使大家都高兴，我们好不容易才见到真正的批评。注意尽量避免学术用语，学术用语要尽量翻译过来，就是说译写成俄文词汇。这能让文化不高

① 指《科隆纳的小房》。——原编者注

② 《姘妇》，巴拉丁斯基的叙事诗。——原编者注

③ 指《1831 年俄国文学评述》。——原编者注

的人也感到高兴，也有益于我们幼稚的语言。巴拉丁斯基的文章很妙，但是太含蓄，太长（我指他的反批评）。先生把巴拉丁斯基和梅里斯[①]进行比较，比较得出奇地鲜明和准确。他的哀诗和叙事诗犹如一整套美妙的工笔画。但是这种雕琢的美、细微处的清晰、色彩的精确忠实，所有这一切能保证他在悲剧上取得成功吗？悲剧也和舞台写生一样，要求线条分明、大刀阔斧的技法吗？但愿《欧洲人》能把他从无所作为中唤醒。衷心问候您和雅济科夫。

1832 年 1 月 4 日[②]

① 梅里斯，荷兰小型彩画家。——原编者注

② 笔误，应为 2 月 4 日。——原书边注

101. 致 A. X. 宾肯多夫

1832 年 2 月 7 日于彼得堡

尊敬的亚历山大·赫里斯托福罗维奇大人：

《毒树》一诗何以未经圣上御览即发表于丛刊，大人命卑职作出解释。卑职赓即如命，说明如下：

卑职一向深信，荣获圣上意外恩典[①]，并未剥夺陛下赐予普天下臣民之权利，即获检查机关批准后即可出版之权利。六年来，卑职之诗作在各种杂志、丛刊均登载无阻（不论是否知会本人），对此，卑职与检查机关均未持丝毫异议。屡屡打搅圣躬，卑职心怀愧疚。有两次是检查机关不明所致，卑职曾恭求大人庇护，幸而大人比检查机关仁厚得多。

卑职理应将此类为难之事面陈，斗胆恭请大人吩咐，何时晋见为便。

谨致以最崇高的敬礼，并奉上一片忠心。

忠仆

亚历山大·普希金

1832 年 1 月 7 日[②]

于圣彼得堡

---

① 1826 年沙皇示意愿为普希金审查诗文。——原编者注

② 笔误，应为 2 月 7 日。

102. 致П. В. 纳肖金

1832 年 2 月上半月(不晚于 11 日)自彼得堡寄往莫斯科

亲爱的帕维尔·沃伊诺维奇,给你寄去十条绸头巾、绸手帕,希望能为你家带去十天安宁。不必考虑钻石了[①],如果明后天得不到拉赫曼诺夫的回信[②],我就把钱还了。这事以后再办。我们一切都顺遂正常。真诚地拥抱你。

---

① 原打算赎回钻石。——原编者注

② 拉赫曼诺夫是普希金的委托人,回信写于 2 月 9 日。——原编者注

103. 致 И. И. 德米特里耶夫

1832 年 2 月 14 日自彼得堡寄往莫斯科

尊敬的伊凡·伊凡诺维奇先生：

华函拜收，这是您关心我的最珍贵的纪念物。谨表最深的谢意。在不明内情者的漠然相待之中，您的关怀是对我莫大的慰藉。碰巧我的诗[①]让您喜欢，派得上用场，我很高兴，虽说是自由体诗。您是应该喜欢诗的，诗是一个忠实仆人，永远不会与主人争执，任何时候都能满足主人的任何要求。看到先生活动积极、热情关注，每个国人都会感到欣慰。用生物学的话说，这是健康长寿的保证。活到百岁吧，先生！活过我们这一代人吧，如同您那雄浑有力、严谨和谐的诗章胜过当今那些孱弱之作一般。

先生可能已经知道，由于别人告密，《欧洲人》杂志已被查封。政府把基列耶夫斯基，善良谦和的基列耶夫斯基，看成捣蛋分子、雅各宾分子！这里的人们都希望他得到昭雪，希望诽谤者感到羞耻，起码让诽谤受到揭露。

谨致以最崇高的敬礼，并奉上一片忠心。

忠仆

亚历山大·普希金

2 月 14 日

于圣彼得堡

---

① 指《莫扎特和萨利耶里》。——原编者注

104. 致 A. X. 宾肯多夫

1832 年 2 月 18 日至 24 日于彼得堡

（草稿）

谨遵台命，卑职从丛刊撤回检查机关已经批准的一首诗[①]，随信奉上。该诗卑职已让停印，静候大人指示。

借此机会，冒昧恳求大人俯允坦陈下情。皇上 1827 年曾经降旨：除圣上而外，卑职不再接受任何检查官的检查。如此旷古之恩，实令卑职将所有作品，纵一无长处而内容立意不辱皇上视听者，一一恭呈御览。为不足挂齿的区区小诗烦扰圣上，卑职总是愧怍于心。此类作品，仅仅对卑职有点价值，可以有二万（卢布）收入，也只为此，卑职才享受皇上特赐之权利。

而今，大人尊重卑职之……命卑职将自己或杂志编者要发表的诗文呈送。望大人容禀：此举实在多有不便。1）大人并不常住彼得堡。书籍生意如同其他的交易，均有时限，都有行情。该 1 月出版的要是拖到 3 月，作者得损失数千卢布，编者也会失去几百订户。2）所有作家中，专受大人之最严格检查者，唯有卑职一人。此与皇上所赐卑职之权利相悖。此种检查将会对卑职抱有成见，使人们到处寻找卑职含沙射影、暗示和制造事端之口实。对暗示和影射的指摘，既无定界，又令人无法辩解。比如把“树木”一词说成“宪法”，又把“箭”说成“独裁”。

冒昧恳求大人：容卑职微末之作继续接受普通检查。

---

① 指《毒树》一诗。

105. 致 A. X. 宾肯多夫

1832 年 2 月 24 日于彼得堡

尊敬的亚历山大·赫里斯托福罗维奇大人：

陛下赐书①，微臣拜收，感铭斯切！圣上如此隆恩，令微臣竭智尽力，肝脑涂地，完成受命撰写之书。此作若不能证明臣下之才力，也足以证明微臣勤勉与尽心尽职。

卑职受大人关怀之鼓舞，再次斗胆有烦大人清怀：卑职欲查阅现存于埃尔米塔什的伏尔泰的藏书，并参阅舒瓦洛夫②为伏尔泰编撰《彼得大帝传》提供的种种珍本和手稿。

今奉台命，将卑职送丛刊发表，且经检查机关批准的小诗呈上。卑职已撤回该诗，静候大人审批后再印。

谨致以最崇高的敬礼，并奉上一片忠心。

忠仆

亚历山大·普希金

1832 年 2 月 24 日

于圣彼得堡

---

① 《俄罗斯帝国法典大全》，五十五卷本。——原编者注

② 舒瓦洛夫(1727—1797)，俄国国务活动家、首席侍从、中将、侍从将军、枢密官。

106. 致 B. И. 基斯捷尔[①]

1832 年 2 月下半月(18 日后)于彼得堡

(草稿)

九等文官普希金恭请基斯捷尔先生光临加列尔街布里斯科恩寓所,收领 1820 年开具票据上应属先生之款项。

① B. И. 基斯捷尔,高利贷者。——原编者注

107. 致 Г. Г. 切尔涅佐夫[①]

1832(?)年 4 月于彼得堡

你原想见见梯弗里斯的彩色写生画家。请你跟他约好，我们一道前去会他——明早能否来敝舍一聚？便饭相酬。

亚·普

① Г. Г. 切尔涅佐夫(1801—1865)，画家。

108. 致 A. X. 宾肯多夫[1]

1832 年 5 月 3 日于彼得堡

将军大人：

承蒙陛下洪恩，赐微臣以年俸。然卑职愚钝，不知自何时起、于何处恭领此俸，故冒昧恳求大人解救于昏聩。祈望大人以特有之仁厚原谅在下相烦。

永世敬重大人之忠仆

亚历山大·普希金

1832 年 5 月 3 日

---

① 全信原文为法文。

109. 致 П. А. 奥西波娃[①]

1832 年 5 月 16(?)日自彼得堡寄往三山村

殷勤、善良、尊敬的普拉斯科菲娅·亚历山德罗芙娜，阿雷莫夫[②]先生今夜动身去普斯科夫和三山村，多承他的好意同意给您带信去。夫人喜添外孙，我还没有贺喜呢。愿上帝保佑他们母子健康，保佑我们大家——能出席您外孙的婚礼，如果赶不上洗礼宴会的话。说到洗礼宴，我就快办了[③]——在富尔什塔特街，阿雷莫夫寓所办。如想来信，就别忘了这个地址。政治、文学方面的新闻不多说——这类消息也让您烦透了，就像让我们大家烦透了一样。没有比待在家乡浇浇白菜更明智的了。这是我在忙碌的红尘之中每日都信守的古老真理。此夏不知我们能见面否——这是我最甜蜜的一个希望，但求能遂愿！

再见，夫人，温情地问候您和您全家。

---

① 信中原文除人名、地名为俄文外，其余均为法文。

② 阿雷莫夫，奥波奇卡县首席贵族。——原编者注

③ 普希金之妻快分娩了。——原编者注

110. 致 A. X. 宾肯多夫[①]

1832 年 5 月 27 日于彼得堡

将军大人：

今有少女丘赫尔别凯[②]求问卑职能否负责出版其兄留给她的几首叙事诗。愚意以为，此稿仅由检查机关批准是不够的，尚需得到大人审批。容卑职斗胆陈明，但愿替他人说几句好话不会损害卑职自身。卑职是丘赫尔别凯在皇村学校时之同学，其妹此时求助于卑职而非他人，纯属自然。

此外，尚有些私事，烦求大人开恩。此前卑职极不重视挣钱途径，如今对此却不能不顾，对家庭不能不担负责任，必须考虑设法增加收入，求陛下恩准。陛下所赐官职及卑职的文学活动，使卑职必须留居彼得堡。然而卑职之收入仅限于自己劳动所得，长此以往，势必难以为继。唯文学事业能够保障我的境况得以改善，故恭请允许进行文学活动，即担任茹科夫斯基先生已向大人呈报之（如该人对卑职所言的）报纸负责人。如蒙恩准，卑职生活定有保障。

永世敬重大人之忠仆

亚历山大·普希金

5 月 27 日

---

① 全信原文为法文。

② 指 B. K. 丘赫尔别凯之妹尤莉娅·丘赫尔别凯。——原编者注

111. 致 В. Ф. 维亚泽姆斯卡娅[①]

1832 年 6 月 4 日自彼得堡寄往莫斯科

此刻我是在希特罗沃家中给您写信。巴丘什科夫的病情[②]令她万分不安和焦虑。她本人提出要去他那里,试试最后的办法。这种献身精神令人叹服。说到献身精神,顺便说一句,请想想看:贱内生下一个跟我如出自一个模具的女儿,我真失望,尽管我一向自负,却也无可奈何,只好作罢。

① 全信原文为法文。

② 巴丘什科夫于 1822 年精神失常。——原编者注

112. 致 A. X. 宾肯多夫[①]

1832 年 6 月 8 日于彼得堡

将军大人：

冈察罗夫先生即贱内之祖父，两三年前需用钱时欲将叶卡捷琳娜二世巨型铜像熔毁，其时卑职曾恭求大人恩准。本以为只不过一块难看的青铜，故不曾讲过其他。原来这半身铜像却是一件精美的艺术品。仅仅为区区几千卢布毁掉，卑职颇感不忍和惋惜。大人一向仁厚为怀，令卑职心存奢望，盼政府能将铜像买下，为此已把铜像运来此地。私人是无力出钱收购珍藏的。然而这尊铸像却可以在女皇创立的某个官署占一位置，或在皇村有一席之地——女皇为有辅弼之功的重臣们建的碑林中正缺此宝呢。卑职私意只要二万五千卢布，不过其价值四分之一而已(该像是一位柏林雕塑家在普鲁士铸成的)。

铸像现时在卑职住处(富尔什塔特街阿雷莫夫寓所)。

永世为大人卑贱、恭顺之仆

亚历山大·普希金

1832 年 6 月 8 日

于彼得堡拜上

① 信中原文除人名、地名为俄文外，其余均为法文。

113. 致 И. В. 基列耶夫斯基

1832 年 7 月 11 日自彼得堡寄往莫斯科

尊敬的伊凡·瓦西里耶维奇先生：

没再与先生通信，因为担心会给您惹来不应有的不满和无谓的猜疑，虽说我深信煤炭不是烟炭染黑的。今天给您去信，是因为有人捎带，我们可以坦陈心曲。您的刊物遭禁在此间影响强烈，大家都站在您一边，即站在全然无辜者一边。据我所知，袭击不是来自布尔加林一伙，实际上来自天上。茹科夫斯基以其特有的率直为先生鸣不平，维亚泽姆斯基给宾肯多夫写了一封大胆雄辩、令人信服的信。先生不是单枪匹马。在此情况下，先生所为全不对头。作为国民，您被政府剥夺了赋予普天臣民的一项权利；出于自尊，可以说也是出于对陛下的尊敬，您也应当辩解。因为这不是波列沃依、纳杰日金的攻击。现在不知是否为时已晚，不过要是我处在先生的地位，即便此时我也不会放弃辩解。您的信函开头可以这样写：“**由于长时间等待政府质询，至今未曾陈述意见，不过**……”这些言辞确非多余。

另外，对先生、令弟和雅济科夫，我有一项诚挚的要求。前几天批准我办一份政治性和文学性的报纸，别不管我，兄弟们！要是看罢什么书，劳驾写点什么扔进我的讨饭碗里，上帝不会不管你们的。尼古拉·米哈伊洛维奇[1]太懒。不过，我尽力少要点诗，我的要求也难

---

① 指 H. M. 雅济科夫。——原编者注

为不了他的。有关计划中的报纸,请你们写几句(别担心这会损害我的政治清白)。

7 月 11 日

不开玩笑了。您认为您写信会为别人招灾惹祸,这种想法实属多余。与您通信令我愉快,就像您的友谊令我引以为荣一般。急盼赐复——过几天我可能去莫斯科。

114. 致 M. П. 包戈廷

1832 年 7 月 11 日自彼得堡寄往莫斯科

亲爱的米哈伊洛·彼得罗维奇先生：

您有关斯米尔金的嘱托[①]我照办了，尚未得到他满意的答复，故而一直犹豫着，不知是否应该相告。我们野蛮的文学交易快让我发疯了。斯米尔金债务缠身，小说之类的版权买了许多。现在他什么条件也不接受。他说着行话，说“悲剧剧本而今不抢手了”。我们只好等待。有人告诉我，因为《市长夫人马尔法》您在某地给人大骂了一顿，但愿这对您的作品不会有一点影响。还记得吧，人们把我一直吹捧了十年，又为《戈都诺夫》和《波尔塔瓦》把我贬得一文不值，鬼知道是怎么回事。当然，我们的文学批评甚至比读者水平还低，更不用说与文学相比了。生它的气倒没什么，要是相信了它说的，那就是不可原谅的弱点。您的《马尔法》、您的《彼得》都具有真正戏剧性力量，如能得到戏剧检查机关批准，我估计定能受到民众欢迎。观看斯克里布[②]的独幕轻喜剧和季德洛托夫[③]的芭蕾舞剧的我们这群冷漠的北方观众，是想象不到这种欢迎的。

皇上已恩准我办一份政治性报纸，您知道吗？这可是件大事，因

---

① 与书商斯米尔金谈判出售包戈廷不成功的剧本《市长夫人马尔法》版权一事。——原编者注

② 斯克里布(1791—1861)，法国剧作家、法兰西学院院士。

③ 季德洛托夫，即季德洛。

为格列奇和布尔加林的独霸地位垮了。您看得出，此事离了您办不成。但是办刊物是商业活动，没认识环境前，报价、拟订条款等一切我都不敢动手。我不想还没把熊打死就把皮卖给您。我对脑瓜中的《俄罗斯人民史》，暂时还不能征订……另外，请转告纳杰日金，他那些轻率的断语是不可原谅的[①]。不久前，在他的杂志上看到把我和波列沃依相提并论，说是两个家伙都在蒙骗读者：一个把《奥涅金》分章卖，坑骗读者的钱，另一个把《人民史》分册卖；不同的是征订时一个许诺一年出十二卷（其实三年间用骗来钱的利息出了三卷）；一个把诗作分章出版，并在前言中明说，此乃诗之开篇，此诗或许永远写不完。纳杰日金可以随意地认为我的诗低劣，但是把我和骗子相提并论，就太卑鄙下流了。今后，高贵者们怎么好再和我这个平头百姓打交道呢？要是我们还要看重布尔加林、波列沃依、纳杰日金的高见，会有什么结果？每看他们一期杂志，都得举枪自杀一次！值得庆幸的是，普遍的意见（且不论我们的普遍看法如何）把我们从这种烦恼中救了出来。

我没有给希什科夫回信，也没有向他道谢[②]。请替我拥抱他。为了《福尔图纳特》[③]，上帝会保佑他的健康！您不来我们这里吗？喂，来吧。

7 月 11 日

---

① 纳杰日金对《叶甫盖尼·奥涅金》第八章发表过评论（载《望远镜》1832 年第 9 期）。——原编者注

② 希什科夫将所译《德国剧本选集》寄给普希金，1831 年 10 月 6 日还写过信。——原编者注

③《福尔图纳特》，希什科夫译德国作家 J. 蒂克（1773—1853）的童话剧本。

115. 致Д. И. 赫沃斯托夫

1832年8月2日于彼得堡

德米特里·伊凡诺维奇伯爵大人：

承蒙惠赠可爱而又意外的礼物①，贱内衷心感激！请允许在下向大人表示由衷的谢意。在下还欠您的情：两次惠赐书函和无愧于永远年轻诗才之诗章②，真是荣幸之至！在下将于日内携贱内拜望德高望重、和善慈祥的长者。

谨致以最崇高的敬礼，并奉上一片忠心。

忠仆

亚历山大·普希金

① 赫沃斯托夫把自己写的《塔夫里达花园的夜莺》这首赞美普希金的诗寄给了后者之妻。——原编者注

② 1831年，赫沃斯托夫写过《寄语А.С.普希金……》一诗。——原编者注

116. 致 M. П. 包戈廷

1832 年 9 月上半月自彼得堡寄往莫斯科

不知您想看到什么提纲[①]? 政治部分——确实毫无价值;文学部分——真正毫无价值。商业行情、迎来送往之消息,便是我要告诉您的全部提纲。我想打破垄断,也成功了,[②]别的事我不太感兴趣。我的报纸要比《北方蜜蜂》差点,无意取悦读者。五年时间跟各家杂志吵一架多好,这是对科西奇金好,不是对我好。不打算刊登诗歌,因为基督也不让向公众对牛弹琴,对粗劣文章也是如此。有件事让我恼火:很想展示现代法国文学所有的丑恶并消灭这种丑恶。要大吼一声:拉马丁比扬格[③]更枯燥无味,还不如扬格的深刻;贝朗瑞不是个诗人;雨果没有生活即没有真实;维尼的长篇小说比扎戈斯金的还不如;他们的杂志没有知识性,文学批评也几乎不比我们《望远镜》上的公爵们的批评强。我打心底里相信,与 18 世纪相比,19 世纪真是一塌糊涂(我指的是法国)。他们称之为诗歌的东西,那丑陋勉强被散文抵偿。

有关您的当事人戈都诺夫[④],我们以后再谈。过几天我去莫斯科,希望能见到您。

---

① 指普希金计划中的《日记报》提纲,普希金想鼓动包戈廷参与此事。——原编者注

② 指打断布尔加林《北方蜜蜂》独霸地位。——原编者注

③ 扬格(1683—1765),英国诗人、剧作家、文艺评论家。

④ 包戈廷以鲍里斯·戈都诺夫生平为题材写了一个剧本。

117. 致H. H. 普希金娜

1832年9月22日自莫斯科寄往彼得堡

今天是礼拜四。贤妻,你一定要答应我,别生气。昨天,礼拜三,我到了莫斯科。坐的维洛西费尔,俄文意为匆忙的公共马车,写起来一长串,跑起来却像个乌龟,有时慢得像只虾。有一昼夜,我们居然只走了三站路。马掌都跑掉了,还是上路后才钉的,真是闻所未闻!我在官道上奔波了十年,这种事还是头一回见。好容易才到了这……让淫雨和皇室驾临弄得不安的莫斯科。现在听我说说跟我一路同行、度过五天五夜的是些什么人吧。这才值得跑一趟呢,是五个外国女演员,穿黄色裘皮上衣、戴黑面纱的。如何,亲爱的?我可没跟她们调情,真的,是她们和我谈情说爱,想要一张免费书票。不过我以不懂外国话为托词谢绝了,如同小约瑟夫[①]那样面对美色洁身自好。一到莫斯科,我便飞快去找纳肖金。他照旧为家事忧心忡忡,与那位萨拉[②]的关系倒缓和些了。他这个戴绿帽子的人,也看出这种状况既令人高兴又不依赖旁人。他跟我上过澡堂,在我这儿吃的饭,顺便又陪我上维亚泽姆斯卡娅公爵夫人家。公爵夫人带我上法国剧院,戏剧没有趣味,加上劳累,我差点睡着了。我去了奥别尔[③]家,晚

---

① 小约瑟夫,《圣经》故事中的人物。——原编者注

② 指与纳肖金同居的茨冈女子奥莉加·安德烈耶芙娜。萨拉是巴拉丁斯基叙事诗《妍妇》中的女主人公,二者类似。——原编者注

③ 奥别尔,旅馆老板。——原编者注

上十点睡觉。这便是我的一天,没时间写信,体力也不支。皇上 20 日驾幸此地,今天起驾回彼得堡,所以我没见上宾肯多夫,虽然必须见他。大公夫人病情严重,昨天稍好些,皇室仍然忧心忡忡。皇上一天欢乐的日子也没过上。在剧院见到了恰阿达耶夫,他招呼我跟他四处走走,可是我在打瞌睡。我的事[1]看来快办完啦,一俟办完,我一刻也不耽搁便奔向彼得堡,我的天使。你想不到,离开你我真寂寞。我一直放心不下,我离开你到底是为了谁!为了那个昏昏欲睡、睡过去便醒不来的酒鬼彼得[2],因为他是个酒鬼、蠢货?为了那个跟你吵闹的伊琳娜·库兹米尼奇娜?为了那个曾勒索过你的涅尼拉·阿努弗里耶芙娜?玛莎[3]怎么样?她的淋巴结核怎样了?斯巴斯基[4]好吗?哎,亲爱的贤妻!你不会有事吧?再见,来信。

---

① 向监护委员会再次抵押基斯捷涅沃领地(未办成)。——原编者注

② 普希金家的厨子。——原编者注

③ 指玛丽娅·亚历山德罗芙娜·普希金娜(1832—1919),普希金夫妇的长女。——原编者注

④ 斯巴斯基,普希金家的医生。——原编者注

118. 致 H. H. 普希金娜

1832 年 9 月 25 日自莫斯科寄往彼得堡

你真聪明，真可爱，写了多长一封信呵！写得真好，拜谢了，贤妻。既然开了个好头，就这么做下去吧，我一辈子都祈求上帝保佑你。厨子什么条件你都同意好啦，只求不要弄得我在家吃了午饭，晚饭要在俱乐部才吃得上就行。我找的那个修马车的人是个滑头，拿了五百卢布修车费，不到一个月马车就不能用了。这对我是个教训：不能和半吊子工匠打交道。弗里别利乌斯和约希姆[①]想多要我一百卢布，可他们并未坑我。不要把乳脂呀、油膏什么的往玛莎身上抹。你那个乌特金娜，我不大信得过。而且，当心点，你不是有身孕了吗，那一开头就得保重。别骑马，调调情嘛又当别论。这里人们谈到你都很赏识。听说你那个达维多夫要娶个丑女人。昨天有人给我讲个笑话，我说给你听：1831 年 2 月 18 日耶稣升天节前，尼基塔教堂的婚礼[②]上，两个年轻人在窃窃私语，一个在安慰另一个——新娘不幸的爱慕者。那不幸的恋人满眼泪水，不住地叹息，指望时间能让他忘却痴情，等等。维亚泽姆斯卡娅公爵夫人听到还以为那不幸的爱慕者

---

① 修车匠。——原编者注

② 说的就是普希金的婚礼。——原编者注

就是达维多夫[1]。我却认为是佩图什科夫或布扬诺夫[2],更可能是索罗赫京。你怎么看？这不是有趣的笑话么？你想去普列特尼奥夫那儿,这想法值得称赞,可拿定主意了吗？去吧,爱妻,我得说声谢谢。仆人们怎么样？跟他们处得如何？昨天我上维亚泽姆斯卡娅那儿去了,整整一个车队从那儿开走了,本想给你带封信,可我把信忘了。我这就给你寄去,以求我给你、给后人的信一封也不漏掉。纳肖金可爱极了,他的家奴中又有两个陌生人。一个是扮演过几次第二恋人角色的演员,现在得了麻痹症,成了一个全然木呆呆的人啦。一个是犹太再洗礼派教徒,身挂苦行僧的枷锁,绘声绘色地给我们介绍犹太教堂,讲莫斯科的修女勾引男人的风流韵事。纳肖金对他讲:你可以天天吃午饭、晚饭,可以追逐我的女仆,但是不准为奥库洛娃[3]拉皮条。像不像个隐士？他让我笑得要死,我不明白,在这么一群下流坯中他是如何过日子的。我让人把那绺鬈发给马林诺夫斯基他们送去了,他们邀请我参加家庭晚会,我可能不去。我的事有进展,明天便开始办。要是一礼拜完不了,我就全推给纳肖金去操劳,自己回到你身边,我的天使、爱妻。暂时告别吧,基督与你、与玛莎同在。你常见到卡捷琳娜·伊凡诺芙娜吗？衷心问候她,亲吻她和你的小手,我的天使。

礼拜日

重要发现:伊波利特[4]能讲法语。

---

① 达维多夫,大学生,倾慕娜塔丽娅·尼古拉耶芙娜。后文的索罗赫京也是这样的人。——原编者注

② 佩图什科夫,《叶甫盖尼·奥涅金》中人物;布扬诺夫,瓦西里·利沃维奇·普希金《危险的邻居》中人物。——原编者注

③ 奥库洛娃,皇宫高级侍从 A. M. 奥库洛夫之女。——原编者注

④ 伊波利特,普希金的男仆。——原编者注

119. 致 H. H. 普希金娜

1832 年 9 月 27 日自莫斯科寄往彼得堡

昨天刚把信送去邮局，就收到你厚厚的三封信，谢谢你，贤妻。你早早就睡下了，为此也谢谢你。不好的是你百般卖弄风情，真不该接待普希金[①]。第一是因为我在家时他从未来过，第二，虽然我是信赖你的，可也不能让人说闲话。因此，我要轻轻扯你耳朵，温柔地吻吻你，就算什么事也不曾有过。我在这里过得平静、规矩，忙着做事，听纳肖金闲扯，读狄德罗的《回忆录》。昨晚在维亚泽姆斯卡娅家，见到美男子别佐布拉佐夫[②]，他对我亲亲热热的，就像亚历山德罗夫[③]在鲍布琳斯卡娅家对我那样，你还记得吧？这深深感动着我的心。再见，有人进来了。

不必要的打扰：伊波利特送咖啡来了。今天要去听达维多夫演讲，不是你的那位倾慕者，是一位教授[④]。不过我跟他们哪一个达维多夫都扯不上，除了丹尼斯[⑤]。不是我自愿去的——我在莫斯科大学形同疯子，一露面就引起喧哗，招人耳目，这可让我的自尊心得到满

---

① 指普希金娜的亲戚 Ф. М. 穆辛-普希金。——原编者注

② 别佐布拉佐夫，侍从武官。——原编者注

③ 亚历山德罗夫，康斯坦丁·帕夫洛维奇大公的私生子。——原编者注

④ 指 И. И. 达维多夫，数学家、哲学家、语文学家，曾任莫斯科大学教研室主任。——原编者注

⑤ 指 Д. В. 达维多夫。——原编者注

足。

又一次打扰：穆哈诺夫打发小贩送水果糕来了。再见，基督与你、与玛莎同在。

礼拜二

吻吻卡捷琳娜·伊凡诺芙娜的小手，别忘了。

120. 致 H. H. 普希金娜

1832 年(不晚于)9 月 30 日自莫斯科寄往彼得堡

你看,我是对的:你本来用不着接待普希金[1]。你还是在伊达莉娅家待一阵子的好,不要生我的气。现在来谢谢你那非常非常可爱的信,我原以为你会电闪雷鸣。照我算来,不到礼拜天你收不到我的信的;你却如此温柔、如此宽容、如此愉快,真是罕见。这怎么回事呵? 我没戴绿帽子吧? 注意! 谁说我不常去巴拉丁斯基家? 今天就要在他那里消磨一晚上,昨天也在那里,我们天天见面,没有拈花惹草。你不该疑心我对你不忠,疑心我在朋友们的妻子面前多嘴多舌。我只是羡慕他们有些人。他们的妻子算不上美貌,不是迷人的天使,比不上圣母,等等。有支歌你知道吗:

上帝别赐我美貌娇妻,
娇妻常需应召侍宴。

可怜的丈夫在别人的宴席上酩酊大醉,在自己的宴席上恶心呕吐。我这儿丛刊出版人刚走,好不容易才把他打发走。他为丛刊来约诗稿,我在为报纸写文章,就这样扬镳分手。前几天乌瓦罗夫邀我去大学,碰见卡切诺夫斯基(应该告诉你,原先我跟他像女小贩那样

① 指 Φ. M. 穆辛-普希金。

在闹市吵过几架),但此时此地交谈得非常友善、非常满意,看到的人无不流下感动的眼泪。此事请告诉维亚泽姆斯基。你在学象棋,太好了,亲爱的。在家具齐全的所有家庭中,象棋绝对是不可少的,以后我会证明这一点。前几天我参加了一次舞会(维亚泽姆斯卡娅公爵夫人家,我自然来对了),有索洛古勃伯爵小姐、普希金娜(弗拉基米尔)伯爵夫人[1]、阿芙罗拉[2]及其妹妹、娜塔丽娅·乌鲁索娃。我言谈举止十分得体,对索洛古勃伯爵小姐和她的婶母,自然讲了几句恭维话。舞会正热闹的时候,我就去亚尔饭店吃饭去啦。我的事正在按部就班地进行。天天见到纳肖金。在他的小房子里办了次宴会,上的佳肴是做成乳猪模样的酸奶洋姜幼鼠,可惜没有来宾。他在遗嘱中把这房子给你啦。在我脑海里已出现一部小说[3],也许我得动手写了。此时我一想到报纸就头痛,这报怎样才办得好?上帝保佑奥特雷日科夫身体健康,也许会有办法的。吻玛莎,为她祝福,对你也一样,亲爱的,我的天使。上帝保佑你们。

---

① 指 B. A. 穆辛-普希金伯爵的夫人。——原编者注

② 指 A. K. 舍伦瓦莉,维堡省省长之女。——原编者注

③ 指《杜勃罗夫斯基》。——原编者注

121. 致 H. H. 普希金娜

1832 年 10 月（不晚于 3 日）自莫斯科寄往彼得堡

现在就你的责备，逐条答复如下：（一）俄罗斯人旅途中不换衣服，到了地方脏得像猪，往澡堂一钻，澡堂便是我们的第二母亲。莫非你没接受洗礼，连这都不知道？（二）莫斯科的邮局十二点以前收信——我进特维尔城门时正十一点，自然把给你写信的事推到第二天。明白了吧，我是对的，全都是你错了。错在，1）什么荒诞无稽之事都往脑瓜里装，2）因为你对我不满，把宾肯多夫的公函（可能很重要）让人不知带到什么地方去了，3）跟整个外交使团的人调情，还抱怨有孕在身，日子过得像纳肖金[①]！贤妻呀，贤妻……不谈这些了。我似乎觉得，趁我不在家，你大吵大闹，赶走仆人、搞坏马车、查账、骗奶妈的钱。好一个能干的婆娘！我在这里可没有这份好精神。终于写成了两份委托书，却等不来钱用。我把没办完的事交给纳肖金去操心吧。德米特里·尼古拉耶维奇大哥[②]在这里，证明父亲[③]病情的文件，他在卡卢加一份也没有搞到，才来这里张罗。他和娜塔丽娅·伊凡诺芙娜和好了，管理庄园的事她不想插手，什么事都指望德米特里·尼古拉耶维奇。父亲谈到遗嘱，过几天他要接受省长检查。他

---

① 指纳肖金和茨冈女子奥莉加·安德烈耶芙娜的纠葛（参见第 117 封信）。——原编者注

② 普希金妻子的长兄。——原编者注

③ 患精神病的尼古拉·阿法纳西耶维奇·冈察罗夫。——原编者注

们会把委托书寄给你签字的,卡捷琳娜·伊凡诺芙娜[①]会教你处理这类事情。维亚泽姆斯基一家 14 日以后走。我就在这几天内回去,所以也用不着给你写信了。离开你,我寂寞极了,寂寞极了,简直坐立不安。想听听小道消息吗?戈尔斯特金娜昨天嫁给了谢尔巴托夫公爵,一个黄口孺子。美男子别佐布拉佐夫让那些由家庭理发师把头发梳成尼农式样的当地的小脑袋瓜[②]弄得晕头转向。乌鲁索夫公爵迷上了玛莎·维亚泽姆斯卡娅(别对父亲讲,他会不安的)。都说另一位乌鲁索夫要娶鲍罗兹金娜-索洛维卡。莫斯科人盼望皇上入冬前驾临,看来是白费心了。再见,我的天使,吻你和玛莎,再见,亲爱的,基督保佑你。

---

① 指卡捷琳娜·尼古拉耶芙娜·扎格里亚日斯卡娅,普希金妻子的姨母。——原编者注

② 指当地的女人们。

122. 致П. В. 纳肖金

1832年12月2日自彼得堡寄往莫斯科

本信也是对我不守信约的辩解词：来到这里后，我发现家中一塌糊涂，无奈，才把仆人们赶走，把厨子换了，最后又另外租下房子，因此把本来可以积蓄下来的钱花了。亲爱的帕维尔·沃伊诺维奇，但愿再次抵押需要的文件你已经办齐，但愿抵押银行的钱你已经顺利拿到手。如果是这样，请在费奥多尔·丹尼洛维奇面前（尽你所能）为我分辩几句，把欠他的一千还了，另一千你自己收下，用得着的。余下的债款你1月份会收到的——我已经安排好了，把《奥涅金》二版[①]卖给了斯米尔金。下面咱们谈正事：我荣幸地向你宣布，《奥斯特罗夫斯基》[②]第一卷已经完成，过几天寄往莫斯科供你审阅，请科罗特基先生批评指正。该书我是两礼拜写成的，由于严重的风湿病犯了，停了笔，让我难受了两礼拜，不能动手，脑子里两个念头接不上茬。你的回忆录怎样了？希望你别放弃，用跟我通信的体裁来写吧。这样对我会愉快些，你也会轻松一点。一本书不知不觉间就写成了，过一阵子一瞧，又是一本书。我的报纸停了，因为久久等不到批文下来，今年是出不了啦，我也高兴。我可以从容不迫地为今后的成功环顾四周，认清形势，做好准备。暂时我得在一个角落里躲开伤害。我

---

① 该书第一种全本，1833年出版。——原编者注

② 即《杜勃罗夫斯基》。——原编者注

的半身铸像还没有卖掉，但无论如何是要卖的。入夏前我很忙。娜塔丽娅·尼古拉耶芙娜又有了身孕，身体很沉重。你不来为加弗里尔·亚历山德罗维奇[①]施洗礼吗？我觉得彼得堡应当是你的避难所和诺亚方舟。请转告巴拉丁斯基，斯米尔金，在莫斯科，我和他谈过《叶甫盖尼·巴拉丁斯基诗歌全集》出版一事。我要价八千至一万，斯米尔金怕巴拉丁斯基不同意，所以巴拉丁斯基跟他定能谈成。让他试试。维利特曼[②]怎样了？他情况如何？歌剧怎么样？再见。问候你一家人——吻帕维尔[③]。

普

10 月 2 日[④]

新地址：莫尔斯卡娅街扎季米罗夫斯基寓所

---

① 普希金打算给长子取此名。——原编者注

② 维利特曼，为 А. П. 耶萨乌洛夫的歌剧《夏夜》写过脚本。——原编者注

③ 帕维尔，纳肖金与茨冈女子奥莉加·安德烈耶芙娜所生之子。——原编者注

④ 笔误，应为 12 月。——原书边注

123. 致 E. M. 希特罗沃[①]

1832 年 8 月至 9 月上半月或 10 月底至 12 月于彼得堡

说实话——可爱的内兄病情很不妙。昨天我把他接回来了。他介乎疯癫与死亡之间，过个把小时我们就能见到病情恶化——您会知道他的消息的。

您怎么好意思如此轻慢地评论卡尔[②]呢？他的长篇小说才气横溢，他足以与你们的巴尔扎克的精巧细致相匹敌。再见，美艳善良的夫人。

---

① 全信原文为法文。

② 卡尔(1808—1890)，法国记者、作家。

1833 年

124. 致 П. С. 桑科夫斯基[①]

1833 年 1 月 3 日自彼得堡寄往梯弗里斯

实在对不起您，我如此忘恩负义，给您写信颇觉无颜。卡扎西[②]先生送来您那十分客气的信，信上为计划今年出版的丛刊索取诗作。由于极为正当的理由迟迟未能奉复：我无诗可寄，一直在等待所谓灵感出现，即信笔涂鸦这种毛病发作。可是灵感总不见出现。近两年来，我一行诗句也没写出来——所以，把可怜小诗奉献给您的善良心愿也就付诸流水啦。千万别生气，最好是可怜可怜我，因为我从来都不曾照应该的那样，或者随心地顺利做过事。

我托希里亚耶夫[③]把自梯弗里斯回来后发表的诗歌都带给您——不知他是否这样做了。您寄来《梯弗里斯报》，我颇为感激。该报很有特色，是唯一能看到有真正的、欧洲意义上有趣味文章的俄国报纸。您要能见到 A. 别斯土舍夫，请代我致敬。在古特山我跟他见过一面，彼此都未认出来，以后只是在他经常发表美妙小说的杂志上得知他的消息。此间传出他的死讯，我们伤心得都哭了，他前两天复活又让我们欣喜若狂。

---

① 全信原文中除地名、人名以及个别词语为俄文外，其余均为法文。П. С. 桑科夫斯基(1790—1832)，伊凡·费奥多罗维奇·帕斯凯维奇属下官员，官方报纸《梯弗里斯报》编辑。普希金写此信时不知他已经亡故。——原编者注

② 卡扎西，军官。

③ 希里亚耶夫，书商。

此信由罗谢特先生送上。他是位极好的青年,告别了花花世界,抛弃了对格鲁吉亚士兵这种严酷职业而言的轻浮懒散的生活。我把此君介绍给您,深信你会为结识此人而感谢我的。

请接受我崇高的敬意,先生。

亚历山大·普希金

1833 年 1 月 3 日

125. 致某女士[①]

1832年12月至1833年1月6日于彼得堡

(草稿)

夫人惠寄的便函收悉,您太客气了。复信昨日寄出,今天竟由一个酒鬼送了回来。我是多么失望——夫人可以想象。

① 全信原文为法文。

126. 致 A. И. 切尔内绍夫[①]

1833 年 2 月 9 日于彼得堡

亚历山大·伊凡诺维奇伯爵大人：

在下相求之事，承蒙大人关照，不胜感激。

有关苏沃洛夫伯爵生平的下列文件，应该在参谋总部档案馆：

1）侦讯普加乔夫的案卷；

2）苏沃洛夫伯爵 1794 年作战报告；

3）苏沃洛夫伯爵 1799 年报告；

4）苏沃洛夫伯爵军令。

甚盼大人恩准在下查阅上列珍贵资料。

谨致以最崇高的敬礼！

忠仆

亚历山大·普希金

1833 年 2 月 7 日[②]

于圣彼得堡拜上

---

① A. И. 切尔内绍夫（1798—1850），军机大臣。普希金索要档案材料，其时正在构思 A. B. 苏沃洛夫传。该书是普希金创作《普加乔夫史》的早期之作。——原编者注

② 笔误，应为 2 月 9 日。——原书边注

127. 致 П. В. 纳肖金

1833 年 2 月(不晚于 25 日)自彼得堡寄往莫斯科

亲爱的帕维尔·沃伊诺维奇,怎么样?需要的文件[①]弄到了?自己那点钱拿到了?费奥多尔·丹尼洛维奇的,还给他了?从抵押银行拿到一千余款了吗?有什么要寄给我的?如果一件也没有办成,那就这么着:费心送二千五百二十五卢布给米哈伊尔·亚历山德罗维奇·萨尔蒂科夫[②]参议员,他住在马罗赛卡·布布卡寓所,请他开张收条。这事非办不可,对我也是很不愉快的事。

你的事情如何?我一直暗自为你担心,总觉得你会被他们害死的:维耶尔[③]害你,拉赫曼诺夫又不断坑你。上帝保佑我赚点钱吧,也许能救救你。到那时或许可以把你和你的姘妇分开,我们在丘弗利开座磨坊,过过快活日子,写写日记。我在彼得堡过得不死不活,成天为生计操心,也顾不上发愁了。我已经没有作家需要的那种闲暇、自由自在的独身生活。自己四处奔波,内人却赶时髦大出风头——这一切都得要钱,我挣钱全靠写作,而写作又要求幽静。

未来的事我是这样安排的:夏天,待内人产后,送她去卡卢加乡下她姐姐那里。我去下诺夫哥罗德,也许去阿斯特拉罕。顺便我们

---

① 再次抵押基斯捷涅沃庄园所需文件。——原编者注

② 萨尔蒂科夫,已故杰尔维格的岳父。——原编者注

③ 维耶尔,商人。——原编者注

见上一面，畅谈一番。我需要旅行，既是精神方面的需要，也是体力上的需要。

128. 致 A. И. 切尔内绍夫

1833 年 2 月 27 日于彼得堡

亚历山大·伊凡诺维奇伯爵大人：

以大人名义所送书籍，在下拜收，不胜感激。大人之命[1]，在下全然凛遵照办。今后诸事，还祈大人关照。

谨致以最崇高的敬礼及一片忠心。

忠仆

亚历山大·普希金

于圣彼得堡

① 切尔内绍夫要求归还写作苏沃洛夫传所需的档案材料。

129. 致 M. П. 包戈廷

1833 年 3 月 5 日自彼得堡寄往莫斯科

是这么回事：根据我们商量的结果，我早想抽空奏请皇上恩准您为编辑人员，可一直未能如愿。终于在谢肉节那天，皇上不知为什么跟我谈起彼得一世。我当即禀告皇上，我单独一人无法深入研究档案材料，务必有位学识渊博、聪慧睿智、有实干精神的学者协助。皇上问我到底要谁，听到您的大名，皇上皱了眉头（务请海涵，皇上把您和波列沃依搞混了，圣上尽管是一位年轻有为的英明皇帝，却远不是一位好的文学家）。我赶忙介绍您的情况。Д. Н. 布卢多夫也一再说您和波列沃依只不过是姓氏头两个字母相同。此外，宾肯多夫的美言也起了作用。这么一来，事情也就办妥啦。档案材料（机密件除外）也供您使用。现在还需定下来，您准备在什么条件下着手工作。我看，在您整个工作时期——也只是在工作时期，该要求给您副教授的薪俸。您的辛劳，无论从哪一方面说都不会白费。如果出版的话，您也是在为自己出版，这对您既愉快又实惠。可以写成多少单行本呵！会涌出多少创作构思呵！您富有灵感，热情真挚——一定会创造出奇迹，我们和子孙后代都会为您，就像为施莱格尔和罗蒙诺索夫一样向上帝祈祷的。

务请回一封我能拿给布卢多夫过目的正式信函。我也要赶快结束此地一切事务。我在张开双臂等候着您呢。

3 月 5 日

130. 致 A. И. 切尔内绍夫

1833 年 3 月 8 日于彼得堡

亚历山大·伊凡诺维奇伯爵大人：

总监档案馆莫斯科分馆遵大人之命所送案卷，在下已经收到。不胜感激。仰仗大人青睐、恩典，在下斗胆再以一事相烦。

此前在下收到的有关普加乔夫的公文中，只有比比科夫①上将任职以前的材料，后者致陆军部的呈文、戈利岑公爵、米赫尔孙②以及苏沃洛夫本人的报告却没有。大人如能差人送来上述呈文和报告(1774 年 1 月至年末)，对在下将是莫大的恩惠！

谨致以最诚挚的敬礼及无限感激之情。

忠仆

亚历山大·普希金

1833 年 3 月 8 日

于圣彼得堡

---

① 比比科夫(1729—1774)，俄国国务活动家、上将。1773 年至 1774 年被授权镇压普加乔夫起义。

② 米赫尔孙(1740—1807)，俄国骑兵上将。1773 年至 1774 年镇压普加乔夫起义。

131. 致 B. Φ. 奥陀耶夫斯基

1833 年 3 月 28 日于彼得堡

原盼今天到府上拜访，接着去听完亚基莫夫先生的悲剧[①]——然而不能如愿，有人为我八点前安排有一次公务会晤。只能割舍先生和莎士比亚去听那小吏讲话。不过，后会有期。

衷心尊敬先生的

亚·普希金

① 亚基莫夫所译莎士比亚剧本《威尼斯商人》。——原编者注

132. 致 A. П. 叶尔莫洛夫[①]

1833 年 4 月初自彼得堡寄往奥索尔基诺

（草稿）

在下搜集我国历史文献时一直企盼见到颂扬大人在外高加索所建功勋的著作，不幸未能如愿。拿破仑入侵使一切黯然失色，以至于而今——只有为数不多的几个军人知道当时东方发生的事件。

今有一事烦扰大人清怀——此事对在下十分紧要。在下明白大人不想满足这一要求，然而大人的荣耀属于俄国，自己无权掩藏不露。如大人拨冗撰写光辉的回忆录、整理战争笔记，则在下恳求大人赏脸，容在下当大人的出版人。[②] 如果大人不愿自己动笔，则恳求大人恩准在下为大人立传，并惠赐必不可少的一些资料。

---

① A. П. 叶尔莫洛夫（1777—1861），1816 年至 1827 年曾任高加索独立军团司令。

② 普希金希望经手出版的叶尔莫洛夫的《笔记》、《回忆录》，出版于 1863 年。——原编者注

133. 致И. T. 卡拉什尼科夫[1]

1833 年 4 月初于彼得堡

（草稿）

惠书拜收，衷心感谢。我们所尊重的读者们满意便是最好的奖赏。

先生询问对《堪察加女郎》[2]的看法，我下笔的坦率可以表明对先生纯真的敬意。我看，不如向您重复克雷洛夫这位伟大的行家、真正的天才和公正不倚的鉴赏家的话。读完《若洛鲍夫之女》后他对我说："还没有一部俄国小说我是怀着比这更满意的心情阅读的。"《堪察加女郎》真的不比先生第一部小说差。据我所知，一些读者不是照报刊的介绍评判您的大作，而是凭自身感受喜欢上您、满怀热情地接受您的两个剧本的。今后，您不必为波列沃依的意见[3]忐忑不安，此君是位明哲、热心肠并且聪明之人，但肯定不是个好作家。身为作家，他全无才气；作为批评家，又一再重复别人的观点……

他的小说我没有看过，不过照他的《民族史》看来，那部小说肯定不如《堪察加女郎》和《若洛鲍夫之女》。

公众喜欢他，仅仅是因为他言辞粗鲁。傻瓜会诚惶诚恐地听一个什么都敢骂的人讲话，还以为这才是聪明人！

---

① 卡拉什尼科夫(1797—1863)，官员、二流作家。

② 《堪察加女郎》和《若洛鲍夫之女》都是卡拉什尼科夫的小说。——原编者注

③ 波列沃依激烈批评上述两部小说。——原编者注

134. 致П. А.奥西波娃[1]

1833年5月(不晚于15日)自彼得堡寄往莫斯科

请夫人原谅我、千百次地请求原谅我,亲爱的普拉斯科维娅·亚历山德罗芙娜,收到您那客气的来信和信上可爱的花饰图案没有立即致谢。种种操心事妨碍着我,不知何时才能有幸拜访三山村——我想去,真想得要死。彼得堡一点也不合我的心意,不论是我的情趣爱好,还是我的财力,都不适于在彼得堡生活。无奈还得忍耐两三年。我妻子向您、向安娜·尼古拉耶芙娜[2]致以千百次的问候。最近五六天,小女[3]让我忧心不已,我看她要长牙了,可至今还一颗没长。虽然竭力用这一切都会过去的想法来安慰自己,可是这些小生命太柔弱,眼见着她们难受,让人不能不战栗。家父家母刚从莫斯科来到这里,打算在米哈伊洛夫斯克住到7月。我真想跟他们一起去。

① 全信原文为法文。

② 指E. H.武尔弗。——原编者注

③ 指玛丽娅·亚历山德罗芙娜·普希金娜。——原编者注

135. 致И.И.德米特里耶夫

1833年5月底至6月初自彼得堡寄往莫斯科

一向承蒙关照，今又冒昧为区区小事烦扰先生……我偶然接触到涉及普加乔夫的一些重要文件（叶卡捷琳娜[①]、比比科夫、鲁缅采夫、帕宁[②]、杰尔查文等人的亲笔信件），我已把它们整理出来，相机发表，列入《历史札记》（上帝保佑我们尽量晚点读上）。先生讲过普加乔夫的事，作为目击者，还描写他死时的情况。一些有名之士用他们自己的大名、文章抬举我的作品，先生可否侧身其中，恩准我把先生的大作选入伟大叶卡捷琳娜朝代妙趣横生的逸事集之中？

谨致以最崇高的敬礼及一片忠心。

忠仆

---

① 即叶卡捷琳娜二世（1729—1796）。

② 帕宁（1721—1789），伯爵、元帅。七年战争（1756—1763）中显示出卓越的军事才能，俄土战争（1768—1774）中犯了一系列战略错误，引起叶卡捷琳娜二世不满，1770年呈请辞职，成为政府内反对派“帕宁党”首领之一。普加乔夫农民起义（1773—1775）节节胜利的关键时刻，叶卡捷琳娜二世被迫委任他为讨伐司令。

136. 致 П. И. 索科洛夫[①]

1833 年 5 月末(27 日后)至 6 月初于彼得堡

(草稿)

大人关于选举参议员巴拉诺夫先生为俄罗斯科学院院士的通知拜收。在下之选票随即奉上。

谨致以最崇高的敬礼。

① П. И. 索科洛夫(1764—1835),语文学家、翻译家,俄罗斯科学院终身秘书。普希金 1833 年被选为科学院院士。——原编者注

137. 致 A. A. 阿纳宁

1833 年 6 月 26 日于彼得堡

亲爱的亚历山大·安德烈耶维奇先生：

曾去府上拜访，无缘谋面。为防万一，我只好把信带回。承蒙先生允诺几天内寄来两千卢布，不胜感激。照我算来，所需不过一千五百卢布，斯米尔金准备为此作保。如果不便送到我城内家中，请通过邮局寄来，我敬候佳音：我住*黑溪*，*米勒别墅*。

谨致以最真诚的敬礼，并奉上一片忠心。

忠仆

亚历山大·普希金

6 月 26 日

138. 致 A. A. 阿纳宁

1833 年 7 月上半月(12 日前)于彼得堡

亲爱的阿勃拉姆·阿列克谢耶维奇[①]先生:

前几天斯米尔金从莫斯科来了,他同意为我担保。请先生定个日子,我们好到府上办理此事。

谨致以最诚挚的敬礼。

忠仆

亚·普希金

---

① 笔误,应为亚历山大·安德烈耶维奇。——原书边注

139. 致 M. A. 科尔夫[①]

1833 年 7 月 14(?)日于彼得堡

我刚才去过斯米尔金那里,看来事情办成了。尼古拉·莫杰斯托维奇[②]可以去他那儿谈谈最后条件;我倒是想劝劝他先弄清译文通常一印张多少钱,就要这个价。较之按年支付,这样他肯定要多得一些。碰到困难时,让他依靠我就是了,我准备一心为他效劳。

对你那友好的来信,我满意地写了回信,又完成了你的命令,非常高兴。你的祝贺[③]令我非常高兴。

你的

亚历山大·普希金

---

① M. A. 科尔夫(1800—1876),男爵,后晋伯爵,俄国国务活动家、历史学家,普希金皇村学校同学。

② 指 H. M. 巴库宁。科尔夫要求把斯米尔金的《读者文库》上的译文寄给巴库宁。——原编者注

③ 祝贺普希金之子亚历山大出生(1833 年 7 月 6 日)。——原编者注

140. 致 Г. И. 斯帕斯基[①]

1833 年 7 月 14 日至 23 日于彼得堡

亲爱的格里戈里·伊凡诺维奇先生：

今有一事冒昧相求。我获知雷奇科夫有关普加乔夫时期的有趣手稿在先生您处，如蒙惠借几日，先生对我可称有恩矣。先生一旦需要，定当完好奉还。务请先生相信。

谨致以最真挚的敬礼，并奉上一片忠心。

忠仆

亚历山大·普希金

礼拜二，于黑溪

① Г. И. 斯帕斯基(1784—1864)，矿业工程师、西伯利亚史学家。

141. 致 A. X. 宾肯多夫[①]

1833 年 7 月 22 日于彼得堡

（草稿）

将军大人：

诸多事务使得卑职必须尽快去尼日哥罗德领地耽搁两三个月——并欲借此机会顺路去从未去过的奥伦堡和喀山。恳求陛下恩准查阅该两省的档案材料。

---

① 全信原文为法文。

142. 致 A. H. 莫尔德维诺夫

1833 年 7 月 30 日于彼得堡

（二稿）

尊敬的亚历山大·尼古拉耶维奇大人：

承蒙大人垂询，卑职赓即坦陈奉复如下：

近两年来，卑职只进行历史研究，不曾写过一行真正的文学作品。卑职极需过上两个月真正单居独处的日子，为的是办完诸多事务后得以稍事休息，同时借机写完开始已久的书，该书将会为我挣来需要的款项。终日空忙，光阴虚度，卑职深感惭愧，可又有何事可做？唯有这些活动才能让我不依靠他人而自食其力，这也是我在彼得堡养家之手段。托陛下洪福，卑职身在彼得堡著述，有着更为重要、更为有益的宗旨。

除皇上恩赐之薪俸外，卑职并无其他固定收入，且都城生活费用昂贵，卑职家口渐增，开支渐大。

大人也许乐于知道，卑职在乡下究竟想写完什么书：这是一部长篇小说[①]。该书情节大部分发生在奥伦堡和喀山，这便是卑职想去这两个省的原因之所在。

忠仆

亚历山大·普希金

7 月 30 日

于黑溪

---

① 指《上尉的女儿》。——原编者注

143. 致 П. В. 纳肖金(?)

1833(?)年 7 月于彼得堡

我把自己的丑像寄给你。来信谈谈你的马车要价多少?已有几个买主?

亚・普

144. 致 H. H. 普希金娜

1833 年 8 月 20 日自托尔若克寄往彼得堡

贤妻，现在写信把我的历险故事详细告诉你。还记得吗，离开你时正值大雨滂沱。我的历险始于特罗伊茨克桥。涅瓦河涨大水，桥板都拉起来了，绳子绷得紧紧的。警察不准车辆过河，我差点折回黑溪。不过还是在上游过了涅瓦河出彼得堡而去。天气糟透啦。皇村大街上的树木都让风刮倒了，我数过有五十来棵。沼泽嚣声如雷，浊浪翻滚。好在是顺风，所以一路之上我始终安安稳稳地坐在车里。你们彼得堡的人出什么事没有？没再发洪水吗？我出来又错过了一次机会[1]，如何是好？那可太遗憾了。第二天转晴，我跟索博列夫斯基步行十五俄里，路上打死了稀里糊涂爬到沙地晒太阳的几条蛇。昨天平安到达托尔若克。索博列夫斯基嫌被单太脏，发了一通脾气。今天八点醒来，美美吃了一顿早餐，现在我要走另一条路，去亚罗波列茨——撇下了索博列夫斯基独自吃他的瑞士干酪。这就是我旅行的详细报告，我的天使。车夫在四轮马车上套了六匹马。泥泞的乡间土路一直让我提心吊胆，如果我没有像安列普[2]那样淹死在沼泽里的话，到亚罗波列茨后再给你写信。希望到了辛比尔斯克能收到你

① 指彼得堡 1824 年 11 月 7 日那场洪水，当时普希金被流放于米哈伊洛夫斯克。——原编者注

② 安列普，军官，精神病发作后淹死在沼泽中(1830 年)。——原编者注

的回信，把你乳腺炎的病情等情况告诉我。别溺爱玛莎，自己保重身体，26 日那天①别卖弄风情。呵，想起来了，你也没法跟人调情。不过，还是别卖弄为好。问候卡捷琳娜·伊凡诺芙娜，叶尔莫洛夫般温柔地吻她的小手。起劲地亲吻你，为你们大家、你、玛什卡和萨什卡祝福。

见到维亚泽姆斯基请问候他，告诉他，因为暴风雨我没法跟他告别，讲讲我要在路上张罗办丛刊的事。

礼拜日

于托尔若克

① 8 月 26 日宫内有例行舞会。——原编者注

145. 致 H. H. 普希金娜

1833 年 8 月 21 日自帕夫洛夫斯克寄往彼得堡

我的天使，你猜不到我是在哪里给你写信：在帕夫洛夫斯克，在别尔诺沃和马林尼基之间——这两个地方的情况，以前我可能给你讲过不少。昨天拐上通往亚罗波列茨的乡间土路时，令人高兴地打听到要经过武尔弗的庄园，于是拿定主意去拜访她们。晚上八点就到了那好心肠的帕维尔·伊凡诺维奇的家。见到我，他像见到亲人一样高兴。我发觉这个地方变化甚大：五年前，巴夫洛夫斯克、马林尼基和别尔诺沃，到处都是枪骑兵和小姐们；而今，枪骑兵调防了，小姐们也各奔东西了。老相识中只见到一匹白马，当初上马林尼基骑的就是它，就连这白马我骑上也不再跳来跳去地乱动了。安涅塔、叶芙普拉克西娅、萨莎、玛莎等人已经不在马林尼基，只有普拉斯科维娅·亚历山德罗芙娜的管家赖赫曼，他拿烧酒招待我。我歌颂过的维利亚舍娃[①]就住在邻村，知道你会不高兴，我也就没去会她。我在这里吃了许多果酱，打二十四圈惠斯特牌输了三卢布。你看得出，我这里各方面都很安全。他们问了许多有关你的情况，问你是不是像传说的那么美——你长的什么样儿：是黑发女郎，还是金发女郎，苗条还是敦实？明天天一亮，我便动身去亚罗波列茨，在那儿待上几小

---

① 维利亚舍娃(1812—1865)，1828 年普希金在特维尔省武尔弗庄园与之结识，为她写过《当驿车驶近伊若雷》、《我曾造访您》二诗。

时再去莫斯科。可能在莫斯科停留两三天。忘了告诉你，胖子波扎尔斯卡娅夫人，就是酿得一手好克瓦斯、煎得一手好肉饼那位，在亚罗波列茨（不对，是在托尔若克），她把我送到自己开的小饭店门口，为回报我的温柔之举，她说："你自己家里就有一位让我见了一定会惊叫的美人儿，你哪还有心思发现别的美女呀。"你该知道，波扎尔斯卡娅和乔治太太长得一模一样，只是稍见老相。瞧，你的美名传遍各县啦，我的贤妻，满意了吧？祝大家健康，玛莎还记得我吗？她没闹出什么调皮的事吧？再见，我敦实的孕妇（是吗?）。我表现很好，你不必生我的气。这封信在你的命名日后才会收到。你仔细照过镜子没有，你可知道天底下没什么能比得上你的面容吗？与你的容貌相比，我更爱你的心。再见，我的天使，使劲吻你。

146. 致 H. H. 普希金娜

1833 年 8 月 26 日自莫斯科寄往彼得堡

在我的天使生日之际,我向你祝贺,我的天使。我坐在你们尼基塔家的阁楼上,在信上亲吻你的眼睛——再继续给你写我的旅行杂记。我昨天从亚罗波列茨平安抵达这里,礼拜三很晚才到亚罗波列茨。娜塔丽娅·伊凡诺芙娜接待我再好不过啦。我见她身体健康,虽然旁边放有一根拐杖。她离了拐杖走不了多远。礼拜四我在她那里过的,谈到你、玛什卡和卡捷琳娜·伊凡诺芙娜的许多事。显然,她对你的态度让母亲吃醋,虽然她照例要抱怨以前的事,却不再那么伤心了。她很希望明年你上她那儿去消夏。住在自己那破旧的宫殿里,她既孤独,又安静。她在你外曾祖父多罗申科[①]旁边开辟了个菜园,我去向遗骨致过哀。我那位好友谢苗·费奥多罗维奇把我领到他的墓地,并带我看了亚罗波列茨的各处名胜。住宅中我发现一间旧的藏书室,娜塔丽娅·伊凡诺芙娜同意让我把用得着的书籍选出来。我挑了三十来册,我要把这些书连同果酱、露酒一起运回家。这样一来,到亚罗波列茨就算没有白跑。

贤妻,现在再来看看德米特里·尼古拉耶维奇的情况如何吧。他听说纳杰日达·切尔内绍娃伯爵小姐是位敦实健壮、黑眉毛红脸

---

① 多罗申科(1627—1698),1665 年至 1676 年任乌克兰右岸盖特曼(统领),1676 年臣服俄罗斯后,任维亚特卡总督(1679—1682)。此处指他的墓地。

庞的村姑，就像一位世袭亲王似的，凭着画像便迷上她啦，他去过亚罗波列茨，指望见见她，结果还真的在教堂碰上了。他激动得要命。从亚麻厂领地写信回来说，他为可爱的、天仙般的伯爵小姐神魂颠倒，夜不能寐，还说她那可爱的容貌等。他一定要娜塔丽娅·伊凡诺芙娜把这位可爱的、天仙般的伯爵小姐许配给他。于是，娜塔丽娅·伊凡诺芙娜去克鲁格利科娃家执行使命，把那位天仙般可爱的人叫了来，可人家断然拒绝。娜塔丽娅·尼古拉耶芙娜担心这一消息会招致某种后果，我看他不会开枪自杀，你怎么看？你应该知道，去年冬天他就有些想法，他很疑心天仙般的、可爱的伯爵小姐有意于穆拉维约夫（圣徒）。为此，有一天他还用十足的外交的含蓄方式仔细讯问过穆拉维约夫，斯科季宁在自己侄儿那里怎么样。他问："米特罗凡，你不想结婚吗？"瞧这个滑头！可他对我们什么也没说。穆拉维约夫答复说：他快当修士了。二哥一听，高兴不已，马上就向伯爵小姐求爱，写信请她相信，她使他六神无主。读他的信，我笑得要死，可惜没有替你把信要过来。

离开亚罗波列茨是夜间，到莫斯科是昨天中午。父亲没有见我，都说他相当安静。纳肖金对我说过，已经把尤里耶夫的钱寄给你了，我现在放心了。索博列夫斯基在这里化名躲债，像个真正的绅士，他在赎回自己开出的借据。这位亲爱的人举止正派，我提出的条件他满足得相当忠实，即 1)驿马差旅费各支一半，不得克扣同学；2)明里暗里，半夜梦中，白日中午，都不得……我在莫斯科要待上一段日子，也就是两三天。马车得修理一下，乡间土路糟透了，六匹马拉着都很吃力。三日内到喀山，再从喀山去辛比尔斯克。再见，多保重。亲吻你们大家，问候卡捷琳娜·伊凡诺芙娜。

147. 致 H. H. 普希金娜

1833 年 8 月 27 日自莫斯科寄往彼得堡

昨天是你的命名日，今天是你的生日，我祝贺你，也祝贺自己，我的天使。昨天，我在基列耶夫斯基家，和舍维列夫、索博列夫斯基一起为你的健康干杯；今天，要去苏坚科家喝酒。我后天走，再早马车是修不好的。昨天很晚才回来，看见桌上生养了两个美人儿的布尔加科夫[①]的名片，还有邀我参加晚会的请柬，他夫人也过命名日。我没有去，因为没带舞会服装，没有刮胡子，胡子是为上路留着的。你看，到莫斯科很难不跳舞，然而莫斯科寂寞，莫斯科空虚，莫斯科贫乏。寂寞的莫斯科街上连马车也少见，特维尔林荫道上只有三两个乞讨的女人，一个鼻梁上架着眼镜、头上戴制帽的大学生，以及沙利科夫公爵。我去过包戈廷那里，都说他娶了个美人儿，可我没见着，到底怎么样，没法禀报。一整天都没看见纳肖金了。恰阿达耶夫胖了点，也长漂亮点了，体质也好点了。尼古拉·拉耶夫斯基在这里，他和他弟弟都没有死——死的是一个拉耶夫斯基准将。告诉维亚泽姆斯基，跟他同名的彼得·多尔戈鲁基死了——刚刚继承一笔遗产，还来不及在英国俱乐部里挥霍就死了，此间的上流社会对此感到极为惋惜。我没有去俱乐部——差点把我除名，因为我忘了更换证件，

① 布尔加科夫，莫斯科邮政局长。两个女儿是 E. A. 布尔加科娃和 O. A. 布尔加科娃。——原编者注

得交三百卢布罚金，照我看，整个俱乐部也只能卖二百卢布。奥尔洛夫、鲍布林斯基，还有别的老相识都在这里。可是老相识我厌烦了，谁也不想见。有一件重大新闻：罗斯托普钦[①]在你出生那年取掉的法文招牌，又挂在库兹涅茨大桥上了。我还是习惯逛书铺，可是一本有用的也没找到。带在路上看的书在大箱子里颠坏了，磨坏了。今天正为此生气，气得我也不劝玛什卡别跟奶妈耍脾气、斗嘴了：我要打人。吻你，问候姨母——为玛什卡和萨什卡祝福。

---

① 罗斯托普钦(1763—1826)，俄国保罗一世宠臣、伯爵。

148. 致 H. H. 普希金娜

1833 年 9 月 2 日自下诺夫哥罗德寄往彼得堡

离开莫斯科前我顾不上给你写信了。纳肖金用香槟、热糖酒[①]为我饯行,还为我祈祷。车夫好容易把车赶来,我跟他们都没有缘分。道路很好,可是莫斯科城外没有马匹,不论走到哪一站都得等上几小时,好容易今天才到了下诺夫哥罗德,就是说路上整整走了五天五夜。刚从澡堂回来。关于该城我能告诉你的只是街道宽阔,精心用石块铺成,房屋修得结实牢固[②]。我这就去市场,正有最新的玩意儿在那里展览。明天启程去喀山。

我的天使,看起来我干了件蠢事,扔下你又开始漂泊不定的生活。我眼前活生生地浮现出每月 1 日的情景:债务困扰着你,厨子、车夫、药店老板、席勒太太[③]等人缠着你。你的钱又不够用,斯米尔金请你原谅。你心中不安,又生我的气——当然啦。这还是我想到的好一点的呢——要是你又长了脓疮,玛什卡又病了,那怎么得了? 再出点别的、意外的事……普加乔夫不值得这些。说不定我扔下普加乔夫就回到你身边去了。还是得去辛比尔斯克,我在那里等你的信。天使,你要是聪明,就是说身体好好的、安安静静的,我就从乡下给你

① 热糖酒,把罗姆酒或白兰地酒和糖一起加热,待糖溶化后加水果和香料做成的酒。

② 原文为法文。

③ 席勒太太,时装店老板。

带些衣料，值一百卢布，说定了。这里天气妙极啦，大热天的早上还有点冷——真美！你们那里也是这样吗？你在黑溪边上散步，还是闭门不出？无论如何要多保重。告诉姨母，虽说她爱你使我嫉妒，还是祈祷上帝和基督别让她离开你，请她照顾你。再见，孩子们，到喀山再谈。同样起劲地亲吻你们大家，尤其是你。

149. 致 H. H. 普希金娜

1833 年 9 月 2 日自下诺夫哥罗德寄往彼得堡

我的天使，今天一钻出马车就给你写了信，旅行累得我昏头昏脑，信上什么也没说清楚，什么也没有禀报。现在从娜塔丽娅生日[①]那天说起。早上去向布尔加科夫道歉、致谢[②]，并且讨一份证明来对付驿站长。尽管我写得出美妙的诗章，他们对我却极少尊敬。在他府上见到他两个女儿和那位戴绿帽子的弗谢沃洛日斯基，他将乘车从喀山去你们彼得堡。他们约我到帕什科夫别墅参加晚会，我舍不得刮去刚长起来的胡子，所以没去。午饭是在我朋友、打单身时的同伴苏季延科家吃的。他现在也有了家室，养了两个儿子，不再赌博了——他有十二万五千（卢布）的进项，可我们，天使，这还是将来的事。他的妻子是个温和质朴的丑女人。我们三个人一块儿吃完饭，我便不客气地要为我那位过命名日的人干杯，于是大家快活地每人喝了一大杯香槟酒。纳肖金家的晚会，那可真是晚会呵！香槟、拉斐特酒、加热过的加菠萝的潘趣酒——这一切都是为了祝你健康，我的美人儿。第二天在书铺碰到尼古拉·拉耶夫斯基，他温情地对我说：狗崽子，干吗不来见我？[③] 我也满怀情感地回敬一句：畜生，你把我写

---

① 娜塔丽娅·尼古拉耶芙娜·普希金娜的生日是 8 月 27 日。

② 莫斯科邮政局长布尔加科夫曾邀请普希金参加家庭晚会，普希金未去（参见第 147 封信）。

③ 原文为法文。

的有关小俄罗斯的文稿弄到哪儿去了?[①] 此后,我们便若无其事般一道坐上马车,他公然揪住我的衣领,怕我跳车。我们面对面吃完午饭(罪过,三个人才一瓶马德拉葡萄酒),后来,为了热闹,又去纳肖金家消磨了一晚上。第二天,他为我设宴饯行,有鲟鱼和热糖酒,还把我安顿上了马车,上了官道。

唉,可怕,贤妻!现在有一件重要的事对你坦白,要对你说句心里话,你的心儿承受得了吗?我讲讲在莫斯科就餐的情况,故意拖长这封信,为的是尽量晚一点讲这件不吉利的事情。也只好说啦。你知道,第二站没有为我安排马匹。我看到一位市长夫人,由她姨母陪着从莫斯科来,去探望丈夫的。她每站都受人欺负,对我也极为粗鲁,拖着嗓门羞辱我:“您怎么不害臊!这像话吗?马房现停着两辆车,从昨天到现在都不派给我!”“真的?”我问,说完我便去租这两辆车用。市长夫人发现我不是驿站长,非常难为情,开始不住地赔礼道歉。我大为感动,就让给她一辆本来是她有充分权利使用的马车。我自己租下别的即第三辆走了。你一定会以为这算不上糟,别忙,贤妻,没完呢。市长夫人和她姨母大为赞赏我的骑士风度,决定不离开我,要在我的保护之下旅行,我也慨然允诺。就这样我们几乎一直走到下诺夫哥罗德——她们比我落后三四站路,现在我才摆脱她们,一个人自由自在了。你一定会问市长夫人漂亮吧,呵,不,不,不漂亮,我的天使娜塔莎,为此我难过呢——哎,完了,不说了。

今天我拜访过省长布图尔林[②]将军,他们夫妇接待我非常客气、非常亲热,说服了我明天去吃顿饭。集市散了,我顺着无人光顾的店铺漫步,当时的感觉如同舞会后冈察罗夫家的马车离去了一般。你看得出,虽然有市长夫人和她姨母陪伴,可我还是爱着娜塔莎·冈察

① 原文为法文。

② 布尔图林,下诺夫哥罗德总督。——原编者注

罗娃，不论我身在何方，都会远远地亲吻她。再见，我的美人儿，我的偶像，绝代佳人，何时才能见到你呵……①

9月2日

① 原文为意大利文。

150. 致 H. H. 普希金娜

1833 年 9 月 8 日自喀山寄往彼得堡

你好，我的天使。5 日我便到了喀山，一直没工夫给你写上几句。我马上动身去辛比尔斯克，但愿到那里能看到你的信。我在这里遍访了书中主人公[①]的同代人老头们，走遍了喀山城四郊，仔细观察了当年战场，详细询问了当年情况，作了记录。我非常满意，不虚此行。天气好极了，太吉利啦。但愿在淫雨之前跑完计划中要到的所有地方，9 月底去乡下[②]。你身体好吗？你们都好吗？路上看到个一岁多的小女孩，像小猫一样满地爬，长了两颗牙——把这个讲给玛什卡听听。巴拉丁斯基在这里，呵，他进来了。辛比尔斯克再见，再详细给你谈谈喀山的情况。亲吻你。

9 月 8 日

于喀山

---

① 指普加乔夫。——原编者注

② 指波尔金诺村。——原编者注

151. 致 A. A. 富克斯[①]

1833 年 9 月 8 日于喀山

亲爱的亚历山德拉·安德烈耶芙娜夫人：

我怀着深切的感激之情把自己彼得堡的地址寄上，乞望夫人光临的诺言不是一句客气话。多蒙热情款待，在喀山的短暂停留将永远留在我这个旅行者心中。为此，请接受我深切的感谢，夫人。

谨致以最崇高的敬礼！

1833 年 9 月 8 日

---

① A. A. 富克斯(1853 年卒)，女诗人，喀山医学教授 К. Ф. 富克斯的夫人。

152. 致 H. H. 普希金娜

1833 年 9 月 12 日自雅济科沃寄往彼得堡

我在诗人雅济科夫的庄园给你写信。我来找他，他却不在家。我是前天到辛比尔斯克的。在扎格里亚日斯基[①]那里收到你的信，这封信让我高兴，我的天使——可我还是要骂你。你长着疮，却给我写了满满四页，真好意思！不能只写上三四行谈谈自己和两个孩子吗？唉，算了。现在求上帝保佑你健康。谢尔盖·尼古拉耶维奇要跟你在一起，我很高兴。他这人很可爱，不会让你厌烦的。对伊凡·尼古拉耶维奇没什么话说，我希望他办不成婚礼。从种种迹象看，全家都趁他委靡不振要引诱他上圈套。如果事情闹到上头去，也许会引起上头注意。到那时肯定要破费钱财的。如果那姑娘尚未怀孕，还不大要紧。看来不会跟她父亲和鞋匠叔叔决斗。要是房子方便，最好把他管住，起码得让他待在屋子里。你的处境很让我挂心，你手头钱太少了，弄不好，旧债未了又添新债。我旅行显然有收获，不过还不到时候，还没写出什么。我做梦都想到波尔金诺去关起门来写作。

我在喀山给你只写了几行字——没时间，成天都在城外，田野上、小酒馆里游荡。有天晚上去见一位（女学究），一位令人讨厌的四十来岁的婆娘，牙齿蜡黄，指甲肮脏。她翻着一个本子，心不在焉地为我念了二百来首诗作。巴拉丁斯基为她献过诗，厚着脸皮吹捧她

---

① 扎格里亚日斯基，辛比尔斯克省长，冈察罗夫家的亲戚。——原编者注

美丽、有才气，真令人吃惊。我就这样等着在她的纪念册上留言的时刻到来——不过上帝饶恕了我。但是她仍然要去了我的地址，说要跟我通信，要去彼得堡，为此我恭贺你。她的丈夫是位睿智的德国人，很迷恋她，惊奇于她的才气；我倒很感激他，很高兴与他结识。我今天去辛比尔斯克，要在省长家吃顿饭，傍晚动身去此行的最终目的地奥伦堡。

我在这里遇见雅济科夫的哥哥、一位卓越之士，我准备像爱普列特尼奥夫和纳肖金那样地爱他。我和他在一起消磨了一个晚上。我要把他介绍给你，现在先把你介绍给他。再见，我的贤妻、天使。亲吻你和你们大家——衷心为孩子们祝福。多保重。我很高兴你没有怀孕。问候卡捷琳娜·伊凡诺芙娜和谢尔盖弟弟。

回信寄到波尔金诺。

9 月 12 日

于离辛比尔斯克六十五俄里的

雅济科沃村

153. 致 H. H. 普希金娜

1833 年 9 月 14 日自辛比尔斯克寄往彼得堡

我又到了辛比尔斯克。前天夜里动身上奥伦堡，刚拐上官道就见一只兔子从车前跑过。见它的鬼，要能抓住它，我什么都舍得。在第三站，给我牵马套车时才发觉没有车夫——一个是瞎子，另一个醉醺醺的，还躲着我们。我大闹一顿之后，拿定主意拐回去另走一条路，那条路每站都给派六匹马，邮车一礼拜发四趟。于是把我往回拉——我睡着了，早上醒来一看——怎么回事，还没有走出五俄里。遇到山路，马拉不上去，一旁站着二十来个庄稼汉。鬼知道上帝怎么帮助我们上去的，就这样又回到辛比尔斯克。如果我是一条善跑的狗，一定能逮住那兔子。现在要走另一条路，也许不会有什么意外。

我一直盼着能在辛比尔斯克得到你的消息聊以慰藉——可是就是没有。你好吗，贤妻？你和孩子们都好吗？亲吻你们，祝福你们。常来信，与你相关的种种说道都写。问候姨母。

14 日

于辛比尔斯克

154. 致 H. H. 普希金娜

1833 年 9 月 19 日自奥伦堡寄往彼得堡

我昨天到达此地，一路上拼命往前赶，非常寂寞，天气又冷。明天去访问亚伊克河[①]两岸的哥萨克，跟他们一块儿待上三两天，再经萨拉托夫、奔萨去乡下。

你怎么样，贤妻，寂寞吗？离开你，我非常寂寞。要是有那脸皮，不等写完这行字我就奔到你身边去。可是不行呀，天使。既然干开了，就没法说干不了——换句话说，就只好去写，一部小说接着一部小说，一首诗接着一首诗地写。连我自己也觉得犯了傻——甚至坐在马车里也在想象被窝里要做什么。有件事让我伤心，有关我的仆人。你想想看那莫斯科小职员的德行吧：愚蠢、唠叨、终日里醉醺醺，不停地吃着我带着路上吃的榛鸡肉，不停地喝我的马德拉葡萄酒，弄坏我的书，到了驿站不是喊我伯爵，便是称呼我为将军——只会惹我生气。亲爱的伊波利特[②]，正好想起这个蠢货。你把家管理得如何？我担心仆人不够你使唤：没有再雇一个吗？我指望那些女仆。你怎么才能跟男仆搞好关系呢？这些都让我放心不下，我多疑，像我父亲。孩子们就不说了——上帝保佑他们健康——还有你，贤妻。再见，贤妻，在我去乡下之前，别再等我的信了。亲吻你，祝福你们。

---

① 亚伊克河，现称乌拉尔河。

② 伊波利特，普希金的仆人。——原编者注

我表现得多好！你会十分满意的，既没向小姐们献殷勤，也没纠缠驿站长的老婆，更没有跟卡尔梅克女郎们调情——几天前还拒绝了一个巴什基尔女郎，虽然旅行者喜欢猎奇情有可原。有句俗话你知道吗，流落异乡之人，见了老太婆如同见到仙女。真是这样，贤妻，你要向我学习才对。

9 月 19 日

于奥伦堡

155. 致 H. H. 普希金娜

1833 年 10 月 2 日自波尔金诺寄往彼得堡

可爱的朋友，我昨天到波尔金诺——满以为会看到你的信，可是一封也没有。你们怎么啦，你身体好吗？两个孩子好吗？一想到这些，我的心就跳不动了。快到波尔金诺时我有种极为不祥的预感。没有你的一点消息，我反而有些高兴——我真怕听到坏消息。朋友，有家室的男人外出旅行真不容易，单身汉就完全不同了！他可以无牵无挂，谁死了也犯不着伤心。你应当收到我在奥伦堡写的最后一封信。离开奥伦堡我去了乌拉尔斯克。当地首领和哥萨克接待我非常好，办了两次宴会，为了我的健康大家都喝得有点醉了，争先恐后向我提供需要的情况，请我品尝现场制作的鲜鱼子酱。我走的那天(9 月 23 日)晚上，我上路以来下了第一场雨。你该知道，今年到处天旱，上帝只满足我一个人，一路畅行无阻。当我踏上归途才送我一场雨，半小时后道路便不能走了。不仅如此，还下了雪，我是最先踏上冬天之路的，坐雪橇走了五十来俄里。路过雅济科沃时，我去看望了雅济科夫，恰好三兄弟[①]都在，高高兴兴地和他们吃了饭，住了一夜，便动身奔这里。刚进波尔金诺地界，就碰上一群神父，我真生他们的气，就像生那只西伯利亚兔子的气一样。遇到这些事，也并非不吉

---

① 诗人 H. M. 雅济科夫、他的弟弟 A. M. 雅济科夫和地质学家 И. M. 雅济科夫。——原编者注

利。当心，贤妻，说不定一离开我，你就要染上坏习惯，就会忘了我，到处去打情骂俏。只有寄希望于上帝和姨母，他们或许可以保护你不受种种诱惑。荣幸地向你禀报，就我而言，就像刚落地的婴儿那样清白无辜，对得起你。路上我追逐过一些七八十岁的老太婆，年轻些的……六十岁的，我不屑一顾。在别尔德村（普加乔夫在此地驻扎了六个月），我顺利地找到一位七十五岁的哥萨克老太太。这段往事她还记得，如同你我记得1830年的事那样，我没有放过她——对不起，也没有思念你。现在我只希望把许多材料整理出来，写成很多作品，而后满载而归去会你。邮车每个礼拜天来阿勃拉莫沃，我盼着信——今天礼拜一，要等一个礼拜。请原谅——为了普加乔夫我要丢下你了。基督保佑你们，我的孩子们，亲吻你，我的爱妻。要懂事，要保持健康。

10月2日

156. 致H.H.普希金娜

1833年10月8日自波尔金诺寄往彼得堡

我的天使，刚才我突然收到你两封来信，这是离开辛比尔斯克之后头次收到你的信。信怎么送来的不得而知：你写到尼日哥罗德省阿勃拉莫沃村，再由那里……县名只字没写。别忘了加上阿尔扎马斯县，尼日哥罗德省也许不止一个阿勃拉莫沃村，就像不止一个波尔金诺村一样。有两件事让我放心不下：我没有给你留钱，可能你又有了身孕。我能想到你该如何忙碌和烦恼。好在你身体健康，玛什卡和萨什卡也很活泼。你租下了房子，虽然贵了点。我的娇妻，别吓唬我，别对我说你到处向人调情卖俏。如果我什么都没有写成便回去，那就不会有钱了，我们就处境艰难了。不如让我静下心来，我会抓紧干的。我来波尔金诺一个礼拜了，正在整理有关普加乔夫的笔记，写诗一时还谈不上。皇上要是恩准我的笔记出版，我们就有三万来卢布，把一半债务还了，过几天快活日子。你提供了新消息和谣传，非常感谢。要是见到茹科夫斯基，替我吻吻他，祝贺他平安归来，又喜得一颗星[①]。他身体好吗？来信谈谈。替我向卡拉姆津一家、麦谢尔斯基一家致以衷心的问候。你向索菲娅·尼克拉耶芙娜[②]解释一下，我没去德尔普特看望她们，完全是因为路费不足，没钱走这多出的五

① 茹科夫斯基回国后获得一级圣斯坦尼斯拉夫勋章。——原编者注

② 索菲娅·尼克拉耶芙娜，卡拉姆津之女。——原编者注

百俄里路;没有给他们写信,是因为原来打算去的。可惜你没见到斯米尔诺娃[①],她去了趟德国,变得非常滑稽可笑。别佐布拉佐夫干了件聪明事,他要娶希尔科娃公爵小姐。早该这样。一辈子都在追逐人家的妻子,把人家的诗文当成自己的,不如有个自己的家。别跟索博列夫斯基调情,别生纳肖金的气;多亏他送来一千八百卢布——别心疼那一百八十卢布了,不值得,如此而已。我父亲寄给你五十卢布,什么意思?莫非是欠我五百五十(卢布)的利息?可能是吧。这里的人们一再劝我接受瓦西里·利沃维奇的遗产。我也很想。不过,第一得为此花钱,第二得花时间,这两样我都没有。克拉耶夫斯卡娅好吗?奥特列日科夫可算没有白追她。我并不想被收进她的回忆录流芳百世。要是见到她的话,替我问候。还要问候所有可亲的人:首先是希特罗娃。我不在时,她感觉如何?希望她坚强,无愧为库图佐夫公爵之女。菲克利蒙夫妇[②]到了吗?为你高兴,我的天使。这么说,有时你也参加舞会?你真的没有怀孕吗?你真是个傻瓜?再见,亲爱的。今天我有点不舒服,像亚历山德罗芙那样肚子疼。亲吻你们大家,为你们大家祝福。问候卡捷琳娜·伊凡诺芙娜,衷心感谢她的操劳。再见。

10月8日

---

① 指亚历山德拉·奥西波芙娜·斯米尔诺娃,娘家姓罗谢特。——原编者注

② 菲克利蒙,奥地利驻俄国大使,夫人是达丽娅·费奥多罗芙娜·菲克利蒙(伊丽莎白·米哈伊洛芙娜·希特罗沃之女)。——原编者注

157. 致 H. H. 普希金娜

1833 年 10 月 11 日自波尔金诺寄往彼得堡

我的天使，有件事请你跑一趟，找普列特尼奥夫，请他在我回来前叫人把《法律汇编》(1774，1775)中有关普加乔夫的所有政令都抄下来。别忘了。

你情况怎么样？你的身孕怎么样？这个月我回不去，要到 11 月底才能见到我。别打扰我，别吓唬我，保重身体，照看好孩子，别跟皇上调情，也别跟柳芭公爵小姐的未婚夫调情。我在写作、在奔波忙碌，谁也不见——要给你带回一大堆各种各样的作品。但愿斯米尔金守规矩，过几天寄点诗给他。你知道邻近的几个省份的人都在说我什么？他们是这样说我如何写作的：普希金写诗时，面前放着一俄升最醇最美的露酒，喝了一杯、一杯又一杯，喝完就动笔！真是荣幸之至。至于你，有关你美貌的赞歌都传到我们神父夫人的耳朵里了，她逢人便说你美，什么都美，不光脸儿美，身段也美。你还想要什么呢。再见，亲吻你们，祝福你们，吻姨母的手。玛莎会讲话了吗？会走路了吗？长牙了吗？我要和萨沙一起吹口哨。再见。

10 月 11 日

158. 致 H. H. 普希金娜

1833 年 10 月 21 日自波尔金诺寄往彼得堡

今天收到你 10 月 4 日来信，我从心底感谢你。上礼拜天没看到你的信还犯傻生你的气呢。我昨天难受极了，不记得以前曾这样苦闷过。你没有身孕，也没有什么可以妨碍你在而今的舞会上大出风头，我很高兴。看来奥加廖夫[①]是个喜欢普希金夫妇的人。但愿上帝让他不得好死！我不阻挠你打情骂俏，却要你冷静、注意体面、要自重——我并不是说要举止无可指摘，举止不是风度问题，是更为重要的问题。你想与索洛古勃公爵小姐争个高低，只要你高兴，贤妻。你是个美人儿，是个争强好胜的婆娘，她不过是个自私鬼。你何必跟她争抢崇拜者呢？这一切就像舍列梅捷夫伯爵抢我基斯捷涅沃庄园的农夫一样。除了奥加廖夫还有谁向你献殷勤？按字母顺序开个名单给我，再写明你常到何处。写写卡拉姆津一家、麦谢尔斯卡娅[②]和维亚泽姆斯基一家怎么样。告诉维亚泽姆斯基公爵夫人，维吉尔的画像她用不着；告诉她，就我这方面而言，我诚实的举止毋庸置疑；不过由于尊重她的要求，我把他的画像放在所有其他人画像的背后。另外，她答应过给我一张画像却至今不兑现，替我埋怨她几句。你也许见着了茹科夫斯基和维利戈尔斯基，茹科夫斯基好吗？有人来信说

---

① 奥加廖夫，军官。——原编者注

② 指 E. H. 麦谢尔斯卡娅，卡拉姆津之女。——原编者注

他身体好了，年轻了，真的吗？干吗你想让他娶卡捷琳娜·尼古拉耶芙娜？卡捷琳娜·尼古拉耶芙娜好吗？常上我们家来吗？你看，上个礼拜没有收到你的信，却收到索勃列夫斯基的信了，他需要钱做鹅肝酥皮大馅饼，突然心血来潮想办丛刊。他的信，索要诗作的请求（我是说请求就是命令、订货单）多让我生气，你明白吗？都是你不对。我那个还没长牙的普希金娜没出什么事吧？这些牙真让我伤脑筋！红头发萨什卡好吗？他那一头红发像谁啊？我可没想到他是这样。现在来说说我自己吧，干得没劲，又慢又不细致。这几天总头痛，老发愁，这会儿好点了。许多事开了头，就是干不下去，对什么都没热情，鬼知道这是怎么了。人一老，脑子就不好使了。我的天使，我要去用你的青春振作一下精神。不过，11月底以前不要等我，不想空着两手去见你。既然干起来了，就不能说干不了。你也别责怪我。感谢我那无比高贵的卡捷琳娜·伊凡诺芙娜，是她不让我在你床榻之上随心所欲的。亲吻她的小手，求她千万别让你跟追逐者胡来。亲吻玛什卡、棕红头发的萨什卡和你，为你们祈祷祝福，上帝保佑你们。再见，我想睡了。

10月21日

于波尔金诺

159. 致 H. H. 普希金娜

1833 年 10 月 30 日自波尔金诺寄往彼得堡

昨天收到你两封信,朋友,谢谢了,可我还想数落你几句。看起来你打情骂俏不得要领。注意,卖弄风情已不时兴,并且被当成品行不端的先兆,这不是没有缘由的。卖弄风情没有益处。别人像公狗追逐母狗那样追你,竖着尾巴,不时闻闻你的……你就高兴。这有什么可高兴的?不用说你,就连帕拉斯科维娅·彼得罗芙娜[①]也能轻而易举地惹得单身的寄生虫们围得团团转,只需说一声"我喜欢……"这便是卖弄风情的全部诀窍。猪看见洗衣槽就会跑过来。对你大献殷勤的那些男人,答理他们干什么?你知道自己在伤害谁吗?读读A. 伊兹麦洛夫有关福玛和库兹玛的寓言吧。福玛招待库兹玛吃鱼子酱和鲱鱼,库兹玛还要酒喝,福玛没给,便被库兹玛狠狠揍了一顿,就像打骗子似的。诗人由此得出这样一条训诫:美人们哪,如果你们不想给酒喝,就别请人吃鲱鱼,要不然会碰上库兹玛的呀。你明白吗?我求你,咱们家别搞那种无聊的早餐会。现在,我就像什么事也没有发生那样地亲吻你,我的天使,并且感谢你,你详细坦率地向我写了你那不理智的生活。你玩吧,贤妻,只是别玩得过火,别把我忘了。我忍耐不住想见你,梳着尼农[②]式发型,你肯定非常迷人。从前

① 可能指维亚泽姆斯基之女。——原编者注

② 尼农,法国上流社会放荡的交际花。——原编者注

你怎么没想到这种老式……没想到，也就没有改变她的发型吗？把你在舞会上的表现详细告诉我。从你的信上看来，那些舞会大概已经开过了吧。是呵，我的天使，请别再卖弄风情了。我不是吃醋，我也知道你肯定不会干更荒唐的事情。可你要明白，莫斯科小姐们的气味、那没教养的样子、那粗俗的样子我总不喜欢。我回来要是发现你那可爱的、质朴的贵族风度没有了，我要大大生气、要伤心得去当兵。你问我过得如何、长漂亮了吗？1)我留大胡子了。小胡子和大胡子是男子汉的光彩。我出去，人家都叫我老大爷呢。2)七点醒来，喝咖啡，写作到下午三点。不久前才写顺手了，已写有一大堆啦。三点骑马，五点淋浴，然后吃饭，吃土豆和荞麦粥。读书看报到九点。这就是我的一天，而且天天如此。

请卡捷琳娜·安德烈耶芙娜[①]别生我的气。你生孩子后，我没有多余的钱。我去另一个方向——怎么也去不了德尔普特。问候她、麦谢尔斯卡娅、索菲娅·尼古拉耶芙娜、维亚泽姆斯卡娅公爵夫人、公爵小姐们。告诉波列季卡，我要亲自去让她亲吻。她们好像收不到邮件。卡捷琳娜·伊凡诺芙娜好吗？她怎么能让你这样为所欲为呢？唉，上帝耶稣基督呀！亲吻玛莎，让她记住我。萨沙是出麻疹吗？耶稣保佑你们。祝福你们，亲吻你们。

10 月 30 日

---

① 卡拉姆津遗孀。——原编者注

160. 致 B. Φ. 奥多耶夫斯基[①]

1833 年 10 月 30 日自波尔金诺寄往彼得堡

对不起，阁下，实在对不起！我来乡下原以为要写个不停，可是不行。头痛、家事烦心、懒散懈怠（地主老爷式的懒散懈怠）完全控制了我，糟透啦。不要等别尔金了，真的，他显然死了，戈莫泽伊卡客厅的乔迁酒宴他去不成了，潘卡的阁楼也去不成了。看来是不配加入他们一伙……进棺材总是可以的。现在禀告阁下知悉，在辛比尔斯克我见到一位谦谦修女[②]，行前谈过此人。她人还不错。显然，跟自己夫人相比，省长更热心于保护她。我看得出来的就是这些了。看起来她的案子已经了结了。

阁下有关茹科夫斯基的消息颇令我高兴。上帝保佑他现在身体健康，让他多活五年，到时候怎么也得对付过去。

问候果戈理，他的喜剧怎么了？此剧颇妙趣横生。

你的亚·普希金

10 月 30 日于波尔金诺

---

① 此为对奥多耶夫斯基 1833 年 9 月 28 日信中建议的答复。奥多耶夫斯基要普希金以别尔金的名字参加奥多耶夫斯基《戈莫泽伊卡》和果戈理《鲁迪·潘卡》丛刊的编辑工作。——原编者注

② 指 B. И. 克拉芙科娃。她离家出走，奥多耶夫斯基的继父 П. Д. 谢切诺夫途经辛比尔斯克时帮助她进了修道院。1833 年夏，谢切诺夫写信把此事告诉了奥多耶夫斯基。克拉芙科娃的父母为她出走还打了一场官司。——原编者注

161. 致 H. H. 普希金娜

1833 年 11 月 6 日自波尔金诺寄往彼得堡

我的爱妻,我的朋友,上次邮班给你写了什么,不大记得了,只记得有些生气——所以信显得有点生硬。再次委婉地告诉你:打情骂俏不会有什么好结果,虽然有趣,然而任何事情都不会像打情骂俏那样迅速地剥夺一位年轻妇女的一种品行,没有这种品行既不会有家庭幸福,也不会在上流社会交际中得到安宁,这就是自重。你的成功不值得高兴,你向……学发型(注意,你梳这个发型一定会漂亮极了,昨天夜里我还这么想)。尼农说:每个男人心中都写着:献给最温顺的女人。以后,你为男人心中的赞赏得意去吧。好好想想这一点,别为我瞎操心。我快走了,不过还要在莫斯科待一阵子,有事要办。贤妻呵,贤妻!我在官道上奔波,在荒僻的草原上一待就是三个月,在我憎恶的肮脏不堪的莫斯科停留,为了什么啊?都是为了你,贤妻,都是为你能生活安宁,为你能显现出青春年华应有的健康美貌。你也该疼疼我才是。在我这男子汉分内的忙碌之外,别再给我增添上家庭纠纷、争风吃醋,等等、等等。更不用说戴绿帽子。有关这方面的事,前几天我读过布朗托姆[①]的长篇学术论文。

弟弟在干什么?我不劝他步入仕途,这方面他没多少才干,就像当兵一样。可至少他……健康,骑在马背上到底可以比坐在办公室

---

① 布朗托姆(1540—1614),法国军人,编年史学家,著有《皮埃尔·布尔代耶回忆录》。

的椅子上走得远。我一定会言中，不发生欧战我们便过不去。这个路易·腓力是我的眼中钉。有朝一日我们到了他那里——那时候，列夫·谢尔盖伊奇就会像我们的代表说的那样，扬鞭策马去接受荣誉、宁静、和平与欢乐了。暂时我劝他游手好闲，做点快活的、有益身体的事情。我本想此时把瓦西里·利沃维奇的遗产接过来，可是监护机关拼命勒索，这件事我连想都不能想了。宾肯多夫也许能帮得上忙，我去彼得堡试试。随信附上给父亲的信，可能他已到咱们家了。我要带给你许多小诗，不要张扬：不然那些丛刊编者会把我撕了。亲吻玛什卡、萨什卡和你，为你、萨什卡和玛什卡祝福，亲吻玛什卡等等七次。但愿姨母命名日前能回到你身边，天知道。

11月6日

于波尔金诺

162. 致 A.C.诺罗夫[①]

1833 年 11 月 11 日至 15 日于莫斯科

亲爱的诺罗夫，现把你的《斯捷潘·拉辛》给你寄去，你明天就能收到《斯特留斯》和《宫女》。你有韦贝尔论俄国的文集(《正在崛起的俄国》以及诸如此类的书)吗？而佩尔杜伊利奥尼斯的书是这样写的："斯捷潘·拉辛，顿河暴动的哥萨克，由舒尔茨·弗莱什主持公审，被告约翰·尤斯特·马尔齐在场。"[②]

亚·普希金

① A.C.诺罗夫(1795—1869)，俄国作家、诗人、珍本书籍收藏家。——原编者注

② 原文为拉丁文。

163. 致 A.C.诺罗夫

1833 年 11 月 10 日至 15 日于莫斯科

亲爱的诺罗夫，我把《萨蒂利孔》寄给你——神秘剧我不知放在何处了，找到后一定寄上。再见。

你的

亚·普希金

164. 致 П. В. 纳肖金

1833 年 11 月 24 日自彼得堡寄往莫斯科

帕维尔·沃依诺维奇，你好吗？家中情况如何？一切都解决了吗，实在想知道事情的结局如何。你的浪漫爱情发展到最精彩的时候我却离开了。我不敢奢望，但结局如何却是可以预料的。你多半是个满腔热情的人[①]——在激动的精神状态下，你能做出清醒时想都不敢想的事情。有一回你喝醉了，不会游泳的你却游过了一条河。而今事情与当时的情形相同——脱下衬衣，画个十字，就扑通一声跳下水去；我们呢，费奥多尔公爵和我，只好坐着小船跟在你后边，你无论如何也要挣扎到对岸。现在跟你谈谈我旅行的情况。一路顺风，廖列尼卡[②]并未妨碍我，他很乖，就是不大说话——我们的冲突不过是夜里他压住我肩时，我拿胳膊肘推了他一下。我把他健康无恙地带回来了——河上还没结冰，又没有桥，我就送他到列夫·谢尔盖耶维奇那里，这可能会让他感谢我的。我离开莫斯科时，加弗里拉喝得酩酊大醉，我气得把他从山羊背上喊下来，把他眼泪汪汪地丢在大路上，任由他大哭大闹，也没能打动我——我在想你……让你那个穿裙子、穿女式短棉袄的加弗里拉从山羊背上爬下来吧——他该闹够了。我发现家中一切井然有序，当时妻子参加舞会去了，我去找她，把她

① 原文为法文。

② 廖列尼卡，纳肖金的侄子。——原编者注

带回家，就像一个枪骑兵从市长夫人命名日酒宴上带走小县城来的一个妞儿一般。我不在家，收支情况更是混乱，但我要查个明白。我见到家父，接管波尔金诺的打算使他非常高兴，他没有钱。弟弟穿着燕尾服，体面得很。索博列夫斯基把官司打赢了，正准备去见你。有时间就给我来信，把笔记交给我的管家。问候奥莉加·安德烈耶芙娜。

11 月 24 日

165. 致 A. X. 宾肯多夫

1833 年 12 月 6 日于彼得堡

亚历山大·赫里斯托福罗维奇伯爵大人：

现将在下准备发表之诗[①]寄奉大人审阅，冒昧之至。借此机会，恳请大人对在下的一件大事作出裁定：书商斯米尔金出版杂志，邀请在下参与其事。

此人之请，卑职只有在下述情况下方能同意，即必须将在下的作品呈报检查机关，并且如同张罗出版其他作家作品那样为在下作品张罗出版。但是，如不经大人允许，在下不愿对此人作出肯定的答复。

虽然在下一直竭力避免领受皇上垂降之恩典，打搅皇上清怀，然而，此次实出无奈，只好再次斗胆恳求开恩：在下以为，无暇撰写普加乔夫时期的历史小说[②]，不过确乎又搜集了许多材料，故而放弃虚构杜撰，写了《普加乔夫叛乱史》[③]。恳求大人将此书恭呈圣览。不知在下能否出版此书。

甚望皇上对此段历史，尤其是对至今还鲜为人知的当时的战事感兴趣。

---

① 指《铜骑士》，普希金逝世后出版。——原编者注

② 指《上尉的女儿》。

③ 在书信中有时又简称为《普加乔夫史》等，以下不一一注明。

谨致以最崇高的敬礼及一片忠诚。

忠仆
亚历山大·普希金
1833 年 12 月 6 日
于圣彼得堡

166. 致 П. В. 纳肖金

1833 年 12 月中旬(12 日以后)自彼得堡寄往莫斯科

收到你两封心情忧郁的来信,亲爱的帕维尔·沃伊诺维奇,我盼着第三封信,迫切想知道你怎么样了,家事和心境在朝哪个方向发展。看来你过于忧虑;我也不知在盼望着什么:你的命运变化了吗?生活安定了吗?你要详细来信告诉我。

你命名日那天,我们全家(包括格里戈里·费奥多罗维奇[①])都为你的健康干了杯,祝你万事顺遂。我还没有廖列尼卡的消息。他在埃里斯托夫家,我收到从莫斯科寄给他的几封信,他那精神失常的父亲给我来了一封精神失常的信,要回信已经迟了;他担心儿子的书法课程,担心小孩哭,想不想家里人?尽量安慰安慰老头吧。

不知 1 月份能否去你们那里。伯父的继承人向我提了些愚蠢的建议,于是我拒绝了遗产,不知他们是否要进行新的谈判?我在此地遇到金钱方面的不愉快;我本来跟斯米尔金谈好了,又不得不毁约,因为检查机关不放过《铜骑士》。这对我是一个损失。要是不批准《普加乔夫史》,那我只好到乡下去。这一切都让人非常不愉快。我倒指望你的钱;打算春天动手编我的作品全集。

我们都很健康——你的教子[②]吻你;孩子很可爱。尚未和普列特

---

① 住在冈察罗夫家的一个侏儒。——原编者注

② 指普希金之子亚历山大。——原编者注

尼奥夫谈帕维尔[1]的事，因为事情不急。再见——问候加加林公爵——祝愿二位都幸福。

亚·普希金

① 帕维尔，纳肖金与茨冈女子奥莉加·安德烈耶芙娜之子。纳肖金想托普列特尼奥夫把他安顿在某个地方。——原编者注

1834 年

167. 致Д. К. 涅谢尔罗杰[①]

1834年1月30日于彼得堡

兹将《安热尔》[②]奉上，伯爵。为此书内人深谢希特罗沃夫人——请你原谅我，非常感谢您。

谨致以衷心的敬礼。

亚·普希金

1月30日

① 全信原文为法文。Д. К. 涅谢尔罗杰(1816—1891)，伯爵，外交大臣卡尔·瓦西里耶维奇·涅谢尔罗杰(1780—1860)之子。

② 《安热尔》，大仲马的剧本，1833年出版。

168. 致 A. X. 宾肯多夫[①]

1834 年 2 月 7 日至 10 日于彼得堡

（二稿）

在此将普加乔夫第二卷进呈皇上之际，斗胆恭请大人对有关在下之事予以一向之关照。

皇上若恩准出版此书，在下丰衣足食则有望。出售此书所得款项可使在下继承一笔遗产，由于缺少四万卢布曾一度不得不拒绝这笔遗产。在下若能不求助于书商而亲自出版，该书将能提供此款，一万五千卢布于我足矣。

在下所求二事：第一，批准在下自费出版著作，在斯佩兰斯基先生属下的印刷厂印刷，在下相信这是唯一不会骗我的印刷厂；第二，以两年期贷款方式贷一万五千卢布，这是能使在下为出版付出所需全部时间、精力的款额。

承蒙关照，在下已获得诸多恩惠。种种恩典使得在下有了再次祈求的勇气和信心，除此以外，在下无权希求其他恩赐。在下所求，卑微之至，务祈大人予以关照。

大人永远的最微贱之仆

① 全信原文为法文。

169. 致 C. Д. 涅恰耶夫[①]

1834 年 2 月 12 日于彼得堡

尊敬的斯捷潘·德米特里耶维奇大人：

在下不揣冒昧，有一微末之事烦劳大人。

遵奉陛下旨意，皇村宫内教堂大辅祭办事颟顸，由内廷除名，调往女子神学校。按主教公会之令，该员当迁至其家乡的教区。然大辅祭年事已高，又有家室之累，此人恳求恩准留在本地教区。圣旨自当恭奉遵行，然并无只字言明定将此人遣往家乡的教区。

不知何故，大辅祭竟然光顾在下，希望在下微弱声音能乞得大人关照。无论如何，在下无法拒绝他人相求，故而转祈大人关照。

谨致以最崇高的敬意。

仁慈的大人最恭顺的奴仆

亚历山大·普希金

1834 年 2 月 12 日

① C. Д. 涅恰耶夫(1805—1860)，诗人、考古学家、圣教会总监。——原编者注

170. 致 A. X. 宾肯多夫

1834 年 2 月 26 日于彼得堡

尊敬的亚历山大·赫里斯托福罗维奇大人：

在下意欲自行出版写成之书，不烦书商。除祈求大人之外，而今别无他法。在下恳求以借贷方式，按规定利息从国库贷款二万卢布，此项债款，在下将照上司规定期限两年内按时偿还。

谨致以最崇高的敬礼！

忠仆

亚历山大·普希金

1834 年 2 月 26 日

171. 致 A. X. 宾肯多夫

1834 年 2 月 27 日于彼得堡

尊敬的亚历山大·赫里斯托福罗维奇大人：

承蒙大人传旨，恩准微臣在 M. M. 斯佩兰斯基大人属下某印刷厂印刷《普加乔夫史》。在下尚有一事不清，不知应在何厂印刷，烦大人明示。

谨致以最崇高的敬礼及一片忠诚。

忠仆

亚历山大·普希金

1834 年 2 月 27 日

172. 致 А. П. 马林诺夫斯卡娅[①](?)

1834(?)年 3 月(不早于 4 日)于彼得堡

请您,可爱的(安娜·彼得罗芙娜),把阿德特[②]给我带来,只是别对我父母提及此事。

亚·普

---

① 全信原文为法文。А. П. 马林诺夫斯卡娅(1770—1847),外交部莫斯科档案馆考古学家А. Ф. 马林诺夫斯基之妻。——原编者注

② 阿德特,一位名医。——原编者注

173. 致 E. K. 沃隆佐娃[1]

1834 年 3 月 5 日自彼得堡寄往敖德萨

伯爵夫人：

兹将在下正在撰写的悲剧剧本之几幕寄上。不甚成熟之作，在下只望献于夫人足下；不幸的是全部手稿已有安排；在下宁愿得罪公众，也不敢有违抗夫人之命。

夫人华函拜收，念及夫人在成群仆从之中尚未全然忘怀我这最忠诚之仆人，在下就深感无比幸福。问夫人，这片刻幸福能否向夫人倾诉？

夫人最卑微、最恭顺之仆

亚历山大・普希金敬上

1834 年 3 月 5 日

于彼得堡

① 全信原文为法文。E. K. 沃隆佐娃（1792—1880），女伯爵，娘家姓勃兰斯科伊，诺沃罗西亚边区总督沃隆佐夫的夫人。此信是对沃隆佐娃 1833 年 12 月 26 日自敖德萨来信的复信。普希金为《给穷人的礼物》丛刊寄了哪些作品，不清楚。——原编者注

174. 致 A. X. 宾肯多夫

1834 年 3 月 5 日于彼得堡

亚历山大・赫里斯托福罗维奇伯爵大人：

承蒙大人宣达圣上洪恩，不胜荣幸。又蒙大人在御前为在下美言，感激万分。

谨致以最崇高之敬礼并奉上一片忠心。

忠仆

亚历山大・普希金

1834 年 3 月 5 日

175. 致 Л. В. 杜贝尔特[①]

1834 年 3 月 5 日于彼得堡

尊敬的列昂季·瓦西里耶维奇大人：

皇帝陛下恩准我在二等文官斯佩兰斯基先生属下一家印刷厂印刷拙作《普加乔夫史》之喜讯，我已荣幸知悉。特此禀报大人。

谨致以最崇高之敬礼并奉上一片忠心。

忠仆

亚历山大·普希金

1834 年 2 月 5 日[②]

于圣彼得堡

① Л. В. 杜贝尔特(1792—1862)，1835 年起任宪兵参谋长，1839 年至 1856 年为第三厅长官，书刊检查总局、分裂秘密调查委员会成员。

② 笔误，应为 3 月 5 日。——原书边注

176. 致 В. Ф. 奥多耶夫斯基

1834 年 3 月 15 日至 16 日于彼得堡

你去格列奇处开会吗？如果去，我们就一块儿走，一个人害怕，说不定要挨打。

177. 致 B. Φ. 奥多耶夫斯基

1834 年 3 月 16 日于彼得堡

有关百科词典之事，我探听出来了。大人您的高见我同意：今晚这个会既有讨厌的一面，又有趣味的一面。我要到格列奇那儿去，因为得到了普列特尼奥夫的许可，此君心地实在太善良了。我们去吧，有什么不好？这可是全国范围的世俗家的聚会。我们什么都可以看到、听到，但是，我们不会加入窃贼一伙的。

亚・普

178. 致 П. В. 纳肖金

1834 年 3 月中旬于彼得堡

你想不到你的来信让我多高兴①,我的朋友。首先,收到你的笔记本,证明你有闲暇、有纸张、心平气和,也乐于和我闲谈。看了来信头几行文字我便知道,你非常安宁、非常幸福。字字句句都在澄清流言蜚语,那些流言蜚语,一半我是不信的,另一半让我非常不安。索博列夫斯基和列夫·谢尔盖耶维奇在我这里吃过饭。我先独自看了你的信,再听你的朋友们闲谈。我们都满意,都祝愿你幸福。娜塔丽娅·尼古拉耶芙娜迫切想结识你的维拉·亚历山德罗芙娜,求你在她们见面之前帮助她们交朋友,她由衷地爱你,祝贺你……我们还是先谈谈正事吧,就是谈钱。你记得吧,我离开莫斯科你送行时,我们认定没有我的钱你也能对付过去,所以我就未作安排。就在不久前我手头还有相当大的一笔款子,可是花光了。9 月底以前我没有钱——不过你的三千,我会在短期内视自己的情况分几次付给你。此间传说,从令弟那儿得来的钱你都输掉了。你想不到这让我多么不安,我现在盼望你改变自己的生活,再不能用肯兹-叶-利-瓦-普利耶②的刺激来排遣在家中所受的痛苦啦。常言道,不幸是一所好学

① 信中纳肖金告诉普希金,他娶了维拉·亚历山德罗芙娜·纳尔斯卡娅。——原编者注

② 赌博用语,源于法语,意为把最初赌注翻十五倍。

校，也许吧。不过，幸福是一所最好的大学。崇尚善良和美好的心灵因为幸福而得到完美，你的心灵就是这样，我的朋友，我的心灵也是这样，这——你是知道的。当然我们谁也不欠谁的情。如果你为自己的婚姻感谢我——我也盼维拉·亚历山德罗芙娜爱我，如同娜塔丽娅·尼古拉耶芙娜爱你。你想不到前几天我妻子差点丢了命。今年冬天舞会多得吓人。谢肉节前后她居然每天要跳上两场。好不容易到了大斋前那个礼拜天，我想，谢天谢地，舞会总算完了。她常常进宫。我突然发觉她的情况不妙，得把她送走——她要小产了。现在(可别让毒眼把她看坏了)，谢天谢地，现在她好了，过几天去卡卢加她姐姐那里，她们深受我岳母固执之苦。收到你来信之前，我已经把维亚泽姆斯基的债务转到自己名下。安德烈·彼得罗维奇的情况糟透了，他会饿死的，要疯了。我们，索博列夫斯基和我，帮助过他，给了他点钱，还多次规劝过他。现在我想把他打发到军团去当个军乐队指挥。在骨子里和习性上他仍然是个艺术家，也就是说，他生性无忧无虑、优柔寡断、懒散、高傲、轻率；他认为独立性高过一切，不过倒也是的，就连叫花子也比为衣食辛苦劳作的人更有独立性。我让他以那些备受艰难困苦只图显身扬名和一块糊口面包的德国天才为榜样。你欠他多少钱？要我替你还吗？——因为这件事我的情况更艰难了：前几天家父打发人来叫我，我去了，发现他泪流满面，家母躺在床上——家中一片狼藉。你知道出了什么事吗？原来，庄园给查封了——得尽快还债。债已经还清了，这不，总管又来信了。“在为什么伤心吗?”因为10月前生活无着落。“那就到乡下去吧。”可两手空空呀。怎么办？得把庄园要回来，还要解决家父的赡养费用。新的债务和新的操心事又来了。我倒想给家父以慰藉，把列夫弟弟的事情办好，本性上他也是安德烈·彼得罗维奇一类的艺术家，不同的是他不懂什么艺术。奥莉加·谢尔盖耶芙娜妹妹小产后又怀孕了，真是奇迹。

再告诉你一些消息。1月份我当了宫中低级侍从。《铜骑士》没有通过检查，这让我蒙受经济损失和心情不快！不过，好在《普加乔夫史》通过了，皇上出钱我出版。这实在让我得到安慰；皇上封我为低级侍从，当然皇上只是考虑了我的职衔，却没想到我的年纪——真没想到伤害我。一旦安排好自己的事，我便动手办你的事，你等着钱吧。

179. 致Д. М. 克尼亚热维奇[1]

1834年3月22日于彼得堡

尊敬的德米特里·马克西莫维奇先生：

陛下洪恩，借贷在下二万卢布供出版《普加乔夫叛乱史》一书，该款两年后归还。承蒙大人宣达旨意，感激之至。

谨致以最崇高之敬礼并奉上一片忠诚。

忠仆

亚历山大·普希金

1834年3月22日

于圣彼得堡

---

① Д. М. 克尼亚热维奇(1788—1844)，文学家、官员。

180. 致 A. X. 宾肯多夫

1834 年 3 月 25 日于彼得堡

尊敬的亚历山大·赫里斯托福罗维奇伯爵大人：

3 月 24 日在下收到财政大臣关于以贷款方式恩赏用于出版《普加乔夫叛乱史》之款的通知，特此敬禀大人。

谨致以最崇高的敬礼并奉上一片忠诚。

忠仆

亚历山大·普希金

1834 年 3 月 25 日

于圣彼得堡

181. 致 H. B. 果戈理

1834 年 3 月至 4 月上旬(不晚于 7 日)于彼得堡

您是对的——我当尽力而为。再见。

亚·普

182. 致 M. П. 包戈廷

1834 年 4 月(不晚于 7 日)自莫斯科寄往彼得堡

能有机会跟您坦率地谈谈,我很高兴。爱好者协会[①]那样对待我,已经使得我无论如何不愿跟他们来往。协会把我和布尔加林一道推举入会,恰值后者在俱乐部(注意:在彼得堡)以"奸细"、"变节者"与"诬告分子"等罪名的一致意见落选之际,恰值为回敬他的谩骂我被迫发表文章评论维克多[②]之际。对我长期忍而不发表示惊讶的公众,我必须向他们证明:我有充分权利鄙视布尔加林的意见,耻于和这个奢谈良心道德的恶棍进行决斗。又能怎么样呢?恰好当时我在沙利科夫的报上看到一条消息:当代文学界两泰斗、亚历山大·谢尔盖耶维奇和法杰伊·维涅季克托维奇,荣获……等等,等等。悉听尊便:这是侮辱。我相信,协会的举动在这种情况下如同法穆索夫[③]一样,并无侮辱我的意思。

你知道,看见谁我都高兴。

本来我有义务当即奉还会员证,可没做到。因为当时我顾不上

---

① 1829 年,普希金被选入莫斯科俄国文学爱好者协会。此信是对协会秘书米哈伊尔·彼得罗维奇·包戈廷 1834 年 3 月 24 日来信的复信。——原编者注

② 指《评维克多的札记》。——原编者注

③ 法穆索夫,格里鲍耶陀夫《聪明误》中的人物。以下诗句即引自《聪明误》。

证书的事，也无精力与爱好者协会交往。

您问《铜骑士》、《普加乔夫》和《彼得一世》的事情如何。前者出版不了，《普加乔夫》将在秋季前问世，对《彼得一世》我心怀恐惧，就像您害怕上历史课的讲台一样。一般说来，我多半是为自己写作，不得已才出版，也仅仅图的是钱。去面对不理解您的公众，为的是让四个傻瓜随后在他们自己的刊物上把您骂上半年，只差没骂娘，这又何苦？曾几何时，文学是高雅的、贵族的地盘。而今这已是滋生虱子的市场了。就写到这儿吧。

183. 致 A. B. 尼基坚科[①]

1834 年 4 月(不晚于 9 日)于彼得堡

尊敬的亚历山大·伊凡诺维奇大人:

不知能否企求大人关照? 在下出版《别尔金小说集》二版时,想加上《黑桃皇后》和已经发表过的另外几个短篇作品。大人可否一并批准? 深为感荷。

谨致以最诚挚的敬礼并奉上一片忠诚。

忠仆

亚历山大·普希金

---

① A. B. 尼基坚科,即亚历山大·瓦西里耶维奇(普希金信中称呼有误)·尼基坚科(1805—1877),文学家、彼得堡大学教授、书刊检查官。普希金对尼基坚科不满意,很快将书稿转呈另一检查官谢苗诺夫。——原编者注

184. 致 Г. А. 斯特罗加诺夫[①]

1834 年 4 月(不早于 14 日)于彼得堡

伯爵大人:

我为年轻幼稚所犯错误向您赔罪,实在伤心至极。对我而言,廖列维尔[②]之吻比流放西伯利亚更为痛苦。多蒙见爱将此事告诉我,不胜感激:这将是对我的教训。

伯爵大人,甚望准许我拜伏于大人夫妇足下。请接受我崇高的敬礼。

亚历山大·普希金

① 全信原文为法文。Г. А. 斯特罗加诺夫(1770—1857),伯爵,国务会议成员,普希金的亲戚。诗人逝世后是诗人女儿的监护人。——原编者注

② 廖列维尔,波兰侨民,革命者。

185. 致 И. М. 片科夫斯基[1]

1834 年 4 月 13 日自彼得堡寄往波尔金诺

老爷子乐意把他的产业让我全权管理。故而,他出具给您的委托书我予以确认,同时通知您,今后凡有关波尔金诺的事务,请直接与我联系。您管理领地后,凡向家父提供的账册、借还债务的账册、迄今尚未出售的粮食有多少、未收回的租子租金有多少、歉收(如果有)多少,请一并从速报来。还需准备波尔金诺户口清册,9 月前造好。

亚·普希金

① И. М. 片科夫斯基,普希金家波尔金诺领地总管。——原编者注

186. 致 И. И. 拉热尼奇科夫[1]

1834 年 4 月上半月自彼得堡寄往特维尔

（草稿）

先生 3 月 30 日来信及有关《普加乔夫》的手稿一并收悉，感谢至深。手稿我原已知道，是雷奇科夫院士写的，其时他正在围困中的奥伦堡。先生的抄本我发现增加了几处有趣的东西，我定会用得上。

几次途经特维尔，都望有缘结识先生、向先生面谢，原因之一，是为先生首部小说给了我真正的满足、享受；原因之二，是为先生对我的关照。

急切盼望先生新作问世，其中一些妙不可言的篇章我已在马克西莫维奇的选刊上拜读。快出版了吧？先生打算如何销售——千万别拆开销售。分几次出版定会让先生之众多读者、仰慕者失去耐心的。

谨致以崇高的……

① 拉热尼奇科夫(1792—1869)，作家。曾参加 1813 年至 1815 年远征。

187. 致 H. H. 普希金娜

1834 年 4 月 17 日自彼得堡寄往莫斯科

你好吗，贤妻？你干吗要走？[①] 萨什卡和玛什卡没什么吧？基督保佑你们！愿你们朝气蓬勃，健康无恙，快回莫斯科来。我在等你从诺夫哥罗德写来的信，不过先让我向你禀报自己的单身汉生活：3 日我从皇村回来已是午后五时，看见桌上有 4 月 29 日两张舞会票和利塔第二天的请柬——我猜是他要为我洗脑，因为我没去做日祷。其实当晚我向顺路来访的茹科夫斯基打听清楚了，许多侍从、低级侍从都没有参加日祷，皇上为此龙心不悦，下旨让人向我们讲明此意。利塔在宫内极为热心地解释说："不过嘛，在宫里，未婚男子有一定规矩，有一定规矩……"[②]为此纳雷什金对他说了一句："先生您错了：这是对宫廷女官说的。"[③]我书面认了错。都说我们要像贵族中学女生那样两个人一起走路。你想想看，我一脸花白胡须，举手投足还得像别佐勃拉佐夫或赖马尔斯[④]一样。无论如何办不到！正如儒尔丹先生[⑤]说的："还不如当众剁了我。"[⑥]我一早就坐在书房，一边读着格里姆的作品，一边等着我的天使你拉铃叫门，正巧索博列夫斯基来问我

---

① 1834 年 4 月 15 日，娜塔丽娅·尼古拉耶芙娜带孩子回了娘家。——原编者注

②③ 原文为法文。

④ 低级侍从。——原编者注

⑤ 儒尔丹先生，莫里哀的喜剧《贵人迷》的主人公。——原编者注

⑥ 原文为法文。

去哪儿吃饭。这时我才想起该斋戒，可是已经开了荤。没办法，于是拿定主意上久梅[1]的饭店吃一顿。并且先把书房整理一下。姨母来问起你，她知道我穿着长袍不便出去见她，就自己进我房间来了——你托付的事我已照办，谈了你的情况，我们伤心了一阵子，担心了一阵子；决定向你强调的恳求和要求——多加珍重，别忘了我们的教诲。而后便去久梅的饭店，我刚一露面便使在座的人们大为欢喜，他们喊道："光棍！光棍普希金！"接着便让我享受香槟和潘趣酒，又问我去不去见见索菲娅·奥斯塔菲耶芙娜[2]。这些都让我难为情，所以，我想以后再也不到久梅那儿吃饭了。今天就在家吃。给斯捷潘订了一份波特文尼亚汤和煎牛排。晚上在家。今天七点醒来，便开始给你打这份详细报告——把母亲3日的来信也寄给你——我要给她写回信，先拥抱你，亲吻你，为你们三个人祝福。

---

① 久梅，饭店老板。——原编者注

② 彼得堡一家妓院的鸨母。

188. 致 H. H. 普希金娜

1834 年 4 月 19 日自彼得堡寄往莫斯科

我的心肝，现将出于好奇与吝啬而拆开的两封信（想少给邮局付点钱）寄给你，并寄去滴剂制作方法。请费心，别忘了仔细读读斯帕斯基①的说明，照着去做。贤妻，这会儿你该快到莫斯科了吧，你越往前走越轻松，我……你的姐姐们盼着你，你们的欢乐我能想到。注意别像个小姑娘一样，别忘了你已经有两个孩子了，还小产了一回。自己保重，小心点，跳舞要注意适度，少散点步，快到乡下来。起劲亲吻你，为你们大家祝福。玛什卡好吗？想必她高兴得很，这段时间里她该闹够了吧。现在再向你报告我的表现。我在家里待着，在家里吃饭，谁也不见，除了索博列夫斯基。3 日那天我跟列夫·谢尔盖耶维奇开了个大玩笑。索博列夫斯基似乎无意间叫他来我这里吃饭。列夫·谢尔盖耶维奇来了，我向他道歉，就像向一位美食家道歉那样。我说没想到他来，只为自己订了一份波特维尼亚汤和一份牛排。就是这样，列夫·谢尔盖耶维奇也很高兴。我们坐下来，鲜美可口的汤送来了，列夫大口大口地一连吃了两盘，吃光了鲟鱼，最后要酒。回答说没有酒。“怎么？没有？”他问。“亚历山大·谢尔盖耶维奇没让上酒，”侍者答道。我便说，娜塔丽娅·尼古拉耶芙娜走后我吃病号饮食——只喝水、不喝酒。看列夫·谢尔盖耶维奇失望的神情、听他

① 斯帕斯基，普希金家的家庭医生。——原编者注

那尖刻的笑声，他再也不会上我这儿吃饭啦。索博列夫斯基一个劲儿往玻璃杯、高脚杯、香槟大酒杯里倒水——请列夫喝，他呢，客客气气谢绝了。我那些无伤大雅的练习，我就给你举出一例。我急盼你从诺夫哥罗德写信来，会立即给卡捷琳娜·伊凡诺芙娜送去的。暂且作别，天使。亲吻你们，祝福你们。昨天我们这里响过第一声雷，谢天谢地，春天总算过去了。

4 月 19 日

189. 致 H. H. 普希金娜

1834 年 4 月 20 日、22 日自彼得堡寄往莫斯科

我的贤妻、天使！刚收到你从勃隆尼齐写来的信——衷心感谢你。我急盼托尔若克的消息，希望你能很快消除旅途的劳累。望你在莫斯科会健康、快活、美丽。你的信我寄给姨母了，不是自己送去的，因为我在装病，怕碰见皇上。这几天喜庆日子①我都是在家里过的，无意去朝贺，去恭迎皇位继承人。皇位在等着他，我可能是活不到这一天了。我经历过三位皇上②，第一位下旨摘去我的便帽，为了我竟然数落了我的奶娘；③第二位瞧不上我；第三位起码还在我渐近老境之时把我安插进宫内侍从的队伍，这顶乌纱帽我可不愿顶到第四位皇帝。身在福中不知福呵！我们倒要瞧瞧，咱们的萨什卡和他这位皇室同名人将来相处得如何，我和我的同名人没有处好。上帝保佑他别步我的后尘，也别去写什么信，别跟皇帝反目！在写诗方面他超不过他爹，马驹是跑不赢老马的。不闲扯了，来谈正事。要保重自己，特别是刚回莫斯科。莫斯科复活节后那个礼拜我不喜欢。别信姐姐们瞎说。不要从早玩到晚，不要在舞会上一跳就跳到晨祷。

---

① 亚历山大·尼古拉耶维奇大公成人庆祝活动。——原编者注

② 保罗一世、亚历山大一世和尼古拉一世。——原编者注

③ 有一次保罗一世在街上巡幸，走到普希金和奶娘跟前，奶娘没把刚满周岁的普希金头上的帽子摘掉，因此奶娘受到保罗一世亲自训诫。后来普希金把这看作他一生总跟沙皇不睦的预兆。

玩要有节制，早点睡觉。别让父亲接近孩子们，他会吓坏他们的，这种事还少吗。月经期尤其要保重——在乡下别看祖父书房里的坏书，别弄脏自己的心灵，贤妻。你想怎么卖弄风情我都允许。要骑马别骑烈马（此事我拜托德米特里·尼古拉耶维奇了）。此外，不要娇惯玛什卡、萨什卡。如果你不满意德国女子和孩子们的奶妈，立即解雇好了，不要觉得过意不去和不好意思。

今天是复活节。基督复活了。我亲爱的妻子，苦闷呀，我的天使。你不在，我好苦闷啊。你的信牢记在我心中。我觉得你太累。到莫斯科见到姐姐们，你很高兴，神经会很紧张，会以为自己非常健康，又要通宵祈祷。到时候直挺挺一躺，犯歇斯底里、寒热病。我不安的就是这个啊，我的天使。唉，我头昏得很，脑子什么也不能想。我能盼到你溜到乡下去吗！此刻大公正在宣誓，我却没去参加典礼，因为装病，也真不大舒服。科丘别伊当了一等文官，许多人受到封赏，有六位宫内女官，其中有你的朋友娜塔莉·奥鲍连斯卡娅，咱们的玛申卡·维亚泽姆斯卡娅却没有。可惜，遗憾。皇位继承人很激动，皇上也一样。总之，都说这一切给人的印象极深。从某方面说，我很惋惜没有目睹这一历史性场面，老了就不能以目击者身份来谈论此事了。还有一条新闻：梅尔德[①]死了，这对大公还是个秘密，怕减少他童稚的乐趣。阿拉克切耶夫也死了，对他的死可能全俄国只有我一个人遗憾——我未能见上他，未能和他谈个够。姨母送我一个褐色弹子台——太妙了。她亲吻你，在替你发愁。再见，我所有的亲人。基督复活了，基督与你们同在。

礼拜五

---

① 梅尔德，帝位继承人的老师。——原编者注

190. 致 H. H. 普希金娜

1834 年 4 月 24 日自彼得堡寄往莫斯科

今天是礼拜二。谢谢你从托尔若克写来的信,我的天使。你很聪明,你很健康,你给孩子们喂粥,你住在莫斯科郊外——这一切都让我高兴,让我放心,若不然我就会魂不守舍、坐立不安。我们这里复活节后一礼拜鼓乐喧天、热闹异常。昨天,我在卡拉姆津娜家里和季米亚泽娃吵了一架,今天要带上你的信去见姨母。明天给你多写点,暂且亲吻你,为你们大家祝福。

191. 致 H. H. 普希金娜

1834 年 4 月 28 日自彼得堡寄往莫斯科

好一个妻子！我们好不容易才盼来你的信。照我算来，你应该是在斋期的礼拜四(确也如此)到莫斯科，整整九天没有你的消息。姨母吓坏了，我却冷静一些，因为已经知道你平安到了托尔若克，想到刚到时忙乱、见到亲人的兴奋，头几天你顾不上写信。不过我却有点不好。谢天谢地！你到了，你和玛莎健康无恙，萨什卡更好，他可能已完全康复。他不是因为奶妈生的病吧？找人给他检查一下，暂时不让他吃奶。问候两位姐姐，替我求求她们别溺爱玛什卡，她哭闹时别理她，要不，她会让我不得安宁。保重自己，求求你，别感冒了。拿母亲怎么办呢？既然她不愿自己上门来看你，那你就上她那儿住一两个礼拜，尽管这样既增加开支，又劳累。家中吵嘴，我真替你担心。记住先知大卫王和他的风流韵事！① 别太接近父亲，别让他看见两个孩子。他那种情况是说不准的，说不定一下子把玛什卡的鼻子咬掉了。现在恭恭敬敬向你报告：复活节后一礼拜我是规规矩矩在家待着的，只是昨天(礼拜五)晚上去过卡拉姆津娜和斯米尔诺娃家。没去打秋千调情，明天有场舞会，我也不会去。这舞会把人都迷住

① 《圣经》故事传说，以色列先知大卫王在大将乌利亚出征后，霸占了他的妻子拔示巴。拔示巴和大卫王生下一子，孩子几天后便死了。这是耶和华对大卫王的惩罚。普希金喻示妻子不要和人调情、不要上当，不然会遭报应，祸及子女。

了，成了全城人的话题。有一千八百位客人。我算过，一辆马车一分钟，光进门就要十个小时。不过，一次到三辆，时间自然就缩短三分之二。昨天全城人都跑去看过跑马厅，我不在其内。索博列夫斯基在这里，可是借了我五十卢布就再也没露面。列夫·谢尔盖耶维奇今天要从恩格尔哈德那里去见父母。我荣幸地向你指出，你的车夫要的不是莱茵葡萄酒而是莱茵酒（酸白葡萄酒都叫莱茵酒），另外，你对俄国民众教育的评论非常公道，为你增光，也让我满意。告诉我你喝什么，我就告诉你，你是怎么一个人。[①] 你喝甘菊浸剂还是橙叶汤？姨母 3 日那天来找我，打听你的身体情况，坐在车上向我卖了一会儿俏。今天我要把你的信给她带去。别了，天使，亲吻你，祝福你们大家。问候两位姐姐……唉，真想开个大大的玩笑，可又怕你。

再见。

礼拜六

① 原文为法文。

192. 致 H. H. 普希金娜

1834 年 4 月 30 日自彼得堡寄往莫斯科

昨天终于举行了贵族舞会。从六点开始便有车马进场。我在城里游逛，打纳雷什金家门外经过，见那里聚集了许许多多人，警察在跟他们嚷嚷。还备有彩灯。没等天黑我便上英国俱乐部去了，在那里我遇到从未遇到过的事。我在俱乐部让人偷走了三百五十卢布，不是打津捷列牌、不是打惠斯特牌时被人偷的，而是大庭广众、众目睽睽之下被扒窃走的。我们的俱乐部真够可以的了吧？我们连莫斯科的也赛过咯！你以为我在生气吗？一点也不。我憎恶彼得堡，彼得堡出的件件丑事都让我高兴。亲爱的天使，回家后看到你的信，谢天谢地，你健康无恙，孩子们健康无恙，你真是个乖孩子。不到跳玛祖卡舞时你就离开舞场，回家路上也没有瞎逛。只有一样不对，你忍耐不住还是参加了戈利岑娜公爵夫人家的舞会，这恰恰是我规劝过你的。女主人认为自己可以轻慢和不尊他人的地方，我不希望自己的妻子到场。你又不是索恩塔格小姐[①]，让人叫去参加舞会，又受人家冷落。莫斯科的太太们我不仰慕，让她们去跟达官贵人往来好了，让她们去追逐那些连正眼也不看她们一眼的人好了。她们本该这样。贤妻啊，贤妻！这点点小事要是你都不听我的，我也不必想……唉，还是求上帝保佑你吧。你会说："我没找她，是她自己找我的。"这也

① 索恩塔格小姐，当时的歌手。

不对。你可以,也应该去拜访她,因为她是宫中最大的女官,你只是一个小侍从之妻,这是品级所定。但是,她的舞会你就大可不必去的。这让人头疼。我连信也不想写下去了。

于复活节后第一个礼拜一

193. 致 Н. Н. 普希金娜

1834 年 4 月 30 日自彼得堡寄往莫斯科

我的爱妻，我的天使——今天已经给你写过信，不过写得不怎么好。开头写得很好，结尾很让人扫兴；以绵绵情话开始，以一记耳光终了。对不起，贤妻。我的债你还是让我来还吧，因为我也是自己的债主呀。你那戈利岑娜家的舞会我不再说了。我就说说全城都在议论纷纷的，据说十分成功的昨天那场舞会吧：盛况空前！也不太拥挤，冰冻食品很多，所以我觉得很不错。我站在人群中，全城的人坐着四轮马车从我眼前跑过（诗人库科利尼克除外，他坐的是旧式篷车，后脚镫上站了个衣衫褴褛的小孩，实在是富有诗意的形象）。关于女士们衣饰的消息待我打听好了再告诉你。我上封信上说在俱乐部让人偷了钱，你可别信，这是低劣的把戏。钱找到了，又给我送回来了。你认为我是处在索博列夫斯基的魔爪之下，认为他在损坏你的家具，错了。我根本没见着他，我跟索菲娅·卡拉姆津娜[1]又交上了朋友，她今天参加婚礼去了，在巴库尼娜[2]那儿。还有一个美妙的婚礼：沃隆佐夫要结婚了——娶 К. А. 纳雷什金尚未出世之女。有钱的未婚男人现在只有诺沃姆连斯基，因为你说索罗赫京[3]要死了。他

① 卡拉姆津之女。——原编者注

② 指 Е. П. 巴库尼娜，嫁给 А. П. 凯恩的表兄 А. А. 波尔托拉茨基。——原编者注

③ 诺沃姆连斯基和索罗赫京，娜塔丽娅·尼古拉耶芙娜的崇拜者，大学生。——原编者注

会看上哪个呢？亚历山德拉·尼古拉耶芙娜，还是卡捷琳娜·尼古拉耶芙娜？你看呢？你收到此信时人可能已到亚罗波列茨，我已给娜塔丽娅·伊凡诺芙娜写过信，代我亲吻她的小手，多说点好话。再见，爱妻，亲吻并祝福你、你们。

亚·普

194. 致Д. Н. 班特什-卡缅斯基[①]

1834年5月1日自彼得堡寄往莫斯科

尊敬的德米特里·尼古拉耶维奇先生：

请允许我向先生表示最深切的感激之情，感谢表示先生厚意的宝贵来信以及取自僭王的出版物上的相片，该像马上交去刻版了，我也有他的肖像，也要制版。急盼《普加乔夫传》出版，请容我翘首以待。

本欲将拙作寄奉先生雅正，然时间不容，深感抱歉。如先生者之高见，我理应奉为指南，理应视为对自己第一部历史著作习作的鼓励。

谨致以最崇高的敬意，并奉上一片忠诚。

忠仆

亚历山大·普希金

1834年5月1日

于圣彼得堡

---

① Д. Н. 班特什-卡缅斯基(1788—1850)，历史学家、考古学家。

195. 致 Н. И. 帕夫利谢夫[①]

1834 年 5 月 4 日自彼得堡寄往华沙

尊敬的尼古拉·伊凡诺维奇先生：

来函收悉，十分感谢。因为贵函很实际，故不难回复。

我在同意接管家父领地时曾要求清理公私债务及收支状况。

家父答复说，整个领地欠债约为十万，应支付年息约七千，欠税约三千，收入约二万二千。

我请求更准确些定下这些数字，家父却未能来得及亲自完成此事。我去了抵押银行，弄清了大致情况，即：

欠公家债务：190750

债务年息：11826

欠税：11045

（我假定私人债务：10000）

有多少收入，连大概数字也不可能知道。不过，可以按家父所说为二万二千，因此支付欠公家债务之利息后尚余近一万。

按照家父定下的，余款中分给奥莉加·谢尔盖耶芙娜一千五百，分给列夫·谢尔盖耶维奇也应这么多，那么可给家父剩下七千。给他这么多本来够了，但还欠着国家税负、私人债务、列夫·谢尔盖耶

① Н. И. 帕夫利谢夫（1802—1879），官员，文学家，普希金之姐奥莉加·谢尔盖耶芙娜的丈夫。——原编者注

维奇的私人债务，何况今年的收入家父已经领走一些花掉了。

这些杂乱事务，我尚未理出头绪、查明底细，故而，不能也不会对奥莉加·谢尔盖耶芙娜做出什么承诺。照我的情况看来，家父领地收入我可以一点儿也不要，但我却不能也无力拿我自己的钱来贴补。

如果领地尚未查封，日内……未抵押之七十四个农奴……我望能收到……千。我将从此款中把列夫·谢尔盖耶维奇的债款寄去。

谨致以真诚的敬礼并奉上一片忠诚。

忠仆

亚·普希金

1834年5月4日

于圣彼得堡

我尚未得到家父的委托书，一个月内我却拿自己的钱替他支付了八百六十六卢布，又替列夫·谢尔盖耶维奇支付了一千三百三十：再多我就无能为力了。

196. 致 H. H. 普希金娜

1834 年 5 月 5 日前后自彼得堡寄往亚罗波列茨

你这是怎么啦，贤妻？我已经五天没得到你的消息了。但愿只是忙于准备动身和到达后的诸事你才没空给我写信，但愿你和孩子们身体健康都好。我把信寄到亚罗波列茨，不知该把钱寄到何处，莫斯科？沃洛科拉姆斯克？卡卢加？这几天我总得定下来。至于我本人，能对你说什么呢？我过得非常单调。两点前后在久梅的饭馆吃午饭，为的是不碰上那帮光棍。晚上常常去俱乐部。昨天去了维亚泽姆斯卡娅公爵夫人家，你那位索洛古勃伯爵夫人也在那儿。离开那儿又去奥多耶夫斯基家，他要去雷瓦尔了。我经常见姨母的。很久没有你的消息，她很挂念。这儿的天气好极了，你们那里可能还要好一些。是你下乡去吃药、做浴疗、呼吸新鲜空气的时候了。

我的天使，你 5 月 1 日的来信我才收到，你等待着自己暂时的困难过去，谢谢你。这向我证明你很懂事，为此我三倍地爱你。我很高兴你更加漂亮了，虽然已经太过分了。此时（五点钟）姨母正坐在我旁边，她亲吻你。夏园人满为患，大家都在玩乐。菲克利蒙伯爵夫人邀请我参加了晚会，这是你走后我第一次在社交场合露面。我没向索洛古勃献殷勤，千真万确，也没有追逐斯米尔诺娃。斯米尔诺娃肚子大得吓人了，再过一个月就要生了。大家都问候你，明天我还要给你写信。

不准你下河洗澡——你疯了还是怎么的？后天我上斯帕斯基那

儿吃饭——再抱怨你。我没去菲克利蒙那里,留在家了,看完你的信就躺下睡觉。伊凡大哥在我这里。列夫·谢尔盖耶维奇和家父使我很生气,奥莉加·谢尔盖耶芙娜已经开始气我了——我一概不理,要快快活活过日子。

197. 致 H. H. 普希金娜

1834 年 5 月 12 日自彼得堡寄往亚罗波列茨

我的天使，你真傻！我当然不会因为你三天没写信就不安，正像不会因为你接连跟军官跳上三曲华尔兹就嫉妒一样。但不应由此得出结论，认为我全然心平气和，没有想法。我把你送出彼得堡，心中十分不安，你从布朗尼查写来的信更让我放心不下。得知你平安到达托尔若克，我心上一块石头也就落地了，不愁了。你的信很可爱。我与索菲娅·卡拉姆津娜友谊的真正原因令你担心，这让我心中窃喜。现答复你的质询如下：斯米尔诺娃不去卡拉姆津娜家，她大着肚子上不了那楼梯，她好像去了别墅；索洛古勃伯爵夫人也没有去那里，我只是在维亚泽姆斯卡娅公爵夫人家见过她。女人嘛，我谁也没追过。我忙得晕头转向，着手管理领地。这种日子我不喜欢，可又有什么办法？这样做不是为我自己，是为了孩子们。姨母昨天来过这里，她亲吻你。昨天举行过盛大阅兵式，都说不成功。皇上把皇位继承人关起来了。大家都盼着普鲁士亲王和诸多别的贵宾光临。我倒希望一个节日也别过。你不在，对我倒有一个好处，就是我不必坐在舞场边上打瞌睡、吃冰激凌了。信我给你寄到亚罗波列茨，你前天就该到那里了。衷心问候娜塔丽娅·伊凡诺芙娜，亲吻你和孩子们。基督保佑你们。

你知道麦谢尔斯卡娅公爵夫人和索菲娅·卡拉姆津娜要出国吗？索菲娅已经哭了两个礼拜了，也许，我得把她送到克琅施塔得去。

198. 致 H. B. 果戈理[①]

1834 年 5 月 13 日于彼得堡

先生高见,我完全赞同。我今天就去教训乌瓦罗夫,顺便谈谈《电讯》一命归西及先生之事。由此不露声色,巧妙转入此君期待的长生不老的话题。也许我们能谈妥。

① 这是对果戈理 1834 年 5 月上半月来信的复信。果戈理由于"健康原因"想就任基辅大学教授,请求普希金在国民教育大臣乌瓦罗夫面前说说情。——原编者注

199. 致 H. H. 普希金娜

1834 年 5 月 16 日自彼得堡寄往亚罗波列茨

我的天使，好久没有收到你的信，看来你没时间。这会儿可能你在亚罗波列茨，又准备动身了。你不在，我真孤寂，说不定哪天就去你那儿。我跟斯帕斯基谈过皮尔蒙特矿泉，他希望你洗矿泉浴。详细办法他讲了，这些办法我不想写在信上，因为不愿丈夫给妻子的信在警察局里传来传去。① 写信告诉我你的身体状况、孩子们的身体状况。亲吻、祝福孩子们。问候娜塔丽娅·伊凡诺芙娜。亲吻你。过几天你会收到请人捎去的信。再见，我的好朋友。

5 月 16 日

---

① 普希金知道了他的信(第 189 封信)被拆检。——原编者注

200. 致 H. H 普希金娜

1834 年 5 月 18 日自彼得堡寄往亚罗波列茨

我的天使，今天是玛莎生日，祝贺你，亲吻你和她。上帝保佑她长出小牙，身体健康。我也这样祝愿萨沙，虽然今天不是他的生日。你很久很久没给我来信了，虽说我不喜欢无谓担心，可我在担心。我至少应该收到你从亚罗波列茨写来的信。你身体好吗？孩子们呢？你心境平静吗？我没给你写信，因为我在生气——不是由于你，是由于别人。我有一封信落到警察局等地方去了。小心，贤妻。希望你不要让别人抄录我的任何信函。邮局拆看丈夫写给妻子的家信，那是他们自己的事。这中间有一点令人不快：充满丑恶、不光彩的家庭关系的秘密不可外扬，如果是你的错，我那就太痛心了。我们之间可能出点什么事，但谁也不该知道；我们的卧室任何外人都不能进。没有秘密，便没有家庭生活。我写信给你，不是要发表，你大可不必把众人视为挚友。不过，我知道这不可能，对任何人的卑鄙行径我都早已见惯不惊了。

昨天，我在纳雷什金富丽堂皇、实在富丽堂皇的大厅里听到了为穷人举办的音乐会。真可惜，你没能见见这个大厅。演唱的是维耶利戈尔斯基的新曲子，茹科夫斯基写的歌词。我谁也不见，哪儿也不去，我在写作，每天上午写作。离开你，我寂寞得很，时时刻刻都想去找你，哪怕和你在一起待上一礼拜也好。我离开你已有一个月了，还要坚持到 8 月。你要善自珍惜，真怕你骑马玩。也不知你骑得如何，可能很勇敢，你坐得稳马鞍吗？这是我想知道的。上帝保佑我看见你健康没病，孩子们平安活泼！我总是瞧不上彼得堡，总想退职，总想溜到波尔金诺去，总想优哉游哉地过日子！仰人鼻息让人很不愉快，尤其是二十来岁的人还要依赖他人。我这不是责备你，是在自怨自艾。祝福你们大家，祝福孩子们。

201. 致 A. H. 莫尔德维诺夫[①]

1834 年 5 月 26 日于彼得堡

尊敬的亚历山大·尼古拉耶维奇大人：

为些微小事烦扰大人，冒昧之至。在下欲将已经出版之散文作品[②]汇成一集再版。同时将在下所有作品送威廉·丘赫尔别凯各一册，恭求大人批准。

谨致以最崇高的敬礼！

忠仆

亚历山大·普希金

1834 年 5 月 26 日

于圣彼得堡

① A. H. 莫尔德维诺夫(1792—1869)，第三厅长官。

② 《别尔金小说集》、《彼得大帝的黑教子》、《黑桃皇后》合为《亚历山大·普希金中篇小说选集》，1834 年出版。普希金的作品获准送给流放中的丘赫尔别凯。——原编者注

202. 致 H. H. 普希金娜

1834 年(不晚于)5 月 29 日自彼得堡寄往亚麻厂领地

我的天使,为玛莎长出牙齿的好消息感谢你。现在只盼其余的牙都能顺利长出来,现在该萨什卡了。你胡说些什么,怎么能说"不写自己是因为没意思"呢?你写信谈谈自己总比谈索洛古勃更好。一谈起此人,你就满脑子的胡思乱想——这让一切老实人还有拆看我们家信的警察们发笑。你问我在干什么。全是瞎忙,我的天使。在家一直坐到四点,进行写作,不去社交场合,尘封了燕尾服,在俱乐部打发晚上的时光。巴黎寄来的书收到了,我的图书室扩大了,更挤了。我们彼得堡来了一位能说腹语的人,让我笑得直流泪,真可惜,你听不上他的腹语。领地的事让我恼火。你要是同意,看来,我该退职,叹口气,脱下低级侍从的官服。穿那身服装颇能满足我的虚荣心,只可惜我还没穿过它炫耀一下呢。你很年轻,可是已经成了一家之母。我也深信你不难履行一位好母亲的义务,如同正在履行一位诚实的好妻子的义务一样。经济上的依赖与家庭气氛不好是可怕的,满足虚荣心的任何成功都抵不上生活的安宁和内心的满足,这也算是对你进行的道德说教吧。你让我 8 月前到你那儿去。我倒是想进天堂,可罪孽深重进不去呀。莫非你以为我不讨厌这肮脏的彼得堡吗?认为生活在诽谤与告密之中会快乐吗?你问我《彼得一世》写得如何?进展很慢,正在积累材料,正在整理,突然我又要铸造一座铜纪念碑,不可能把它从城这头拖到那头,从一个广场拖到另一个广场，从一条胡同拖到另一条胡同。昨天我见到了斯佩兰斯基、卡拉姆津娜一家、茹科夫斯基、维耶利戈尔斯基、维亚泽姆斯基——他们都问候你。姨母很宠我——我生日那天送来一箱甜瓜、草莓和麝香草莓——真让我担心在迎来我飘荡一生的第三十六个生日时拉肚子。暂且再见吧，我的朋友。我很苦恼，所以原谅我几封生气的信。亲吻并祝福你们。

我把钱寄到德米特里·尼古拉耶维奇名下。

203. 致 H. H. 普希金娜

1834 年 6 月 3 日自彼得堡寄往亚麻厂领地

我的朋友，你出什么事了？已经九天得不到你的消息，不由得让我心神不宁，即使你离开亚罗波列茨，也有时间给我写上几行呀。我没写信给你，是因为邮局的卑鄙行径弄得我心灰意冷，连拿鹅毛笔都觉得没气力。一想到有人偷听我俩的谈话，我禁不住要真的发狂。没有政治自由也很容易生活，但如果家庭受到侵犯却不能生活：服苦役也比这好得多。这话不是写给你看的，下边才是给你的。那残酷的药浴你开始洗了没有？玛莎长新牙了没有？先出的牙她感觉怎么样？猜猜此时谁住在我这儿？是谢尔盖·尼古拉耶维奇，他本来是到皇村找哥哥的，却和哥哥吵了一架，不得已带着行李离开了那里。见到他，我很高兴，又可以下跳棋了。姨母带着娜塔丽娅·基里洛芙娜走了，我还没有去看望过她。多尔戈鲁卡娅·马林诺夫斯卡娅流产了，不过，看来身体还好。我今天要去维亚泽姆斯基家吃饭，他儿子过命名日。卡拉姆津娜也走了。我在信上告诉过你，麦谢尔斯基夫妇去了意大利，索菲娅一连三天以泪洗面，也许是责怪自己的心肠硬要扔下卡捷琳娜·安德烈耶芙娜一个人吧？我把他们送上船。上礼拜日我晋见大公夫人殿下，我去石岛时心境好极了，就像你见到我身着华美官服时心境一样。不过，殿下非常亲切，让我一时把自己的不幸角色与烦恼都置之脑后了。书刊检查官克拉索夫斯基跟我一道去的，大公夫人对他说：要出版的一切均需审阅，这一职守可能劳累先生。[1] 他答道,是的,殿下,且因现在人们写的东西又无健康的意义。[2] 我就站在他身边。作为一位聪明的女子,她稍稍纠正了他的说法。斯米尔诺娃已经临产,她的肚子真可怕。我不知道她怎么生得下来,她还老是走动,不像去年那样。不久前我见过索洛古勃公爵夫人,她要我亲吻你,姨母要我亲吻她。大部分时间我待在家里或俱乐部。我规规矩矩、品行端正,只有两样不好,自己吃坏了肚子,再就是老动肝火,这里也确实不能不动肝火。没什么新闻,即或有,还是不说为好。亲吻你们大家,基督保佑你们。近几天父母要去乡下,我忙得很。列夫上皇村是走着去的,索博列夫斯基要徒步去奥拉宁堡,看来他们是无事可做。再见,我的天使,我的信写得冷淡可别生气,我是咬着牙写的呀。

6 月 3 日

①② 原文为法文。

204. 致Д.Н.班特什-卡缅斯基

1834年6月3日自彼得堡寄往莫斯科

尊敬的德米特里·尼古拉耶维奇大人：

有关普加乔夫的案卷，承蒙大人派人送来，不胜感激！虽说手上已有大量珍贵资料，从所送案卷中在下仍然有所获悉不为人知的有用的详情细节，一定用得着的。大人评论帕宁之美妙文章已交斯米尔金，其人见后深为感激。大人无意参与此人所编杂志的工作吗？有何条件？

大人或许愿知道普柳沙尔[①]的商业与文学方面的企业、知道俄文的百科词典之事：大人撰写的不可胜数的人物传记均可载入。大人不与普柳沙尔交往吗？大人如有意于此，恳求大人选择在下为委托人，吾辈当以效劳为幸。

谨致以最崇高的敬礼并奉上一片忠诚。

忠仆

亚历山大·普希金

1834年6月3日

于圣彼得堡

---

① 普柳沙尔（1806—1875），书商、出版商，曾组织出版著名的普柳沙尔百科词典等工具书。

205. 致 H. H. 普希金娜

1834 年 6 月 8 日自彼得堡寄往亚麻厂领地

我亲爱的天使，本来给你写好了四页的信，可是写得太痛苦、太忧郁，就没寄出，遂另写。我苦闷万分，离开你，我过得寂寞，心中所想，甚至不敢全写给你。你谈到波尔金诺，躲到那里去倒是不错，却做不到呀。此事我们还有时间谈。别生气，贤妻，我的埋怨可别往坏处想。我从来不曾有过念头责怪你依赖我，我是该娶你为妻，因为没有你，我将终身不幸。但我不该当官，更糟糕的是债务缠身。家庭中相互依傍，人们才更加道德。由于虚荣心或贫穷，我们产生的依赖性降低了我们的人格。现在他们当我是奴才，想把我怎么样便怎么样。失宠比让人鄙视好受些，就像罗蒙诺索夫说的那样：甚至在上帝面前我也不愿当弄臣。[1] 各方面你都没错，错的是我，心地太善良，心肠太软弱，软弱到了愚蠢的程度，有了种种阅历也是一样。

谢谢你的礼物——一台小天平，这是我那吝啬的豪华招牌。姨母打发人送来，也没有说明的便条。可能她现在忙，她要让娜塔丽娅·基里洛芙娜对科丘别伊公爵之死有点思想准备。公爵原打算去你们那里，没等走到便死在莫斯科了。钱还没有给你邮去，我要为自己的两位老人打点路费，他们毫不心软地纠缠我。也许我该听你的，迅速丢开领地的事。由他们想怎么糟蹋便怎么糟蹋好了，他们有这

---

① 引自罗蒙诺索夫 1761 年 1 月 19 日致 И. И. 舒瓦洛夫信。——原编者注

份本事的。我们只需给萨什卡和玛什卡留下一块面包就行了,不是吗? 没有新消息,菲克利蒙病重,烦闷极了。维耶利戈尔斯基要去意大利探望病妻。彼得堡没人了,都去别墅了。我在家待到四点,写东西,去久梅那儿吃午饭,晚上去俱乐部,这便是我的一天。为寻开心曾想在俱乐部乐乐,无奈只好放弃。玩乐让我激动——却不见肝火下降。亲吻你们,祝福你们。再见。盼着你描写亚罗波列茨的来信,要小心……他们或许要拆看你的信件,国家安全需要这样啊。

206. 致 H. H. 普希金娜

1834 年 6 月 11 日自彼得堡寄往亚麻厂领地

你可找到理由吵架了……夏园和索博列夫斯基都成了理由。你要知道,夏园是我的菜园。一觉醒来,我披上长袍,登上便鞋便去夏园。吃过午饭,我在里面睡觉、读书、写作。我在夏园便是在家里。索博列夫斯基吗?索博列夫斯基他干他的事,我干我的事。他搞他的投机活动,我搞我的投机活动。我的投机活动便是溜到乡下去找你。有关卡卢加你会给我写点什么?你认为卡卢加如何呀?卡卢加比莫斯科稍微讨厌一点,莫斯科比彼得堡讨厌得多。你到底要在那里干什么?这准是姐姐们在烦扰你,肯定是这样,我亲爱的,这太像她们的做法了。我的朋友,请你别去卡卢加,待在家里吧,这样会好点。姨母住在别墅,我还没去过,今天带上你的几封信去看望她。娜塔丽娅·基里洛芙娜已经知道科丘别伊去世的事了。“我不认为,”她说,“科丘别伊之死会让我有多伤心。”[①]使她慰藉的是死的是他,不是玛莎。今天我的亲人去乡下,我得去送行,把他们送上车,不是送到皇村,列夫·谢尔盖耶维奇步行去的地方。把我麻烦够了。我想起了你,天使。可是也无奈,不接手领地管理吧,领地就白白荒废。奥莉加·谢尔盖耶芙娜和列夫·谢尔盖耶维奇一直坐吃现成的,我只好收容他们。我受不完的苦,他们倒毫不在乎,还讽刺挖苦我。

① 引文原文为法文。

唉，家庭呀，家庭！

我的朋友，劳驾别去卡卢加。你在卡卢加跟谁往来呢？跟省长夫人？她人很可爱、很聪明，我可看不出你为什么要去奉承她。跟德米特里·尼古拉耶维奇的未婚妻？这就是另一码事了。这场婚礼你来主持，我当男主婚人。来信告诉我，贤妻，你在亚罗波列茨过得怎么样，跟母亲等家人相处如何。但愿在吵一架前，不等彼此嫉妒便好好分手。我们这里正准备迎接普鲁士亲王。昨天奥泽罗夫从柏林回来，带着三人合抱那么粗的妻子。她真是个可爱的娘们，我一边看着她，一边想着你，希望你从亚麻厂回来也像这傻娘们一样。你骨瘦如柴，不能再这样了。再见，贤妻。我心情舒畅了，接连两天都收到你的信，在心里已和邮局与警署和好了。见他们的鬼去吧。孩子们在做什么？祝福他们，亲吻你。

6 月 11 日

同日。

姨母马上要走了，她请你给她写信，让我扯你的耳朵。她是去皇村，上科丘别伊公爵家去，带着娜塔丽娅·基里洛芙娜，她可爱、善良得惊人，明天我去和她告别。为什么你不给姨母写信？你多没道理啊！她让我放你去卡卢加，可是你不经我同意就要去。这件事你干得可真不赖啊。我刚同父母分手，家父烦闷，满心愁苦。你知道我在想什么？我不能到你那儿去消夏吗？不，爱妻，有正事要干，我们还得忍耐半个月，到时候我自然而然会到你身边的，只要人家放我。你何苦要把姐姐们安插进宫呢？首先，人家可能不同意。第二，就算接收了，在这肮脏的彼得堡又会流传些什么样的肮脏议论呢，你想想吧。替他人求情，你实在好得过分了，我的天使。等着吧，等你守了寡，老了——到那时你或许能当个长舌妇、当上九级文官的夫人。我对你和姐姐们的忠告是：离宫廷远点，宫内没好事。你们都不富有，不能什么都靠姨母。我的天哪，亚麻厂要是我的，不论莫斯科给我什么好处，都不能把我引诱到彼得堡去，我就会自己悠闲自在生活了。可是你们婆娘，不懂独立是种福分，总想成为他人永世的奴仆，只要人家说：某位太太在昨天舞会上绝对比别人漂亮，衣饰绝对比别人华丽。[①] 再见，你这某位太太。[②]姨母把你的信送来了，为此信我很感谢你。祝你健康、聪明、可爱。别骑烈马，留心孩子们，让奶妈好好照看他们。常给我来信。顺便亲亲姐姐们，还有德米特里·尼古拉耶维奇——替我祝福孩子们，亲吻你。我要去船上送维耶利戈尔斯基，他也许见不上活着的妻子了。《彼得一世》进展顺利，说不定入冬前能出版第一卷。对那位[③]我已不再生气了，因为从本质上讲，他身边的肮脏事又不是他的错。身处茅厕，不由得习惯了……这么一想，你就不会厌恶了，亏他还是位绅士。唉，我多么想到空气清新的地方去呀。

①② 原文为法文。

③ 指尼古拉一世。

207. 致 H. H. 普希金娜

1834 年 6 月(不晚于 19 日)自彼得堡寄往亚麻厂领地

我很犯愁,贤妻,你病了,孩子们也病了。天知道这一切到何时才是个头啊。这个地方,他们总是毫无良心地麻烦我,让我生气。自己的、别人的债务也弄得我不得安宁。领地破败,也得整顿一下,要缩减开支,可他们依然高兴得很,都来逼我,动不动要这个要那个。我把斯帕斯基的信寄给你,如果你身体没病,就不必药浴。前几天我见过姨母,她要去皇村。再见,贤妻,普列特尼奥夫快进我屋子来了。

亚・普

亲吻你们大家,为孩子们祝福。

208. 致 A. X. 宾肯多夫[①]

1834 年 6 月 25 日于彼得堡

伯爵大人：

卑职为家事所累，有时需住莫斯科，有时需去外省，故不得不放弃公职，恭请大人明鉴，并望为卑职裁夺。[②]

恭求大人最后一次关照，批准卑职查阅档案。此请已获陛下恩准，至今并未撤回。

永远尊敬大人之低贱恭顺之仆

亚历山大·普希金

6 月 15 日[③]

于圣彼得堡

---

① 全信原文为法文。

② 后来普希金撤回退职申请。——原编者注

③ 笔误，应为 25 日。——原书边注

209. 致 H. H. 普希金娜

1834 年 6 月(不晚于 27 日)自彼得堡寄往亚麻厂领地

“多蒙夫人一向无缘无故骂街。”(《纨绔少年》)①

得了吧,你到底为什么骂我?就因为我误了一次邮班?可我们这里每天都有邮班,你想写多少就写多少,想什么时候写就什么时候写,不像在卡卢加十天才一次邮班。你最近那封信非常亲切,我真想好好吻你几下。这封信又如此杂乱无章,真想扯你的耳朵。你的问题我逐一答复如下:我晋见了大公夫人,值日女官不是索洛古勃,而是我远房表妹奇切琳娜,我并不喜欢她。但是要发生爱情,即使是索洛古勃就在守卫室……唉,贤妻!都是邮局作梗,要不然我会给你编一大堆瞎话。我在信上对你说过我已经冷落了燕尾服,你却以为这下可抓住我说假话了,就好像在玩波士顿纸牌术语一样,以此证明我见了这位,又见了那位。我自然是常去社交场合,这也说明不了什么。主要的是我不习惯去久梅那里和英国俱乐部了,这没有什么可吹嘘的。斯米尔诺娃顺产,你瞧,是双胞胎呀,真是一个好娘们。斯米尔诺夫这只红眼睛小兔子真有福气!——头胎没成,流产了,而今只好成双成对地生。好像今天是第九天了——听说母子平安。你信上说打算把卡捷琳娜·尼古拉耶芙娜嫁给赫柳斯京,把亚历山德拉·尼古拉耶芙娜嫁给乌布里:全都不对。他们两个爱上的是你,是

① 引自冯维辛《纨绔少年》第四幕台词。

你在妨碍两个姐姐，所以他们应做你的丈夫，有了你再去追逐别人，我的美人儿。赫柳斯京在对你说谎，你还相信他，他怎么知道我8月份不去找你？莫非他喝加葱的波特文尼亚汤喝醉了？把我困在彼得堡的只有一件事：就是尼日哥罗德领地抵押一事，[①]我真想把普加乔夫留给雅科夫列夫去照料，[②]自个儿上亚麻厂去找你，我的天使。

离开生活，躲到你那儿去，逃到你那儿去！亲吻你和孩子们，衷心祝福你们。我看，你在乡下会更加漂亮，谁都比不上。谢谢你讲的德米特里·尼古拉耶维奇的趣事。他没堕入情网吗？姨母住在皇村，过几天我去看她。再见，我的命根子，我爱你。[③]

---

① 抵押波尔金诺领地。——原编者注

② 委托雅科夫列夫监管《普加乔夫史》印刷。——原编者注

③ 原文为意大利文。

210. 致 H. H. 普希金娜

1834 年 6 月 28 日前后自彼得堡寄往亚麻厂领地

我的天使，我刚给利塔伯爵寄去道歉信，因我称病没法参加彼得戈夫的庆典。可惜你见不着，真值得一看，我都不知道今后你有无缘分看到。我在认真考虑退职一事，得考虑我们孩子的前途了。家父的领地，我深信已破败得无可救药，只有厉行节俭才可能好一点。我能挣到大笔钱，不过我们也要花掉许多钱。我要是今天死了，你们怎么办？穿上条纹长衫，埋在拥挤的彼得堡公墓，不是像贵人那样体面地安葬在教堂的宽敞地方，这对我不是什么慰藉。你是个聪明的、好心肠的妇人，这种必要性你能懂，让我成个富翁——到那时我们便可随心享乐了。彼得堡极其无聊。据说，上流社会是生活在彼得戈夫的大路上的。住在黑溪附近的只有鲍布林斯卡娅和菲克利蒙，她们颇为好客——可谁也不去。彼得戈夫庆典后还有大规模庆祝活动。我可哪儿也不去。有件事把我拖在这里：印刷[①]。对不起，还有一件事：抵押领地。可是抵押领地能行吗？你说得太对了，我本不该揽上这件麻烦事，我奔波操劳没人会说声谢谢。种种麻烦消耗了我多少心血啊，咱们家的寄生虫要吸干我的血。谈到我们家，顺便说一句：告诉你，我跟我们房东吵了一架。原因是前天夜里我回来时大门关了，我又是敲门，又是拉门铃，好容易才把看门人叫醒了。我多次对

---

① 指印刷《普加乔夫史》。

他说过，要他在我回来前别插门闩——我一气之下，慈父般地收拾了他一顿。第二天，我得知奥利维耶在院子外拿腔拿调地攻击我，要看门人别理我，叫他十点插门，免得小偷偷了梯子。我应当叫人在门口把谢尔盖·尼古拉耶维奇写的出租广告贴上——我给奥利维耶写了信，那傻瓜至今也未回信。跟看门人的战争还未打完，昨天又跟他干了一架，我可怜他，可也没办法。我很固执，想跟房子里所有的人吵架——也包括寄生虫们。在金钱方面，我实在对不起你，我有过钱……却输掉了。怎么办？我肝火太旺，该找点什么消遣一下才是。都是那位[①]不对，可上帝又护着他，他要放我回家该有多好呵。你的信没摆在我面前，好像我要回敬你点什么——等明天吧。再见，亲吻你和孩子们，祝福你们三个人。再见，亲爱的。问候姐姐们、哥哥弟弟们。谢尔盖·尼古拉耶维奇前几天升为军官，现在正忙着赶制军服呢。

亚·普

① 指尼古拉一世。——原编者注

211. 致 H. H. 普希金娜

1834 年 6 月 30 日自彼得堡寄往亚麻厂领地

你那位希什科娃搞错了，我没有追她女儿波琳娜，因为见都没见过。我是到科学院找亚历山大·谢苗诺维奇·希什科夫去了，并且也不是去参加婚礼，是去领证章①，非为别事。有关公爵小姐们的故事——完全真实，我看不出有什么可笑的。谢谢你那可爱、非常可爱的来信。当然。我的朋友，离了你我一生全无慰藉——跟你分开多么难过，又是多么愚蠢。可是又有什么办法？过了明天，我就开始印《普加乔夫史》，至今它还在斯佩兰斯基那里。此事还要耽误我个把月，8 月份我就去你那儿。明天是彼得戈夫的节日。我去普列特尼奥夫别墅跟他两个人一块儿过节，我们要为你的健康干杯。我和房东奥利维耶大吵了一架，得另找房子，尤其是姐姐们和你要来。谢尔盖还在我这里，昨天穿着一身军官服来看我，好样的。伊凡·尼古拉耶维奇和尤里耶夫吵架又和好的故事真是滑稽可笑，说来话长。我打听到的乡下的消息并不令人快慰，派去的新总管发现家里全都乱了套，竟不接手，走了。我要步他后尘。他是个聪明人，波尔金诺还能糟蹋个五六年。

对不起，贤妻。谢谢你答应我不打情卖俏：虽然我允许你卖弄风情，不过你不利用我的允诺到底好些。萨什卡断奶了，我很高兴，早

① 参加会议的俄罗斯科学院院士都发有证章，后来又发钱。——原编者注

该断啦。至于奶娘睡前酗酒，这没什么不得了，小孩子惯于饮酒能长成一条好汉，如同列夫·谢尔盖耶维。告诉玛什卡别耍脾气，要不然我去了可没她的好。祝福你们大家，特别是亲吻你。

6月30日

别再要求我给你写温柔亲切的信吧。一想到我的信在邮局、警察署让人拆开、阅看，等等——就让我心冷。我只好当个干巴巴的、毫无情趣的人了。等着吧，退了职，那时就用不着写信了。

212. 致 M. Л. 雅科夫列夫[①]

1834 年 7 月 3 日于彼得堡

尊敬的米哈伊洛・卢基扬诺维奇先生：

鉴于上峰将在下书稿（名为“普加乔夫史”）交付先生印刷，现据在下亲自就此事对先生所作说明，特急告先生如下事宜：

1）望该书印成八开本，如《法规汇编》；

2）印数定为三千册，其中一千两百册纸张用公费支付，另一千八百册纸张费用，在下亲自送往工厂；

3）至于字体及一般印刷事宜，俱请酌定。

谨致以最崇高的敬礼！

忠仆

亚历山大・普希金

于圣彼得堡

① 雅科夫列夫（1798—1868），普希金皇村学校时的朋友，第二厅印刷厂厂长，《普加乔夫史》就是在他的厂里印的。

213. 致 A. X. 宾肯多夫[①]

1834 年 7 月 3 日于彼得堡

伯爵大人：

数日前卑职有幸恳请大人允准离职。此举卑职考虑不周，特恳请伯爵大人勿将卑职呈文交办。卑职宁愿负轻率冒失之责任，也不愿背忘恩负义之罪名。

有鉴于此，卑职亟须数月假期。

对伯爵大人，卑职永怀尊敬之情。

卑微、恭顺至极之仆

亚历山大·普希金

---

① 全信原文为法文。

214. 致 B. A. 茹科夫斯基

1834 年 7 月 4 日自彼得堡寄往皇村

收到你的上一封信[①]后，我即刻给宾肯多夫伯爵去函恳请停止办理辞职一事，说明因为此举考虑不周；[②]并说宁背轻率冒失之名，也不负忘恩负义之罪。[③]随后我收到一份正式通知说我将获准退职，但不得进入档案处。这样我在各方面都受到了伤害。我是在烦闷、对一切人、一切事都恼恨之际递交辞呈的。我的家境艰难：我的状况令人不快，改变生活简直必不可少。我没有勇气向宾肯多夫伯爵解释一切——因此我的信一定显得冷冰冰的，简直是写得愚蠢。

其实，我确实无意造成这种局面。径直上书皇上，我真的不敢——尤其是现在。我的解释将会像求情，而皇上对我已有许多恩惠。利扎维塔·米哈伊洛芙娜刚离开我这儿，她还把你的两封信给我带来了，这当然让我感动。可我又该怎么办呢？我得再次致函宾肯多夫伯爵。

---

① 即 7 月 2 日信。茹科夫斯基在信中告诉普希金，尼古拉一世同意他撤回辞呈，并把皇帝的原话告诉他："朕……允准退职，然如此一来，朕与其一切均告结束。"——原编者注

②③ 原文为法文。

215. 致 A. X. 宾肯多夫

1834 年 7 月 4 日于彼得堡

亚历山大·赫里斯托福罗维奇伯爵大人：

大人 6 月 30 日华函，卑职昨晚拜收。家境难堪，无谓忙碌，令人懊丧，万般无奈之中，卑职贸然提出辞呈，实在欠虑。呈文可能被视为极不理智、忘恩负义、有违恩主意愿。迄今为止，无人能比皇上更有恩于微臣。然事已至此，卑职只有敬候命运裁决。无论如何，微臣无限忠于皇上之心始终不移，子民对往日皇恩所怀感戴之情，始终不移。

谨致最崇高之敬礼并奉上一片忠诚。

忠仆

亚历山大·普希金

1834 年 7 月 4 日

于圣彼得堡

216. 致 M. Л. 雅科夫列夫

1834 年 7 月 5 日于彼得堡

现寄上第一章，我的恩人，上帝保佑你。[①]

---

① 此即寄《普加乔夫史》第一章所附便条。——原编者注

217. 致 B. A. 茹科夫斯基

1834年7月6日自彼得堡寄往皇村

真的,我自己也不明白这是怎么了。请求退职是迫于情势,迫于我全家将来的命运,是我个人生活安定之所需——何罪之有?何谓不知恩义?皇上对此有些看法,我仍然难以领悟。既然如此,就不再要求辞职,只好请求留任。你问我的信函何以如此冷淡?可是,又何必鼻涕一把泪一把地苦苦哀求?从内心深处我觉得在皇上面前并没有错;雷霆震怒,令我痛心。但是,我的境况越糟,就越难启齿,言辞也就越冷淡。我该怎么办?请求宽恕?好吧,又请求宽恕什么?我致函宾肯多夫,是向他说明我的心里话——不知我的信不体面在何处?我要写第三封信,再试一下。

218. 致 A. X. 宾肯多夫[①]

1834 年 7 月 6 日于彼得堡

伯爵大人：

容卑职披肝沥胆、坦诚禀告。卑职呈请退职，唯一所虑，乃是艰难窘迫之家境。为家事所累，卑职需时常奔波在外，然公职在身，委实不便。凭上帝和自己的灵魂起誓，卑职所思所念，仅此而已，绝无其他。然而卑职痛心地看到，自己之想法让人曲解得令人胆寒。卑职自从能领悟皇上圣意之日起，皇上便对微臣恩宠有加。诸多恩典，至今想来无不心潮澎湃，感戴莫名。陛下洪恩，包含何等率直与仁厚。卑职一向奉陛下如神明。八年来，即或偶有些微怨艾，然对皇上所怀情感中，从未杂有悲哀的情绪，卑职对此可以起誓。此时此刻，令在下痛心的是，唯恐圣怀留下对微臣不宜有之印象，而非担心丧失万能恩主。

伯爵大人，卑职考虑不周之呈文，再次恭求万勿交办为幸。

恭祈大人大力关照。斗胆向大人坦露卑职崇敬之意。

永远尊敬大人之卑微恭顺之仆

亚历山大·普希金

7 月 6 日

于圣彼得堡

---

① 全信原文为法文。

219. 致 M. H. 扎戈斯金

1834 年 7 月 9 日自彼得堡寄往莫斯科

尊敬的米哈伊洛·尼古拉耶维奇先生:

多承先生念顾,又惠寄美妙之新作,却未听到在下言谢:先生确乎有理由认为在下不学无术、野蛮无礼、不知恩义。但是,错在在下之友人索博列夫斯基。此人每天都去莫斯科,在下的信他拿去已六个多月了,当时他答应立即呈送先生。

在下有一事相求先生:亚历山大[①]先生是位杰出人士(甚至是位极为杰出的人士),打算去莫斯科演出,特向您提出如下条件:纪念演出之收入,他与经理处平分(他支付演出费)。盼赐回音,让亲爱的莫斯科高兴高兴。

谨致以最崇高敬礼并奉上一片忠诚。

忠仆

亚历山大·普希金

7 月 9 日

① 指会腹语的法国独角戏演员亚历山大·瓦特马尔。

220. 致 H. H. 普希金娜

1834 年 7 月 11 日自彼得堡寄往亚麻厂领地

你呀，我的贤妻，太不像话(我勉强写下此语)。一会儿为索洛古勃跟我生气，一会儿为信太短跟我生气，一会儿为信上话语冷淡跟我生气，一会儿为我不去找你跟我生气。只要好好想想这一切你就会发现，我对你不仅没有错，在你面前我可以说是圣洁的。我没跟索洛古勃调情，是因为我根本见不上她；信写得简短冷淡，是迫于你也知道的情况；没有去找你，是因为有正事要办，要付印《普加乔夫史》，要典押家产，还要去张罗各种杂事——你的信让我难过，同时也让我高兴；你说你没收到我的信因而哭了一场，这表明你还爱着我，贤妻。为此我亲吻你的双手和双脚。

但愿你能看见我是多么地勤奋，忙着看校样，催促雅科夫列夫！我 8 月份一定回到你身边。现在和你谈谈昨天的舞会，我到菲克利蒙那儿去了。你该知道，你走以后，除上俱乐部外我哪儿也没去。可是昨天，我走进灯火辉煌、挤满盛装女士的客厅，窘迫得像一位德国教授，好容易才找到女主人，好容易才说得出话来。随后仔细一看，才看出人并不多，不过是平常舞会，并非正式招待晚会。有几位普鲁士太太(还是咱们的妇人好些，这可不是说你)，穿得就像艰难岁月的叶尔莫洛娃。吃够冰激凌我就打道回府了——是午夜一时。显然没什么需要骂我的。社交界许多人士问到你，在盛情恭候你。我说你上卡卢加跳舞去了，大家都为此称赞你，都说：真是个好样的娘儿们！——我心中一阵窃喜。姨母昨天看我来了，我们是在马车里交谈的，我抱怨自己过的这种日子，她安慰我。前几天我差点闯了大祸，差点跟**那位**[①]吵架。我有点害怕，很苦恼。跟此人争执——不会有什么好结果的。即或他有错，我也不能长久跟他斗气。今天我去普列特尼奥夫那里，他女儿过命名日。只是我没见到他，只看到他那独眼的远房表妹——如此而已。他到奥拉宁包姆去了——去给大公夫人上课。令人懊丧，可也没办法。再见，我的贤妻——我想睡了。亲吻你、你们——祝福大家。基督保佑你们。

7 月 11 日

① 指尼古拉一世。

221. 致П. А. 奥西波娃①

1834年6月29日、7月13日自彼得堡寄往三山村

衷心感谢您，可亲可爱的(普拉科维娅·亚历山德罗芙娜)，感谢您一片好心写来的信，看得出您对我的友谊和同情一如既往。有关赖赫曼②的事，现坦率相告。我看这是一位诚实的人，此时此刻我要的一切便是这一点。我既不信任米哈伊尔③，也信不过片科夫斯基④，因为我了解前者，却不了解后者。我不打算迁到波尔金诺去，所以整顿庄园的事我想都没想，这只是您我之间说说。这片领地已濒于彻底破产，我唯一指望别让人偷光了，别老是向抵押银行支付利息。以后会好起来的，不过请放心。赖赫曼刚来过信，说农民已全然沦为乞丐，生产一塌糊涂，他无力承担管理波尔金诺的责任，说他其时正在马林尼基⑤。

您没法想象，经管这份产业已成了我多大的累赘。波尔金诺无疑值得挽救，哪怕只是为了奥莉加和列夫，他们将来有一贫如洗的危险，至少有受穷的危险。我也不富有，自己也有一家人，她们要靠我，离了我就会一贫如洗，我若接管领地，除了让我增添种种劳神操心与

① 全信原文为法文。

② 赖赫曼，奥西波娃介绍给普希金的总管。——原编者注

③ 米哈伊尔，波尔金诺普希金家的农奴。

④ 片科夫斯基，普希金家的领地总管。

⑤ 马林尼基，奥西波娃的领地。

不愉快之外，我将一无所获。他们要是拿定主意在米哈伊洛夫斯克住上几年，情况可能好转——但他们绝不会。

我打算夏天去见夫人，当然要在三山村住住。请代问全家好，请再次接受我的感谢，让我表示我的尊敬和矢志不渝的友谊。

亚·普

6月29日

于彼得堡

7月13日。此信两礼拜前就该送到夫人手上，不知怎么搞的至今未寄出。我有事在彼得堡还要耽搁一些日子，但仍然希望出现在夫人面前。

222. 致 H. H. 普希金娜

1834 年 7 月(不晚于 14 日)自彼得堡寄往亚麻厂领地

你一定想知道我能否很快去见你,请原谅,我的美人儿。我在办理家父领地典押的事,这当然要一礼拜。我在印刷《普加乔夫史》,这要占去我整整一月。贤妻呀,贤妻,耐心等到 8 月中旬吧,那时我就会出现在你面前、拥抱你、把孩子们亲个够。你还以为单身生活真让我乐不思归吗?睡梦中我都想上你那儿去,我要是能待在你们莫斯科城外什么地方,一定会向上帝秉烛祈祷。天堂是想进,可是罪孽深重,进不去。让我挣点钱吧,不是为我自己,而是为了你。我不太爱钱——但我尊重金钱是带来体面自立的唯一手段。你那调皮的信中写的是哪位芳邻?你这是拿谁吓唬我?从中我看得出事情的原委。准是三十六岁左右的男子、退役军人或随意挑选的职员。他大腹便便,头戴便帽,有农奴三百,年头歉收——再去把他们典押。在离去的前夜,他面对你十分伤感。是这样吗?你呀,你这个小妇人,因为缺少崇拜者,就选上了他,你可真行。你就那么不讨厌舞会,为了舞会还要去卡卢加。真怪!——应该对你谈谈我的苦恼了。几天来我心中忧郁得很,提出了退职,却受到茹科夫斯基好一顿斥责。收到宾肯多夫极为冷漠的免职通知,我给吓着了,只好乞求基督和上帝别让我退职。莫非你高兴,是吗?我要能再活上二十五年该有多好,要是过不了十年便病倒了,不知道你会做什么,玛什卡,尤其是萨什卡会说什么。他们的爸爸让人像埋小丑一样埋掉了。他们的妈妈在阿尼奇科夫宫的舞会上漂亮极了，这一切对他们不会有多少安慰的。唉，没办法。赞美上帝吧，我最不希望的一点就是让人疑心我忘恩负义，这比让人把我看成自由党还糟糕。保重，替我亲吻孩子们，祝福他们。再见，吻你。

亚·普

223. 致 H. H. 普希金娜

1834 年 7 月 14 日自彼得堡寄往亚麻厂领地

你们这些太太,全都一个模样。小傻瓜 Д. 的行为举止和他的家庭纠葛太有趣了。你这么高兴,恐怕也太卖弄风情了吧。卡卢加有什么好玩的?你就在这里出风头吧!其实,贤妻,我不是为这个骂你。这一切都是理所当然的,你年轻,因为年轻你就得意,因为你艳丽。热情亲吻你——现在来谈正事。如果你真想把姐姐们送来这里,我们不可能留在奥利维耶的住宅里:没地方。你却想把两个姐姐都带在身边,唉,贤妻!小心……我的意见是:一家人应当单独住一所房子:丈夫,妻子,孩子——他们现在都还小;父母亲都已年迈。要不然就有忙不完的事情,家庭也得不到安宁。不过此事我们以后再谈。雅科夫列夫答应让我 8 月去会你——我把普加乔夫留给他去照顾。8 月快到了,谢天谢地,好不容易盼来了。但愿你对得起我,行为端庄,冰清玉洁,我们就能像分手那样相会。我觉得萨什卡开始讨你喜欢了,我很高兴:他比玛什卡乖得多,跟玛什卡在一块儿够你受的。斯米尔诺娃又差点死去,她对大夫勃然大怒,怒不可遏。谢天谢地,好在没出事。她现在已能接待客人了,但我还没去过她那里。今天放烟火——谢尔盖·尼古拉耶维奇去看了,我留在城里。这里已经热了三天,受不了——我们也不知道该怎么办。我做梦都想逃出彼得堡去找你,可你还不相信我,还责怪我。今天我要去找普列特尼奥夫,谈谈你的事。在波尔金诺我有很多事情要张罗,一年后这些我都扔下不管——只做自己的事。列夫·谢尔盖耶维奇表现很糟，现在，他虽然身无分文，却在久梅那里打多米诺牌，一局的输赢就是十四瓶香槟酒。我对他无话可说，所幸他已是三十岁的男人了，但我为他惋惜、懊丧。索博列夫斯基在指点他，只有天知道他们到底在干什么，两个人都很空虚。姨母现在皇村，我打算去看她，却一直没去成。再见，紧紧拥抱你——祝福孩子们，也为你祝福。你每天都站在墙角祈祷吗？

7 月 14 日

224. 致 M.Л.雅科夫列夫

1834 年 7 月 6 日至 15 日于彼得堡

不太小吗?①

① 这张便条说的是关于《普加乔夫史》出版事宜。——原编者注

225. 致 M. Л. 雅科夫列夫

1834 年 7 月 17 日于彼得堡

此即第二卷。[①]

① 说的是把《普加乔夫史》第八章、第九章合并为第八章。——原编者注

226. 致 H. H. 普希金娜

1834 年 7 月(不晚于 26 日)自彼得堡寄往亚麻厂领地

娜塔莎,我的天使,你知道我租下了维亚泽姆斯基现在住着的一层楼房吗?公爵夫人即将去国外,她女儿病得不轻。她们担心是肺病,但愿她去南方有好处。昨晚我梦见她死了,给吓醒了。你千万多保重身体。加利亚尼说,女人乃天生体弱多病之动物。[①] 你们算哪门子帮手和女工?你们不过是用小脚在舞会做事、帮助丈夫挥霍罢了,即使这样也要谢谢你们。迟迟没有去找你,请不要生我的气。说实在的,是我的心在恳求你,都怪我的钱袋不允许啊。我忙得天昏地暗,同时校对两部书稿、编写注释、抵押领地——还要把列夫·谢尔盖耶维奇打发到格鲁吉亚去,一俟办妥,就飞快跑去找你。校样刚送来,我得丢下你去照顾《普加乔夫史》了。校样中我刚读过这么一句,说是普加乔夫命令赫洛普沙抢劫那些工厂,我却责成你去抢劫那些工厂[②]——你听见了吗,我的赫洛普希金娜[③],抢了工厂满载归来吧。我是不出入上流社会的。斯米尔诺娃要我告诉你,她已将我列入不予接待的外国人之列。她身体健康,可差点死掉,是个天生体弱多病之动物[④]。亲吻玛莎,她那些别出心裁的花样让我发笑。她是个聪明

① 原文为法文。加利亚尼,天主教修道院院长,哲学家、历史学家。

② 双关语、俏皮话。——原编者注

③ 对娜塔丽娅·尼古拉耶芙娜·普希金娜的戏称。

④ 原文为法文。

的女孩子，暂时我却不要求她聪明，而要求她健康。你满意那个德国女人和奶妈吗？你干了件蠢事，没把奶妈赶走。怎么能相信酒鬼的许诺和眼泪，把酒鬼留在孩子们身边？别说，这一切我都会弄好的。你和我还隔着九个印张，也就是说我再校阅九个印张，签上“照印”二字，便马不停蹄地去找你，我暂时还得请假。除了可怜的麦佐元帅演习时差点给轧死外，什么新闻也没有。瞧咱们的人多么厉害！亲吻你和她们。上帝保佑你们。

227. 致 H. H. 普希金娜

1834 年 7 月(不晚于 30 日)自彼得堡寄往亚麻厂领地

这是什么意思,爱妻?已经一个多礼拜没有收到你的信了。你在哪里?你怎么了?在卡卢加?在领地?回个音呀。什么事让你那样忙、那样开心?是些什么样的舞会?情场上又频频得手了吧?是不是病了?基督保佑你。莫不是想快点让我上你那儿去吧。贤妻,别再搞这些真真假假的把戏了,这可是实实在在地折磨离你几千俄里的我呀。雅科夫列夫一放手,我就立刻去找你。我的事情有进展了,两卷同时出版。为早一礼拜去见你,就扔掉这些,以后会后悔一年的,如果不说两年、三年的话。要乖,我很忙,一上午都在忙——忙到四点,谁都不接见。然后上久梅那里吃饭,再然后去俱乐部打台球——早早回家,希望看到你的来信——却天天受骗。寂寞、烦恼……

我跟维亚泽姆斯基公爵已经商定,我使用他的住宅,8 月 10 日前为他准备下二千五百卢布——再让人搬走家具,我自己便奔你而去。等不了多久了。

再见——希望大家身体健康。亲吻你的画像[①],这像似乎有点不对劲,当心——

---

① 可能是水彩画像,是 A. П. 布柳洛夫的作品。——原编者注

228. 致A.瓦特马尔[①]

1834年7月下半月于彼得堡

尊敬的先生：

扎戈斯金先生复信尚未收到，一俟收到，当即转奉。

亚·普希金

① 全信原文为法文。

229. 致 H. H. 普希金娜

1834 年 8 月 3 日自彼得堡寄往亚麻厂领地

你可真好意思，贤妻，不分青红皂白就生气，也不问是我的错还是邮局的错，弄得我两礼拜得不到你和孩子们的消息，坐立不安，不知如何是好。收到你的信，我放心了，却高兴不起来。你们的卡卢加之行，不管说得多么好玩，我却全然没有兴趣。何必到如此肮脏龌龊的小县城去看那些蹩脚演员演的破歌剧呢？何必在小客栈里同那些商贾女儿们来来往往，又同一些不三不四的外省乡民去观看省城的烟火？彼得堡有的是好歌剧，你却从来不想去看卡拉特金夫妇的演出，再好看的烟火也都没能把你诱上马车。我求过你别老去卡卢加，可是，看得出，这大概是你的天性吧。你跟邻居搔首弄姿、眉来眼去，我无话可说。是我自己允许你卖弄风情的——然而，让我拜读满页描写这一切的来信却毫无必要。骂完你，再温柔地扯着你的耳朵亲吻你——谢谢你跪在房里祈祷上帝。我很少祈祷，希望你那纯洁的祈祷词比我的更好，但愿你是在为我、为我们祈祷。你盼我 8 月初去，今天已是 3 日，我还不能动身。雅科夫列夫要中旬才能放我走，即便到那时我也不是完全自由的。我租下维亚泽姆斯基的住宅，要搬过去，把家具书籍搬过去，那时才有希望启程。让上帝保佑我去你家领地，这样我才感到幸福。

现在维亚泽姆斯基一家在这里，可怜的波琳娜[①]非常虚弱，面色苍白。当父亲的也怪可怜的，就这样给整垮了。他们都要出国去，但愿良好的气候有益于她的健康。玛丽娅[②]长漂亮了，在贫乏、疲惫不堪的莫斯科很有名气。你在这里露了一下面后，有关你的说道还在广为流传，都发现你瘦了——我要把你变成又高又胖又粗鲁的傻娘儿们，是为还你的愿：可要当心！别以为我在瞎说。前几天我碰见乔治太太，站在大街上她就向我打听起你的情况。我说几天后就去找你，去给你生个孩子[③]。她一听便笑得蹲了下来，一边不停地说：哎哟，先生，你太让我高兴啦[④]。你流产后，我怕你再生孩子。不过，希望你恢复过来了。我见过斯米尔诺娃，她已开始康复，仍然不太好，脸色蜡黄。姨母从皇村回来了，住在我这里，她很客气，娜塔丽娅·基里洛芙娜却十分厌烦她。娜塔丽娅·基里洛芙娜对谁都有气，尤其生科丘别伊公爵的气，怪他不该死，死了让她的玛莎受折磨。也生公爵夫人的气，说先生们，我们都失去了丈夫，不过，也都得到了慰藉。[⑤]姨母说你根本不给她写信。这样不好。她一直在为你忙碌。谢尔盖在军营里。没见上伊凡弟弟。再见，基督保佑你们。亲吻你们，尤其是你。校样[⑥]又送来了。

8 月 3 日

---

①② 维亚泽姆斯基的女儿。

③④⑤ 原文为法文。

⑥《普加乔夫史》校样。——原编者注

230. 致 M.Л.雅科夫列夫

1834 年 8 月(不晚于 12 日)于彼得堡

到底为什么呢?伏尔泰是位很正派的人士,他与叶卡捷琳娜的交往是历史性的交往。①

---

① 这是普希金《普加乔夫史》前言里的话。在同一处有摘自前言的话(“我的著作固然不完善,却是严谨的”),把“十分努力”一词钩掉了,边页上另注:“我对普加乔夫之热心此时已是多余。”以上是普希金对雅科夫列夫 1834 年 8 月 12 日便函(“可否不要伏尔泰?”)的答复。——原编者注

231. 致 M. Л. 雅科夫列夫

1834 年 10 月中旬于彼得堡

这是第十八印张[①]。我查阅过别的抄本，也没有发现是什么意思。前言中伏尔泰的名字应当画去[②]（你是对的，你这缪斯的宠儿！[③]），尽管我很喜欢他。

No. 14[④]

---

① 指《普加乔夫史》。

② 见上封信注释。

③ 引自巴丘什科夫《致 И. М. 穆拉维约夫》一诗中语句。

④ 这是普希金在皇村学校的房间号。皇村学校的毕业生以所住房间号代名。

232. 致 C. A. 索博列夫斯基

1834 年 7 月 23 日至 8 月 13 日或 4 月至 8 月中旬于彼得堡

请午餐前光临寒舍,在下有要事相商。

亚・普希金

于礼拜天

233. 致 И. И. 拉热奇尼科夫

1834 年 8 月 20 日前后(?)于特维尔

我仍然希望当面向您致谢，尊敬的、亲爱的伊凡·伊凡诺维奇，感谢您对我的赏识、两次来信，又寄来小说及有关普加乔夫暴动的手稿[①]——可我总是不顺心。我乘驿车经过特维尔，这般模样，无论如何不敢到府上重叙短暂而过的旧情。我要到 9 月、即返回时再去府上拜望，暂时只得请您包涵。

由衷尊敬您的

普希金

① 指雷奇科夫的手稿。

234. 致 Н. И. 冈察罗娃

1834 年 8 月(不晚于 25 日)自亚麻厂领地寄往亚罗波列茨

尊敬的娜塔丽娅·伊凡诺芙娜岳母大人：

小婿自彼得堡返回途中没能去亚罗波列茨，实在抱歉！不然，就能有幸拜望您，也可少走若干俄里弯路，还可以绕开我不大中意的莫斯科，不至于在那里浪费几小时了。此时我已到亚麻厂，除萨沙外，我见大家身体都很健康——我还得离开她们几个礼拜，为家父的事去尼日哥罗德乡下，我要妻子去您那里，我自己也会尽快赶去。她很难过，不能跟您一起庆贺你们母女俩的命名日，有什么办法！我也感到惋惜，又毫无办法，只好先向您祝贺 8 月 26 日的命名日，并为 27 日衷心感谢您。跟亲爱的妻子过得越久，我就越爱这可爱、纯洁、善良的、在上帝面前、在各方面我都无法般配的造物。在彼得堡我常见二哥伊凡·尼古拉耶维奇，谢尔盖·尼古拉耶维奇在我那里几乎一直住到我离开。他正忙着张罗自己的家当。谢天谢地，两位都健康。

亲吻岳母双手，我和一家人全靠关照了。

亚·普希金

235. 致 A. И. 屠格涅夫

1834 年 9 月(不晚于 9 日)于莫斯科

内人已选中佩针,她打心底感谢您。当然,一俟《普加乔夫史》出版,他首先就会去拜见您。[①] 辛比尔斯克不是他[②]围困的,是外号为费尔斯克的一个同谋者围困的。我把书留给内人,她会奉还您的。愿为您效劳——再见。

亚·普

1671 年,辛比尔斯克经受住了斯坚卡·拉辛和普加乔夫的进攻。

---

① 《普加乔夫史》1834 年 12 月末问世。这一句是说该书出版后,首先奉送屠格涅夫。

② 指普加乔夫。

236. 致 C. A. 索博列夫斯基

1834 年 9 月 9 日自莫斯科寄往彼得堡

亲爱的谢尔盖·亚历山德罗维奇，请告诉我妻子，我们放高利贷的朋友住在何处。我寄希望于你的慢性子，我认为，你也许还在巴黎[①]——甚至希望我一到彼得堡就能碰上你。

9 月 9 日于莫斯科

---

① 暗示索博列夫斯基行前准备时间极长(1837 年才去巴黎)。——原编者注

237. 致 А. И. 屠格涅夫

1834 年 9 月 9 日、10 日于莫斯科

我已经什么都有了——这一切要载入附录。非常感谢波列沃依对普加乔夫史料研究者、低级侍从的好意[①]，等等。——我马上要出去，马都套好了。

① 指波列沃依建议与普希金合作销售《普加乔夫史》一事。

238. 致 H. H. 普希金娜

1834 年 9 月 15 日、17 日自波尔金诺村寄往彼得堡

下礼拜二有邮班，今天才礼拜六，所以此信不会很快就到你手上。我是 3 日即礼拜四清晨到的——外省道路走起来很慢，我几乎是处处加倍支付驿站的车马费。其实，各地的马匹都让皇上征用了，陛下要离开莫斯科巡幸尼日尼。我下乡后下了场初雪，此时窗外的院子里还白花花的，这太可爱了。① 我还没有动手写作，第一次拿起鹅毛笔就是跟你交谈。好容易才到波尔金诺，我很高兴，似乎并没有原来想象的那么多麻烦事。我很想写出点什么，不知有没有灵感。我在这里碰上别佐布拉佐夫（干吗你那样惊奇？他不是你的那位崇拜者，是我堂妹玛尔加里特卡的丈夫）。他在忙着家事，也许会买下半个波尔金诺。唉！我手里要是有十万多好！我就能把一切都办好，我这个交代役租的农夫普加乔夫连这一半的钱都不给我挣来。就这点也足够你我挥霍一辈子了。不是吗？哎，没法子。只要我活着，就会有钱……别佐布拉佐夫要来了——再见。

哈哈，终于把他打发走了。他在我这里待了两个小时，我们俩都要滑头——但愿行动上我能胜他一筹，言语上我已经胜过他了。我能想象你那不相信的微笑，你当我是傻瓜，又上了他的圈套——等着瞧吧。我一到莫斯科，两天便能了结此事，回彼得堡我就是一条好汉

① 原文为法文。

了，就是波尔金诺一村之主了……

现在我这里有两个乡下人，带着状纸来找我。我不得不施展招数对付他们，这两位也许比我更狡猾……读了《诺尔曼人征服英吉利》后我已成了一位可怕的政治家了，这点事算得了什么？有个农妇求见。再会，我要去听她说些什么。

——嘿，贤妻，太可笑了。一个大兵的寡妻请求把她儿子登记为我的农民，说原先登记成……她送丈夫应征当兵十三个月后生的，她的儿子到底是谁的呢……我要去为寡妇受污辱的名声操心了。

9 月 15 日

也许你现在亚罗波列茨，说不定在考虑动身了。急盼你的来信，别忘了我的地址：**阿尔扎马斯县**，阿勃拉莫沃村，再转寄波尔金诺村。——我在这里很好，就是寂寞，一感到寂寞就想去你那儿，正像你一觉得害怕就往我身边挤那样。亲吻你和孩子们，为你们祝福。我还没有开始写作。

17 日

239. 致H.H.普希金娜

1834年9月下旬(不晚于25日)自波尔金诺村寄往彼得堡

我来乡下快两个礼拜了,还没有收到过你的来信。寂寞得很,我的天使。既想不出诗句来,也没有抄小说。① 我在读伏尔泰、司各特的书,还有《圣经》。总在想你。萨什卡身体好吗?奶妈你打发走了吗?把那可恶的德国女人甩开了吗?新来的人如何?许多事我都担心。看来这个秋天我在波尔金诺是住不久长的。我的事勉勉强强办成了。还要等等看,看能否写顺手,不然——只求上帝保佑我离开了。我要在莫斯科停三两天,在娜塔丽娅·伊凡诺芙娜那里住一昼夜——然后去见你。莫非真的只有挨着你才写得顺手?废话。我等雅济科夫来,不过看来等不及了。

请告诉我,你有身孕了吗?要是有了,我的朋友,求你小心点,不准跳,不准摔跤,别跪着照料玛莎(祈祷也不行)。别忘了你小产过。你要善自珍重。你要是在彼得堡就好了,不过照我算来,10月3日前你来不了。你在那里该怎么办?没钱,阿梅良又不在,和你一起的又是那几个笨蛋奶妈、那个邋遢姑娘(恕我直言,说的是佩列格娅·伊凡诺芙娜,我在信上亲吻她)。想来你晕头转向了。唯一的希望是让姨妈来。可一个姨妈你不能当两个用——看来我得赶紧回去。再见,基督保佑你,热烈亲吻你——祝你健康。

---

① 可能是《上尉的女儿》第一版出版前。——原编者注

240. 致 H. M. 雅济科夫

1834 年 9 月 26 日自波尔金诺村寄往雅济科沃村

亚历山大·米哈伊洛维奇来到我这幽居之地，颇让我高兴，可惜他只待了几小时，他请我一道去雅济科沃村为他证婚，我真高兴——可是不能去，妻子和孩子们……

在天南海北闲聊时，我们一致认为，我着手办个丛刊或者说办个杂志远非坏事，我也不反对，为此得让我确信能得到您的协助才行。先生意下如何？先生也能看得出来，蹩脚作家们正在控制我们，是该认真回击他们的时候了。几天内我去彼得堡，先生能有空为我写上几行，烦寄皇城滨河街洗衣桥巴塔舍夫[①]寓所。亚历山大·米哈伊洛维奇在催我——我要搁笔了，请先生多照顾。

崇拜先生的

亚·普希金

9 月 26 日

于波尔金诺村

谨向彼得·亚历山德罗维奇[②]致以真诚敬礼与问候。

---

① 笔误，应为巴拉绍夫。

② 笔误，应为诗人雅济科夫之弟彼得·米哈伊洛维奇·雅济科夫。——原编者注

241. 致 M.Л.雅科夫列夫

1834(?)年 10 月 19 日于彼得堡

我们要在你家庆祝校庆[①]吧,是吗?

No. 14

10 月 19 日

① 10 月 19 日是皇村学校建校日。1834 年的校庆日是在雅科夫列夫家庆祝的。——原编者注

242. 致 A. A. 富克斯[①]

1834 年 10 月 19 日自彼得堡寄往喀山

经过三个月寂寞无聊的外省旅行后，我昨天返回彼得堡时，收到从喀山寄来的意外的信件包裹[②]，真让我喜出望外。您那美妙的诗章和对我，一个不配领受夫人诗才的仰慕者的寄语诗，我是如饥似渴地一口气读完的。作为洋溢着魅力、智慧和深沉感情的诗章的回报，我希望几天内我将寄上令人生厌的拙作《普加乔夫史》。看来我在作诗方面已是才思枯竭了。别责备我吧。我正全力撰写无韵的文字，这些没有韵脚的东西也不成样子！实在惭愧，尤其愧对夫人。

夫人信中说，卢塞罗德[③]男爵去年该带给我一封信，遗憾之至，我未能收到，可能是因为我刚从奥伦堡回彼得堡时未遇见卢塞罗德男爵，他被召回德累斯顿了。在彼得堡有一面之缘的佩尔佐夫说过，他手上有夫人给我的一封信，可是此信也未收到，他没把信送来便离开彼得堡了。对我而言，此信是夫人对我挂怀不忘的珍贵标志。在当时情况下，他一时疏忽，我能理解，现在我不仅不怨他，还宽恕他，只求他把忘了的信给我送来。

请夫人向卡尔·费奥多罗维奇[④]转致我最深沉的敬意，他的盛情

---

① A. A. 富克斯(1853 年卒)，女诗人。

② 《亚历山德拉·富克斯诗集》，其中有《A. C. 普希金过喀山》一诗。——原编者注

③ 卢塞罗德，萨克森地区驻彼得堡大使。——原编者注

④ 卡尔·费奥多罗维奇，女诗人富克斯的丈夫。

与好心我永志不忘。

谨致以最深沉的敬意与一片忠诚。

1834 年 10 月 19 日

于圣彼得堡

243. 致 H. B. 果戈理

1834 年 10 月下半月于彼得堡

再次拜读大作[①],极为满意。看来全部都可以通过。可惜要删掉鞭刑的场面:我觉得鞭刑是晚会上收到玛祖卡舞充分效果不可缺少的。也许上帝能受得了。上帝保佑你!

亚・普

---

① 指果戈理小说《涅瓦大街》。

244. 致И. М. 片科夫斯基

1834 年 11 月 10 日自彼得堡寄往波尔金诺村

10 月 30 日来信收悉，谨忙奉复。欠监护委员会的债务由我自己偿还，波尔金诺的收入，一戈比也不能动。至于为支付家父过期债务所需一千二百七十卢布，先生如能筹划到这笔款子就请偿还。委托书[①]下次邮班寄上。粮食至今未卖，先生做得很对，粮价不可能不涨。幸好我还可以等待。

亚·普

11 月 10 日

---

① 经营波尔金诺和基斯捷涅沃领地的委托书。

245. 致 A. X. 宾肯多夫

1834 年 11 月 23 日于彼得堡

亚历山大·赫里斯托福罗维奇伯爵大人：

《普加乔夫叛乱史》已经印出，卑职恭候大人钧旨以便发行。此外尚有微末之事相烦大人：卑职意欲将此书第一册以及卑职不敢付印而皇上有意圣览的某些说明一并恭呈陛下，冒昧恭求大人俯允。

书商斯米尔金想把卑职已经发表的诗作合并一册出版[①]，卑职已照以前程序送 A. H. 莫尔德维诺夫大人办公室。

谨致以最崇高之敬意并奉上一片忠诚。

忠仆

亚历山大·普希金

1834 年 11 月 23 日

于圣彼得堡

---

① 《亚历山大·普希金诗歌和小说集》，1835 年出版。——原编者注

246. 致 А. И. 屠格涅夫

1834 年 12 月上半月(不晚于 11 日)于彼得堡

我这里没有法国的抄稿人,俄国的要多少有多少。明天就派去。巴黎的东西,除梅斯特[①]的《教皇》外,我暂时不需要什么。

---

① 梅斯特(1754—1821),法国作家。

247. 致 A. X. 宾肯多夫[①]

1834 年 12 月 17 日于彼得堡

伯爵大人：

卑职本以为绝不会再烦大人，无奈适才斯佩基斯基先生见示，《普加乔夫叛乱史》奉圣旨在其属下工厂印刷，（若非皇上恩准）不能交付发行。特恳大人见谅，救卑职出此困境。

对伯爵大人永怀无上崇敬之

最卑微、恭顺之仆

亚历山大·普希金

1834 年 12 月 17 日

① 全信原文为法文。

248. 致 M. Л. 雅科夫列夫

1833 年至 1834 年于彼得堡

亲爱的米哈伊洛·卢基扬诺维奇，我原指望今天与你共进午餐——已不可能了。怎样才能让埃里斯托夫[①]知道这事？务请宽宏大量。

No. 14

---

① 埃里斯托夫，公爵，普希金之友人。——原编者注

1835 年

249. 致A. A.鲍布林斯基[①]

1835年1月6日于彼得堡

我们收到以鲍布林斯卡娅伯爵夫人名义给普希金先生、普希金夫人及其姐姐等人的请柬。内人为此十分不安(如同司各特《古玩家》[②]所描绘的那样):她不知“这是哪位夫人”发来请柬?我认为此乃误会,故斗胆致函阁下,以求摆脱困境,使舍下宁静。

伯爵,我一如既往地尊敬您。

最卑微恭顺之仆

亚·普希金

1835年1月6日

---

① 全信原文为法文。A. A.鲍布林斯基(1800—1868),叶卡捷琳娜二世之孙(其父阿列克谢·格里戈里耶维奇·鲍布林斯基是女皇和Г.莫尔洛夫的私生子),曾任侍从长官。

② 狄更斯《老古玩店》中人物奥克德布鲁克。——原编者注　此注有误。据译者考证,狄更斯《老古玩店》出版于1840年(一说为1841年),是普希金死后的事。普希金信中所言是指司各特于1816年发表的《The Antiquary》(《古玩家》),1825年至1826年出版俄译本《Антиквэриё》,故普希金所言是对的。

250. 致П. В. 纳肖金

1835年1月(不晚于8日)自彼得堡寄往莫斯科

亲爱的帕维尔·沃伊诺维奇:

终于收到你的来信,你无法想象我多高兴。我们先谈谈正事:在金钱方面跟我有往来的索博列夫斯基很快会给你送去两千卢布,所以请你放心。本来我想了许多话要对你说,请体谅我无力还债,可写在信上又觉多余,但愿我那迟到的钱到你那里正是时候。恭喜你有了女儿卡捷琳娜·巴芙洛芙娜,愿产妇健康(你来信没有说何时生的)。整个夏天我都在国内漫游,可是到处都见不着你;因为火灾你离开图拉,我在莫斯科待了一礼拜也没找到你;在托尔若克没人能告诉我你的去处。帕维尔·沃伊诺维奇,很高兴收到你的来信。看了你的信我知道了,你那惊人的善良、睿智和仁厚宽宏并未由于操劳全新的生活和我愧对你的友谊而有所改变。何时才能见到你啊!我有多少话要对你说啊,一年来积存下多少心里话啊。我们要能坐在你家的沙发上,叼着烟斗,慢慢叙谈,远离那位茨冈人的急风暴雨和拉赫曼诺夫的袭击。那该多好!给我来信吧,可能的话经常来信。请寄皇城滨河街洗衣桥巴塔舍夫[1]寓所(维亚泽姆斯基住过),别再寄到斯米尔金那里了,你的信他一放就是几个月,有时还会丢失。出于好奇,我想瞧瞧你的家庭生活和乡村生活怎么样。我一向是在暴风雨

---

[1] 笔误,应为巴拉绍夫。——原编者注

中、在颠簸的车船上了解你的。平静安宁的日子对你有什么影响吗？你见过彼得堡货栈卸载后的马匹吗？它们摇摇晃晃的，连走路都不会了。莫非你也是这样？不想对你谈我自己的事，因为我无意把莫斯科邮局当成知己，他们今年对我做了一些令人瞠目的卑鄙勾当；有机会我一定写信告诉你。暂且衷心拥抱你，吻产妇的双手。

251. 致П. В. 纳肖金

1835年1月20日自彼得堡寄往莫斯科

亲爱的帕维尔·沃伊诺维奇，现寄去一千五百卢布，其余五百卢布也该到你手里的，可是昨天叫一位把赌注加在别人赌注上的青年人借走了。你我都可能遇上令人十分同情的那种情况的，也许你会原谅我。不过，请把我的全部账单寄来。

内人衷心问候你的维拉·亚历山德罗芙娜；还在席勒太太那里替她定做了一顶帽子，今天就寄往莫斯科。内人说：因为纳肖金夫人是黑头发，还因为她脸长得漂亮，[①]所以才为她挑选了这种颜色的帽子，没要别的颜色。不过这是太太们的事儿。

可能你见到《普加乔夫史》了，但愿你没买，我专门给你留了一本。这是什么时代啊？普加乔夫竟成了认真支付代役租的人。叶梅利扬·普加乔夫，我那交代役租的农夫啊！他给我送来了不少钱。[②]近两年我却靠借贷过活，而且身上也是一个钱没有，不过欠的债都会付清的。现在，衷心拥抱你，吻过维拉·亚历山德罗芙娜的小手后，我就去邮局。

1835年1月20日

于圣彼得堡

---

① 原文为法文。

② 指《普加乔夫史》一书为诗人挣了不少稿费。

252. 致A. X.宾肯多夫

1835年1月26日于彼得堡

亚历山大·赫里斯托福罗维奇伯爵大人：

兹奉上不能载入《普加乔夫叛乱史》，却很有意思的一些史料，不胜荣幸。卑职曾恭求将这些材料呈奉当今皇上御览，并有幸得到恩准。

在此斗胆乞求大人开恩（这一恩惠于卑职至关重要），俯允查阅现存档案库有关普加乔夫之案卷。闲暇之余卑职可从中做些摘录，纵然不为发表，至少也可充实缺少这些史料则不能完善之拙作，亦可慰藉卑职无愧历史之良心。

谨致以崇高敬礼。

无限忠诚之仆

亚历山大·普希金

1835年1月26日

于圣彼得堡

253. 致Д. Н. 班蒂什-卡缅斯基

1835年1月26日自彼得堡寄往莫斯科

德米特里·尼古拉耶维奇大人：

我能在撰写拙作《史》一书时利用一些文章，多承见惠。现将这些文章如数奉还，不胜感激，同时奉上拙作《史》一本。大人对该书的评论实属珍贵：因为这是一位真正的历史学家，而非肤浅文人或誊文公的赞誉，它们使我引以为荣；从责备中我又将学会许多知识（大人自然知道，从我们那帮人云亦云的批评家口中能得到什么）。

《祖国之子》[①]上发现的两处错误，有劳大人自行改正：129页，“已经有十五俄里远”，应为“五十俄里”；第五章注释⑯中，把“托博尔斯克”改为“塔宾斯克”。

谨致以最崇高的敬意！

忠仆

亚历山大·普希金

1月26日

于圣彼得堡

① 指军事史学家В. Б. 布罗涅夫斯基在《祖国之子》（1835年1月，署名П. К.）发表的评论《普加乔夫史》的一篇文章。——原编者注

254. 致某女士[①]

1835 年 1(?)月于彼得堡

(草稿)

伯爵夫人：

此即众口议论之书，恳请夫人切勿让他人看到。如果说我不曾荣幸亲自将书恭呈夫人面前，也望夫人至少准许我亲自取回。

① 全信原文为法文。

255. 致И.И.德米特里耶夫

1835年2月14日自彼得堡寄往莫斯科

亲爱的伊凡·伊凡诺维奇阁下,小卡拉姆津把阁下的信给我看过,信上责备我无礼得不可宽恕。现急忙澄清如下:至今我未向阁下进贡,是因为时刻在等候正在巴黎雕制的叶梅利扬·伊凡诺维奇[①]的那幅肖像,我想奉送阁下一本自己的完整无缺又毫无差错的拙作。要不然,我不仅显得小气吝啬,而且简直是忘恩负义:拙作当得力于阁下那鲜明生动的作品,就连最苛求的读者也定会因阁下之作而多多原谅我的。

阁下嘲笑我们这一代人,阁下当然有充分权利这样做。在下无意为同时代的历史学家、诗人们辩护;这样那样的人自古有之,有的不屑于冒充内行和招摇撞骗,学识较为渊博,也更为勤勉;有的则有较多的真诚坦率与内心的热情。至于谈到金钱的妙处,恕我直言,在巨额文学交易中,卡拉姆津首先为我们做出了表率。

不知阁下是否操心我们科学院的命运。科学院不久前失去了自己的秘书,失去了一位鞠躬尽瘁,临终前还在校对所编词典最后一页的秘书[②]。不知接替他的将是何人,这一神圣职位不会空悬,但此常

---

① 即普加乔夫,全称为叶梅利扬·伊凡诺维奇·普加乔夫。

② 指彼得·伊凡诺维奇·索科洛夫,俄国科学院终身秘书,主编《俄语词典》。——原编者注。

任秘书一职，纵令不予废除，也是毫无意义的。

阁下那位同代人[①]，恕我在致安德烈·尼古拉耶维奇·卡拉姆津信中提到此人，谢天谢地，他身体健康，安然无恙，每日都要光顾斯米尔金的书铺子，礼拜六去科学院。他在书铺里收罗自己尚未售出的著作再散发给科学院的同事们，无私得令人感动。

谨致以最崇高的敬礼。

忠仆

亚历山大·普希金

1835年2月14日

于圣彼得堡

① 指德米特里·伊凡诺维奇·赫沃斯托夫。——原编者注

256. 致Д.Н.班蒂什-卡缅斯基

1835年4月2日自彼得堡寄往莫斯科

德米特里·尼古拉耶维奇阁下：

得知早已交出的阁下的文章居然还在所托之人手中，不胜懊恼和遗憾。在下这种无意之过失，务望宽谅。不知阁下是否收到《普加乔夫史》，我将此书与阁下的文章一并托付给那位漫不经心之人转交。

甚望阁下关照。谨致以最崇高的敬礼！

忠仆

亚历山大·普希金

1835年4月2日

257. 致 A. X. 宾肯多夫

1835 年 4 月 11 日于彼得堡

亚历山大・赫里斯托福罗维奇伯爵大人：

乞容卑职享用自己宝贵权利，将拙作[①]呈奉陛下御审。卑职甚望出版此作，诸多理由尽在前言中说明。

承蒙大人厚爱，故冒昧恭求大人俯允面见大人陈述自身情状。

谨致以最崇高的敬礼，并奉上无限忠诚。

忠仆

亚历山大・普希金

1835 年 4 月 11 日

于圣彼得堡

① 即《安哲鲁》一诗，普希金想恢复被书刊检查官删掉的诗句再版。

258. 致 П. А. 卡杰宁

1835 年 4 月 20 日自彼得堡寄往斯塔夫罗波尔

这么久没回你的信，实在对不起你。原因是没什么好消息可回信告诉你。你的十四行诗[①]实在是好极了，然而我不能发表。目前检查机关变得为所欲为、昏庸无道，俨然克拉索夫斯基和皮鲁科夫两个傻瓜在职之时，那些本来是痛斥他的东西却予以放行，而后，惊恐之中又任何东西都不放行。你的十四行诗倒数第二节[②]足以惊动整个检查委员会群起反对。

---

① 卡杰宁的十四行诗《高加索山脉》。——原编者注

② “你到底是上帝的造物，还是魔鬼的恶作剧？……”——原编者注

259. 致Л.С.普希金[①]

1835年4月23日、24日自彼得堡寄往梯弗里斯

来信迟复，因为没有要紧事通知你。自从我倾心于掌管父亲的产业以来[②]，连五百卢布的进项都没有收到过，至于借贷所得一万三千，却已花费殆尽。与你有关的账目如下：

付恩格尔哈德[③]	1330(卢布)
付饭店	260
付久梅(酒钱)	220
付帕夫利谢夫[④]	837
付裁缝	390
付普列谢耶夫	1500
此外　你领用的纸币	280
(1834年8月)金币	950
	5767

① 全信原文为法文。

② 普希金1833年开始管理父亲的领地，直到1835年。——原编者注

③ 恩格尔哈德，普希金彼得堡家中的管家。——原编者注

④ 此人1835年1月31日致信普希金说，他为普希金的弟弟支付一万八千卢布债款。——原编者注

你的借据(一万)[1]已经赎回。所以,除了对你来说算不得什么的住房、伙食、制衣费用外,你领用了一千二百三十卢布。

由于母亲的情况很不好,尽管我厌恶到了极点,我仍需料理家事,一有适当机会即当丢手。我将尽力让你得到自己那部分土地和农夫。但愿有朝一日你来经营自己的产业,你就不会像现在这样只顾自己无忧无虑、轻松自在地过日子了。从现在起你要常去看望父母双亲。你那些小额赌债,我没替你还,因为不想费心劳神去找你那些朋友——该他们来找我才对。

---

① 1833年11月27日出具给И. А. 鲍尔金的借据。——原编者注

260. 致 И. И. 德米特里耶夫

1835 年 4 月 26 日自彼得堡寄往莫斯科

亲爱的伊凡·伊凡诺维奇阁下，承蒙所赐亲切话语并对描写片段历史的拙作予以令人快慰的勉励，谨表由衷谢意。该书受到咒骂理所当然：我写此书是为了自己，并未考虑出版，故而只是着力于把相当混乱的事件记录叙述清楚。读者喜好逸事奇闻、地方特色之类，我却把这一切统统放在注释之中。至于那些由于我把普加乔夫写成了叶梅利扬·普加乔夫，而不是写成拜伦式的莱拉而感到气愤的思想家，我乐意奉劝他们去找波列沃依，此君可能会按合适的价码，照最新模式将主人公理想化的。

阁下垂问谁来当我们科学院秘书，此事似乎尚未定下来。乌利斯·洛巴诺夫[①]和埃阿斯·费奥多罗夫[②]正为阿喀琉斯的兵器争执不休，可是这件武器恐怕要归雅济科夫-涅斯托耳[③]所有(起码要归出版商涅斯托耳所有)。阁下是我国的预言家。

我国科学院流年不利：刚来了位副院长敦杜科夫-科尔萨科夫，索科洛夫便长眠地下。乌瓦罗夫诡计多端，敦杜科夫-科尔萨科夫不过是他的弄臣而已。有人说过，有主角必有配角；有一个在钢丝上翻

---

① 指 M. E. 洛巴诺夫，文学家。信中普希金戏称他为希腊神话人物乌利斯。

② 信中普希金戏称费奥多罗夫为希腊神话英雄埃阿斯。

③ 指 Д. И. 雅济科夫，曾译施莱格尔的《涅斯托耳》，普希金戏称他为希腊神话英雄涅斯托耳。

筋斗，必有另一位在下边守着。

谨致以最崇高的敬礼，并奉上最深厚的忠诚。

忠仆
亚历山大·普希金
1835 年 4 月 26 日
于圣彼得堡

261. 致 B. A. 佩罗夫斯基[①]

1835 年 3 月、4 月自彼得堡寄往奥伦堡

兹奉上《普加乔夫史》，以作我们在别尔德漫游之纪念；另三册劳驾转达里[②]、波卡季洛夫[③]、与瓦伦施泰因[④]或与恺撒比赛打丘鹬的那位猎人[⑤]。但愿在彼得堡的舞会上我们能会面，希望能在草原上、乌拉尔山区重逢。

亚・普

① B. A. 佩罗夫斯基(1795—1857)，伯爵，茹科夫斯基的朋友，曾任奥伦堡省总督。

② 达里(1801—1872)，俄国作家、语言学家。

③ 波卡季洛夫，哥萨克首领。——原编者注

④ 瓦伦施泰因(1583—1634)，1618 年至 1648 年“三十年战争”中的德军统帅，“大洋及波罗的海”总督。

⑤ 指 K. Д. 阿尔丘霍夫，上尉工程师。——原编者注

262. 致 И. М. 片科夫斯基

1835 年 5 月 1 日自彼得堡寄往波尔金诺村

您的全部安排和打算我完全赞同。我想 7 月份去你们那里。我在彼得堡的事已见难办,不过,希望能扭转过来。按照与家父商定的办法,基斯捷涅沃庄园的收入,今后只供弟弟列夫·谢尔盖耶维尔和姐姐奥莉加·谢尔盖耶芙娜用度。因此我的那一份收入全部寄到姐姐或姐夫尼古拉·伊凡诺维奇·帕夫利谢夫要求之地点;另一半收入(除却付当铺利息)需寄到列夫·谢尔盖耶维奇要求的地点。波尔金诺庄园则留给家父。

几天内有更详细的通知寄给你。[①]

亚·普希金

于 5 月 1 日

---

① 普希金不再管理父亲领地,拒绝直接支付姐姐和弟弟的费用。——原编者注

263. 致Л.С.普希金

1835年5月2日自彼得堡寄往梯弗里斯

父亲同意让你全权管理基斯捷涅沃庄园一半产业,我那一份(只是收入)让给姐姐。此事我已通知管家。你的净收入约两千卢布——我建议你把提成部分付给管家,自己只收这笔款子,两千卢布不算什么,不过还是可以维持生活。我们的母亲可能不行了,她现今虽然好些,但并未痊愈。我想她活不了多久了。

亚·普

5月2日

264. 致 Н. И. 帕夫利谢夫

1835 年 5 月 2 日自彼得堡寄往华沙

亲爱的尼古拉·伊凡诺维奇阁下：

久未给阁下回信，因为没有什么肯定性的事情可奉告。现对阁下两次来信一并作复：除了无话可说的那部分外，阁下几乎全对。我们现在来谈正事。阁下索求我姐姐那份合法财产。我们的家庭状况阁下是知道的，我们家无论认真做什么都很难，这阁下也是知道的，对此我们另找时间再谈吧。前几天我向父亲提出家事安排，谢天谢地，他同意了。是这样安排的：他把基斯捷涅沃庄园一半给列夫·谢尔盖耶维奇，我那一半（即收入）让给姐姐，让她有进项并能支付当铺之利息。此事我已致信管家。波尔金诺庄园留给父亲。对我来说，这当然算不上牺牲和施舍，只是为将来着想。我自己的家庭和我的事业情况也不妙。我打算离开彼得堡，到乡下去，只要不会为此招致不快。

项圈和扣针人家给过八百五十卢布，阁下以为如何？阁下不妨来彼得堡，不过，这事我们还来得及联系。

庄园至今还由我管理，我想 7 月以前把它交出来。母亲轻松点了，情况全然不像她自己想象得那么好，大夫们对她康复已不抱希望。

衷心问候阁下与姐姐。

亚·普希金

5 月 2 日

265. 致 M. П. 包戈廷

1835 年 5 月初自彼得堡寄往莫斯科

（草稿）

亲爱的米哈伊洛·彼得罗维奇阁下：

刚收到最近一期《读者文库》小册子，见上面有中篇小说，署名别尔金——也见到阁下大名。这篇小说[①]我还未拜读便急忙向阁下声明：那个别尔金，不是我这别尔金[②]，对他那些荒唐事我不负责。

此信由谢苗先生送上，他是《彩画年鉴》出版人，打算画画莫斯科，我刚打发他去见该城的热爱者。

请告诉观察家们[③]，请他们提供情况稍为准确点。

---

① 即 O. И. 先科夫斯基的中篇《世上失传的小说》，作者在书中讽刺了包戈廷的小说《莫斯科的马车夫》。

② 普希金曾以伊凡·彼得罗维奇·别尔金为笔名出版过《别尔金小说集》。

③《莫斯科观察家》的出版者。——原编者注

266. 致Н. И. 冈察罗娃

1835年5月16日自彼得堡寄往亚罗波列茨

亲爱的娜塔丽娅·伊凡诺芙娜岳母大人：

我幸福地恭贺夫人喜添外孙格利高里①，希望他能得到您的厚爱。娜塔丽娅·尼古拉耶芙娜顺利分娩，不过折腾的时间较长——至今仍未全好，虽然谢天谢地并无任何危险。她是我不在家时分娩的，我有事不得不去普斯科夫乡下，孩子生后的第二天才回来。我到家时惊扰了她，所以昨天她颇为难受，今天好些了。她叫我请您为她、为新生儿祝福。

昨天收到夫人寄来的小盒子，里面有一顶帽子，还有一纸便函。我没拿给她看，免得病中伤心。看来夫人嘱托之事她办得不好，她看了便函会以为夫人在生她的气。

亲吻夫人的双手，并致以最崇高的敬礼。

忠仆、小婿

亚·普希金

---

① 普希金之子格利高里生于1835年5月14日。——原编者注

267. 致C. C. 赫柳斯京①

1835年5月25日于彼得堡

贱内突感不适，故在下不能前往贵府赴宴，务请多多见谅。劳驾将西尔库尔②先生之地址告我为盼。

普希金

5月25日

① 全信原文为法文。C. C. 赫柳斯京（1810—1844），"美洲人"费奥多尔·伊凡诺维奇·托尔斯泰伯爵之外甥。

② 西尔库尔，法国政论家，赫柳斯京的姐夫。——原编者注

268. 致 B. Φ. 奥多耶夫斯基

1835 年 4 月至 5 月于彼得堡

阁下把我当成什么人了？在莫斯科我听信了一次傻瓜的话，就再也不会相信了。听是要听他的，不过要在《编年史家》[①]上臭骂他一通。所以订购吧，公爵！请先给钱。阁下习惯了，也就喜欢了。不要吝啬。我们何时才能见面呢？

亚・普

① 普希金为计划出版的报纸副刊选定的名字，该报未能出版。——原编者注

269. 致 A. X. 宾肯多夫[①]

1835 年 4 月至 5 月于彼得堡

今有一事斗胆恭请大人定夺。

陛下曾于 1832 年恩准卑职担任政治-文学性报纸之出版人[②]。办报非卑职本行,诸多方面也令人不快。此前曾希望不靠办报维持生计,但如今种种情势却迫使卑职不得不求助于这一手段。托陛下洪福,在彼得堡生活,卑职本可从事更为重要、更合自己兴趣的职业。然而维持生计所需之巨大开支与极度破败之家业,迫使卑职或者放弃对自己如此宝贵的历史著作[③]之创作,或者再次乞求陛下圣恩。然而陛下对卑职恩宠已厚,自己再无任何权利妄求。

办报可使卑职在彼得堡生活下去、履行神圣职责。故望成为诸多方面与《北方蜜蜂》类似的报刊之出版人[④];至于在小品栏中难有容身之处的那些纯文学作品(如长篇评论、中短篇小说、诗歌等),卑职想专集出版(像英国《评论》那样),三个月出一集。

不过,卑职之所虑,均需向大人禀明,务望大人鉴谅。如同招惹母亲姓科尔萨科娃的那位敦杜科夫公爵不快一样,卑职又不幸招致国民教育大臣之恶感。两位大人均已用令人相当不快的方式让卑职

① 全信原文为法文。

② 指《日记报》。

③ 普希金正在构思的《彼得一世史》。——原编者注

④ 普希金获准出版《现代人》杂志(1836 年开始发行)。——原编者注

领教过了，涉足完全由此二位执掌之领域，若无大人直接之庇佑，卑职断无生路。有鉴于此，冒昧恳求大人从部下之中为卑职报纸指派检查官。报纸需与《北方蜜蜂》同时出版，这于卑职尤为必要。卑职亦应有暇翻译那些新闻——否则不得不重登人家头晚已发表过的新闻，倘若如此，仅此一端也足以断送卑职之报业。

270. 致A. X. 宾肯多夫[1]

1835年4月、5月于彼得堡

（二稿）

卑职呈请担任（政治-文学）报纸出版人时，虽亦自感此事有诸多困难，然家事堪忧，万般无奈中只好如此。卑职与贱内均无财产，家父产业又如此破败，令卑职不得不接手管理领地，以图一家老小之未来生计有所保障。卑职之所以想当报人，唯求不因轻慢曾为卑职提供四万收入、曾救卑职于危难之中的手段而自责。卑职之设想未获皇上赞许，而今颇有如释重负之感。陛下乃是卑职唯一希望之所在，故而卑职自认务必祈求皇上恩典。伯爵大人，祈容卑职陈明窘境，赐以庇护。

卑职只需借贷十万卢布，即可偿还全部债务、能生存下去、安排好家事，最终可无牵无挂、无忧无虑地埋头创作历史著作，全心全意地干自己的事业。不过这在俄国是不可能的。皇上至今一再恩典微臣，微臣实感无颜再求皇上……而今皇上已赐微臣公职，并赏年俸五千。此款当为十二万五千卢布本金之利息。陛下若能恩准不发年俸而将此本金贷与微臣，十年为限，不取利息，则微臣福星高照、高枕无忧矣！

---

① 全信原文为法文。

271. 致 A. X. 宾肯多夫[①]

1835 年 6 月 1 日于彼得堡

伯爵大人：

卑职屡屡相烦，甚觉惭愧。然大人一向宽容体恤，对卑职不知天高地厚之过定会原谅。

卑职身无财产，无论自己还是贱内，均未得到应得的那份财产。时至今日，卑职依然自食其力，固定收入——唯有皇上恩赐之年俸。为养家糊口写作，当然无伤体面。卑职一向独立不羁，全然不为金钱写作，卑职一事无成亦缘于此。彼得堡生活费用昂贵，令人生畏，卑职对不得不开支的费用至今仍然不以为意，因为政治-文学报纸——纯粹商业交易——可为卑职顷刻带来三四万收入。然而卑职如此厌恶此事，不到万不得已不会着手办报。

现在，卑职被迫停止巨大的开支。这般花销只将使卑职债台高筑、终日劳作而不得安宁，甚至陷入一贫如洗、谋生无望之绝境。在乡下隐居三四年后，卑职便可能重返彼得堡，重操皇上恩定之事业，皇上这一恩典微臣感戴至今。

皇上恩重如山，如疑心微臣离开彼得堡除必要理由外别有用心，定将陷微臣于绝境。陛下表示丝毫不满与疑心足以令微臣陷于现今这种困境而不能自拔。无论如何，宁愿家境窘迫也不愿成为恩主心

① 全信原文为法文。

目中不仁不义之人。皇上有恩于微臣，并非作为君王的恩典，亦非缘于君臣职分与道义，而是出自一种天然、高尚与宽厚仁慈的友善之心。

伯爵大人，卑职命运全仰仗您了。

谨致以最崇高的敬礼！

最卑贱忠诚之仆
亚历山大·普希金
6月1日
于圣彼得堡

272. 致 H. И. 帕夫利谢夫

1835 年 6 月 3 日自彼得堡寄往华沙

亲爱的尼古拉·伊凡诺维奇阁下：

阁下希望知道家父财产状况，特为阁下列出下表：

据第七次男性人口普查，波尔金诺村农奴五百六十四人；

基斯捷涅沃村(含季马舍沃村)四百七十六人；

已故瓦西里·利沃维奇曾拥有波尔金诺另一半财产，大约也是六百农奴，继承人分割这份产业三年之后已经出售。我无法承担死者债务，因为我已拮据异常；舍弟列夫·谢尔盖耶维奇看来想也不曾想过这事，因为第一次至少就要支付六万。可惜当时您没跟我联系，若当时想到阁下能接管这个庄园就好了，我就不会推辞这份遗产了。

基斯捷涅沃庄园的收入，我转让给姐姐的那部分的委托书，阁下很希望拿到，我欣然从命，只是劳驾相告：该委托书是给您寄去，还是阁下自己来取？我们如能通盘谈谈，不失为件好事。

您的　亚·普希金

1835 年 6 月 3 日

273. 致 B. A. 杜罗夫

1835 年 6 月 16 日自彼得堡寄往叶拉布加

亲爱的瓦西里·安德烈耶维奇先生：

来信收悉，大喜过望，令我回想到与先生亲密的老交情[①]，赶忙给你回信。

如《札记》作者[②]同意将其大作托付于我，我愿意为之出版奔走效力。如想出售手稿，请她出个价。要是书商不买，也许我可以买下，看来此稿可望受到好评。作者的经历非同凡响，如此有名又如此神秘，披露此谜定会造成广泛而强烈的效果。至于风格，越简练越好，主要是真实、诚挚。题材本身就如此引人入胜，无须任何粉饰，粉饰甚至有损这一题材。

先生开始了新的生活，谨此恭贺。我千方百计筹措的十万卢布，看来您一个子儿也没花，太可惜了。不过金钱是可以挣来的，关键是我们要活着。

再见。

急切盼复。

---

① 普希金于 1829 年在高加索与杜罗夫结识。

② 指纳杰日达·安德烈耶芙娜·杜罗娃(1783—1866)，婚后随夫姓切尔诺娃，俄国第一位女军官，1806 年女扮男装参加哥萨克骑兵团，曾参加 1812 年至 1814 年普鲁士战争，当过库图佐夫元帅的传令官，俄国女作家，笔名亚历山大·安德烈耶维奇·亚历山德罗夫，著有《一个女骑兵的札记》。

谨致以最崇高的敬礼，并献上一片忠诚。

忠仆

亚·普希金

1835 年 6 月 16 日

于圣彼得堡

皇城滨河街巴拉绍夫寓所

274. 致 A. A. 克拉耶夫斯基[1]

1835 年 6 月 18 日于彼得堡

我没给莫斯科的朋友们写过任何作品。请费心将《乌云》诗中倒数第二行改正过来：

风儿抚弄着树上的枝条

---

① A. A. 克拉耶夫斯基(1810—1889)，撰稿人，普希金与莫斯科各杂志(包括《莫斯科观察家》)的中介人，《乌云》一诗即登载于《莫斯科观察家》上。——原编者注

275. 致Г.诺尔金[①]

1835(?)年5月、6月于彼得堡

先生,为您那可爱的私货,务请接受我最最真诚的谢意。如若再次麻烦先生,不知能否见谅?

我急需海涅那家伙论德国的那本书。[②]

亚·普希金

---

① 全信原文为法文。Г.诺尔金(1799—1867),瑞典外交家,瑞典-挪威驻俄使馆秘书,普希金在彼得堡的熟人。

② 普希金需要在俄国列为禁书的海涅《论德国》一书(1835年在巴黎出版的法文版第五卷、第六卷),此书似乎得到了。——原编者注

276. 致 С. Л. 普希金[①]

1835 年 5 月下旬(23 日后)至 6 月于彼得堡

(草稿)

你们的收入二万二千(卢布),最后欠庄园一百七十六(卢布)。

家用	11800
付列夫	1500
付奥莉加	1500
付管家	600
欠债	15400
欠税	……

所以你们需要再付:

你们已收	1600	
22000	16000	付清
15400	2500	……杂项
6600	2000	应付

① 全信原文为法文。此即普希金移交父亲领地时的账单。

277. 致 A. X. 宾肯多夫

1835 年 7 月 4 日于彼得堡

亲爱的亚历山大·赫里斯托福罗维奇伯爵大人：

在呈奉大人之函中，卑职曾荣幸恭陈：除非退职，否则卑职绝不可能在乡下住上几年。微臣命运全凭圣裁，唯求圣裁不会标志微臣失宠，并祈望留居彼得堡时切勿禁止微臣出入档案馆。

谨致以最深厚之敬礼、忠诚与感激。

忠仆

亚历山大·普希金

1835 年 7 月 4 日

于圣彼得堡

278. 致 Н. И. 冈察罗娃

1835 年 7 月 14 日自彼得堡寄往亚罗波列茨

亲爱的娜塔丽娅·伊凡诺芙娜岳母大人：

衷心感谢为小儿[①]寄来礼物，礼物来得太是时候了。我们原盼德米特里·尼古拉耶维奇[②]前来参加洗礼，可是没盼到。他来信说有事耽误了，有关 N 伯爵夫人的想法落空了，看来他还未绝望。按岳母吩咐的，我尽可能温柔地吻了妻子，她吻你双手，还要给你写信。目前我们住在黑溪边上的别墅，打算离开这里去乡下，可能要住上几年：迫于形势。不过我还在等待皇帝陛下对我命运的裁决，陛下对我很好，陛下之意志便是我的法律。

今有一事求您，还要向您谈谈家事：时至今日我们主要的烦心事在于跟厨子处不好，他们在彼得堡过于骄纵，工钱也实在太高。如果岳母在亚罗波列茨家中有多余的厨子（只要人好、老实、没有不良行为），请岳母行行好打发到我们这儿来——尤其是我们去乡下以后。如此不客气地公然相求，务请原谅，希望您宽宏仁慈、特别照顾。

妻子、孩子们和两位姨妈，谢天谢地，都很健康，她们都亲吻您的双手。玛莎想参加舞会，说她已经向小狗们学会跳舞了。您看，转眼间她们就长大了，要做新娘了。

---

① 普希金之子格利高里。——原编者注

② 德米特里·尼古拉耶维奇，娜塔丽娅·尼古拉耶芙娜的大哥。——原编者注

谨致以最深沉的敬意与忠诚。

忠仆、小婿

亚·普希金

7 月 14 日

279. 致 A. X. 宾肯多夫[①]

1835 年 7 月 22 日于彼得堡

伯爵大人：

卑职有幸造访府上，却逢大人外出。遗憾之至。卑职深荷陛下洪恩，又多承伯爵大人体恤，自当晋谒面谢，并想向大人恭陈自身境况。

留居彼得堡这五年间，卑职欠债已达六万卢布之巨，此外还被迫接手经管领地，致使身陷困境，无奈拒绝承继家产，唯一办法是将自己的事务理出头绪，或避居乡下，或一次性借贷一笔巨款。然而，后一办法在俄国几乎是不可能的，因法律为债权人提供之保障过于无力，借贷活动实际上总是朋友间凭口头协议办理。

卑职感恩戴德并无任何不快：当然，微臣忠于皇上也并非别有所图，所以并不感到有何耻辱与愧心；不过卑职却有自知之明，绝无任何权利企求任何赏赐，也不可能恳请什么。

有鉴于此，卑职再将命运托付伯爵大人，务请相信卑职对大人所怀无上敬意与感戴之情。

忠仆

亚历山大·普希金

1835 年 7 月 22 日

于圣彼得堡

---

① 全信原文为法文。

280. 致 B. Д. 沃尔霍夫斯基[①]

1835 年 7 月 22 日自彼得堡寄往梯弗里斯

尊敬的弗拉基米尔·德米特里耶维奇，我友好地、最恭顺地相求：扎别拉伯爵要去格鲁吉亚到你麾下任职，亲朋好友都替他向你求情，请求你的保护和赏识，这对他完全必要。我知道自己出面说情纯属多余，但是能借此机会在信上提醒你回忆起真诚忠心于你的皇村学校老同学也自感有幸。

现把我的新作《普加乔夫史》寄给你。该书中我竭力探求当时的军事行动，一心想把它们记述清楚。这耗费了我不少心血，因为长官们行事颇没条理，他们写的战报就更加混乱：夸大战功、掩盖败绩，乱作一团。这些都需核实查证，等等。你对此书的意见，从各方面讲对我都是宝贵的。

谨祝健康、幸福。

亚·普希金

1835 年 7 月 22 日

于圣彼得堡

---

① B. Д. 沃尔霍夫斯基（1789—1841），普希金皇村学校同学，“幸福同盟”成员，其时任高加索独立军团参谋长。——原编者注

281. 致A. X.宾肯多夫[1]

1835年7月26日于彼得堡

伯爵大人：

在此拜领洪恩之际，另有两大恩惠祈求，为此，心情格外沉重。然则卑职决心竭诚求助于堪称卑职神明之人。六万卢布债务中，关乎卑职名声者有半。为了却此债，卑职无奈，或向高利贷者举债，进而势必令卑职陷于更为难堪之境地；或再次祈求陛下之恩赏。

为此，微臣恳请皇上赐我彻底之恩赏：首先，赐我偿还三万债务之能力；其次，恩准将此款作为借贷，下旨停发微臣薪俸，直至还清此款为止。[2]

一切全仰仗大人。谨致以最崇高的敬礼和最深沉的感激。

最恭顺最卑贱之仆

亚历山大·普希金

1835年7月26日

于圣彼得堡

---

① 全信原文为法文。

② 普希金此请获准。

282. 致 A. A. 富克斯

1835 年 8 月 15 日自彼得堡寄往喀山

为等待巴黎寄来普加乔夫肖像，贡品久久未能奉上；此像终于收到了，便急忙寄出拙作。冒昧把给雷布什金先生的一册也寄您转交，请原谅。我曾有幸向雷布什金先生学过有趣的喀山史。

在下仰仗您那珍贵的厚爱和尊敬的卡尔·费奥多罗维奇[①]的友谊（拙著印制不佳，特向先生致歉）。

谨致以深深的敬礼……

1835 年 8 月 15 日

于圣彼得堡

---

① 指卡尔·费奥多罗维奇·富克斯，A. A. 富克斯的丈夫。

283. 致 Е. П. 柳岑科[①]

1835 年 8 月 19 日于彼得堡

亲爱的叶菲姆·彼得罗维奇先生：

给先生惹了麻烦，抱歉得很。斯米尔金自食其言，我认为确实是他把事情搞糟了。[②] 出版先生诗作用不了一千五百卢布，他弄错了。我去乡下，没有亲自承办此事。我刚给科尔夫男爵写了信，请他为您这位校友说几句好话。但愿他能尽力。

谨致敬礼。

忠仆

亚·普希金

1835 年 8 月 19 日

① Е. П. 柳岑科(1792—1869)，官员，文学家。1811 年至 1813 年任皇村学校总务主任。

② 柳岑科翻译了维兰德诗体小说《佩尔冯蒂，又名心愿》，斯米尔金不给出版。该书后来更名为《瓦斯托拉，又名心愿》，未标译者，仅注明亚·普希金出版。——原编者注

284. 致 B. A. 波列诺夫[①]

1835 年 8 月 28 日于彼得堡

亲爱的瓦西里·阿列克谢耶维奇阁下：

今有一事恭求阁下。

皇上降旨恩准在下启封普加乔夫档案，供编写《历史摘要》之用。圣彼得堡参政院提供的八袋案卷中，在下没有找到最主要的文件：没有成立于莫斯科的侦查委员会所录普加乔夫亲口供词。故而冒昧恭请阁下示意 A. Ф. 马林诺夫斯基[②]，此人可能知道该要件保存何处。

谨致以最深的敬礼。

恭仆

亚历山大·普希金

---

① B. A. 波列诺夫(1776—1851)，文学家、语文学家，1834 年起任国家档案馆馆长。

② A. Ф. 马林诺夫斯基，外交部莫斯科档案处处长。——原编者注

285. 致 E. Φ. 坎克林[①]

1835 年 9 月 6 日于彼得堡

尊敬的叶戈尔·弗拉采维奇大人：

在下不揣冒昧，先行陈明一事，恭求大人关照。

迫于家境，在下只好呈请辞职，欲去乡下避居数载，不意皇恩浩荡，降旨：不得中断撰写史书，赐一万卢布以资救助。无奈此款无济于改善在下之窘境。若继续留居彼得堡，境况势必日渐恶化，进而只得吁请政府救济，或奏祈皇上赏赐。对此，在下又不习惯。幸而在下至今一直自食其力，从未仰仗他人。

有鉴于此，微臣斗胆奏请皇上恩典：1）与其救济，不如贷款三万卢布应急，支付必要开销；2）停发薪俸，直至抵消贷款完毕。或此或彼，全凭圣裁。

然国库仅发在下一万八千卢布，并非三万，已先行扣除种种利息以及此前用于出版书籍之一万。这么一来，在下境地较以前尤为窘迫：无奈中还得留在彼得堡，拖着还不清之债务，又失去了五千卢布薪俸。

今斗胆恳请大人，容在下领足万般无奈中向皇上奏请之款额，仅支付 1834 年贷款之利息，直至家境改善能够偿还本金为止。

在下一切全仰仗大人关照。

---

① E. Φ. 坎克林，财政大臣。

谨致以最崇高的敬礼。

最恭顺之仆
亚历山大·普希金
1835 年 9 月 6 日

286. 致H.H.普希金娜

1835年9月14日自米哈伊洛夫斯克村寄往彼得堡

我没告诉你我的地址，你也不问，你我可真行啊。我的地址就是：普斯科夫省奥斯特罗夫三山村。今天是9月14日，离开你已经一礼拜了，亲爱的朋友，可我看不出这有什么好处。我还没有开始写作，也不知何时才能开始。一直在想念着你，可就是想不出什么有用的东西来。很后悔没把你一道带来。这儿天气真美！已经三天了，我都在游逛，不是散步便是骑马，就这样把秋天闲逛过去，等老天爷让这儿冷起来时，便一事无成地回到你那里去。普拉斯科维娅·亚历山德罗芙娜还没来，她可能在别基切娃的村子里，也可能正在普斯科夫忙碌。这儿天大家都在等她来。今天我从左边看见月亮了[①]，于是就为你担心起来，非常担心。我们的邮件到了吗？你见过坎克林娜伯爵夫人了？如何答复的？若坎克林伯爵为难我们，我们还有尤里耶夫伯爵呢，我介绍你去找他。尽量多来信，来信告诉我你都在做些什么，让我知道你在向谁卖弄风情，常到哪些地方去，举止是否端庄，搬弄什么是非，跟你的同名人[②]争风吃醋是否幸福。再见，亲爱的；吻玛丽娅·亚历山德罗芙娜[③]的双手，请她在你面前保护我。吻

---

① 俄罗斯人有种古老的风俗习惯，认为从左边望去看到月亮不吉利。

② 指З.К.穆欣娜-普希金娜。

③ 指普希金三岁的女儿。

萨什卡的圆额头,祝福你们大家,衷心问候两位姨妈和阿齐娅与科科两位姨妹。你告诉普列特尼奥夫,让他谈谈我们大家都感兴趣的事情。

287. 致 П. А. 普列特尼奥夫

1835 年 9 月 1 日至 15 日自米哈伊洛夫斯克村寄往彼得堡

你劝我把《奥涅金》继续写下去，说没有写完……

288. 致 А. И. 别克列绍娃[①]

1835 年 9 月 11 日至 18 日自三山村寄往普斯科夫

我的天使，真遗憾没有碰上您。叶夫普拉克西娅·尼古拉耶芙娜说您又打算来我们这偏僻之地，我高兴极了！来吧，看在上帝的分上，23 日以前来都行。我要您认错、解释，等等，满腹心里话要对您说。有了空闲，我们也许会彼此迷上的。我给您写这封信时，玛丽娅·伊凡诺芙娜[②]就坐在我斜对面，宛如您的化身。您难以相信，她竟然提起了从前的时光：

还有那到奥波奇卡的旅行……[③]

原谅我说了许多友好的闲话。吻您的双手。

亚·普

---

① А. И. 别克列绍娃（1864 年卒），娘家姓奥西波娃，普拉斯科维娅·亚历山德罗芙娜·奥西波娃前夫之女。

② 玛丽娅·伊凡诺芙娜，别克列绍娃之妹。——原编者注

③ 引自普希金《承认》一诗。该诗是为 А. И. 别克列绍娃写的。

289. 致 H. H. 普希金娜

1835 年 9 月 21 日自米哈伊洛夫斯克村寄往彼得堡

我的爱妻,已经是 21 日了,还没有收到你的只言片语。这不禁让我提心吊胆。虽然我也知道 17 日前也许你不知道我在巴甫洛夫斯克的详细地址,对吗?何况彼得堡的邮件一礼拜才来一回,但我还是忐忑不安,什么也写不下去,时间却在流逝。或独坐斗室,或漫步林间,要是没有人来妨碍我遐想,我可以想得头昏脑涨,思维之活跃,你不可能想象得到。可我在想些什么呢?想的就是我们将来如何生活?父亲不会留给我财产,他已把家产挥霍过半,你们的家产也所剩无几了。皇上既不让我当地主,又不准我当撰稿人。我不能为金钱写书,这一点苍天可鉴。我们没有一点靠得住的收入,靠得住的开支却有三万,担子都压在我身上,压在姨妈身上,我和姨妈总不能长生不老呀。天知道那时候又会怎么样。所以我犯愁。吻吻我吧,说不定噩运会过去的。可就是你的红唇够不着四百俄里之外,只有干待着发愁,有什么法子!现在且听我报告:我在弗列斯基家这是第三天了,就住在这里。我们都等着普拉斯科维娅·亚历山德罗芙娜[①],可她没来。弗列斯卡娅是位十分善良可爱的老太太,就是太胖,胖得像咱们普斯科夫的大僧侣麦福季。可她的肚子并不显眼,就像你见到她时那样。我向他们借一本瓦尔特·司各特的书重读。可惜没带英

① 指普拉斯科维娅·亚历山德罗芙娜·奥西波娃。

文书来，顺便说一下，如果可能，把蒙田[①]的《随笔集》给我寄来，是四册蓝色封皮的书，在我的长书架上，好好找找。今天天气阴沉，秋天来了。也许我不再出门了，坐等普拉斯科维娅·亚历山德罗芙娜来。她今天也许要去三山村。——我走路太多，骑马、骑劣马太多，它们很高兴让人骑，因为骑过后能吃上燕麦。它们吃燕麦还不习惯。我像芬兰佬那样吃烤土豆，像路易十八那样吃半生的鸡蛋，这就是我的午饭。九点睡觉，七点起床。现在我要求你也这样详细地向我报告。亲吻你，我的心肝。亲吻孩子们，衷心祝福你们，祝你们健康。问候妹妹们，该怎么称呼呢？妹妹们，还是姨妹们？再见。

---

① 蒙田（1533—1592），法国散文家、思想家，怀疑论研究者。

290. 致 H. H. 普希金娜

1835 年 9 月 25 日自三山村寄往彼得堡

我在三山村给你写信。已经是 25 日了,也没见到你只字来信。怎么回事啊,贤妻?这让我生气,也让我担心。你把自己的信寄到哪里去了?要写上:普斯科夫,普拉斯科维娅·亚历山德罗芙娜·奥西波娃夫人转亚·谢·普那位著名作家即可。这么写,你的信肯定会送到我手里,不然,收不到你的信我要变傻的。亲爱的,你身体好吗?孩子们好吗?我们的家怎么样了?你管理得如何?你想想看,时至今日,我一个字也没写成,都怪心绪不宁。我发现米哈伊洛夫斯克还是老样子,除了我的老奶妈离开人世外,还有就是我熟悉的那片老松林边上我不在时长出了一些小松树。望着这些小树我心里难过,如同我在自己已经不跳舞的那些舞会上望着年轻的禁卫重骑兵们时心情那般沮丧一样。可又毫无办法;周围的人都说我老了,有时人家还用地道的俄语明明白白地说出来。比如,昨天碰到一位熟识的妇人,我可不能对她说她全变了,可她却说:"哎呀,老乡,你老啦,丑啦。"虽然跟过世的奶妈一起时我可以说:我从未漂亮过,却年轻过。这一切都算不上什么不幸,不幸的是你不注意,我可早就注意到了,朋友。我的美人儿,我不在时你做些什么?告诉我你忙什么?常去什么地方?又有些什么流言蜚语,等等。我听说卡拉姆津娜和麦谢尔斯基夫妇来了,别忘了告诉她们,我衷心问候她们。三山村的人都快走光了。叶芙普拉克西娅·尼古拉耶芙娜和亚历山德罗芙娜·伊凡诺芙娜出嫁了，不过普拉斯科维娅·亚历山德罗芙娜还是老样儿，我也很爱她。我举止谦和得体，或散步，或骑马闲逛，看看瓦尔特·司各特的小说，这些小说让我赞叹不已，再不然就是唉声叹气地想你。再见，重重地吻你，祝福你，祝福孩子们。科科和阿齐娅在干什么？出嫁了？告诉她们，没得到我的祝福别嫁。再会，我的天使。

291. 致H.H.普希金娜

1835年9月29日自米哈伊洛夫斯克村寄往彼得堡

亲爱的，昨天收到了你两封信。我难过极了。卡捷琳娜·伊凡诺芙娜害的什么病？你写的是重病，有危险吗？亟盼你的通报。这一切都是因为她那非人能忍受的生活方式，看来波利耶伯爵小姐终于要嫁给自己的公爵了？坎克林在开玩笑——可我没心思开玩笑，陛下恩准我办报纸，他们却不许，逼着我住在彼得堡却又不给我手段谋生。我在白白浪费光阴与精神，抛撒血汗钱，看不到未来有何希望。父亲空耗家业，从不精打细算。由于去世的阿法纳西·尼古拉耶维奇的愚蠢和粗心，你们家也快把家产吃光了。天知道这会有什么结果。失火可能是因为你那位宫女疏忽，我不在，她们可真快活！幸亏只烧了帘子。你把克恩太太[①]的条子转寄给我。这位傻瓜心血来潮，要翻译乔治·桑的作品，还求我为她和斯米尔金拉皮条。让他们这一对见鬼去吧！我托安娜·尼古拉耶芙娜替我给她回信，告诉她，如果译文能像乔治·桑的翻版一样准确，那她无疑是成功了，但我跟斯米尔金没有任何关系。——普列特尼奥夫好吗？他在考虑我们共同的事业吗？可能没有。我的日子过得非常单调。上午无事可做，闲聊而已。晚上去三山村，钻进旧书堆里伤脑筋。诗歌呀，散文呀，都想写，告诉萨什卡，我这里有些白李子，不是他偷吃你的那种。

① 原文为法文。

告诉他，我让他来跟我一起吃。玛什卡好吗？她跟小穆齐卡还相好吧？她又有什么得意事吧？来信告诉我一些政治新闻：这里看不到报纸——我没去俱乐部，希特罗沃也没见着，不知道外面的大千世界发生了什么事。皇帝们何时驾临，没听到点什么吗？如战争的消息，等等。我为你们祝福——祝你们健康，吻你。地址你写得多糊涂，怎么能这样连起来写！寄普斯科夫省米哈伊洛夫斯克村！你呀，亲爱的！连什么县都没写。我想米哈伊洛夫斯克村肯定不止一个，就算只有一个，谁又知道在哪个县呢？这么粗心大意的人！你看我什么都唠叨个没完。又有啥办法？没有值得高兴的事。给我写点姨妈的情况——还有母亲的情况。

谢谢姨妹们，娜塔丽娅·伊凡诺芙娜是这么写的，其实并不为了什么。

292. 致 H. H. 普希金娜

1835 年 10 月 2 日自米哈伊洛夫斯克村寄往彼得堡

亲爱的贤妻,我们这里有匹小骒马,既可套车,又可骑乘,样样都好。在路上只要稍稍加鞭,它便咬紧马嚼子在坑坑洼洼、坎坷不平的地方一跑就是十几俄里——不到精疲力竭,没法让它停下来。

温柔美丽的天使,来信收到了!你咬紧马嚼子,在卡特琳夫人那里钉上了掌的优美可爱的那对小蹄子正在尥蹶子呢。但愿现在你精疲力竭,平静下来了。我等着你正常的来信,可以让我看到和听到你的音容笑貌,而不是我全然不该受到的责骂,因为我行事为人犹如贞童玉女。昨天我才开始写作(但愿不会有什么不吉利的事发生)。这里天气变坏了,看来秋天真的到了。说不定我能写顺手。看了你那怒气冲冲的来信,我以为卡捷琳娜·伊凡诺芙娜好些了,要是她不病得那么厉害,你也不会骂得那么来劲。不管怎么说,你还是来信吧,什么都写,写详细点。为什么你只字不谈玛莎?虽然萨什卡是我的宠儿,我还是喜欢她那些古怪的念头。我眼望窗外遐想:若是能突然有一辆马车冲进院子,车上坐着娜塔丽娅·尼古拉耶芙娜,那该有多妙!可是别来,我的朋友,还是自己待在彼得堡吧,我尽量提前赶回去就是了。普列特尼奥夫好吗?卡拉姆津夫妇和麦谢尔斯基夫妇好吗?等等。——来信什么都要写。吻你,为孩子们祝福。

于 10 月 2 日

293. 致 П. А. 普列特尼奥夫

1835 年 10 月 11 日前自米哈伊洛夫斯克村寄往彼得堡

收到你的来信（你惯用的公函体），我非常高兴。我尽量逐项回答你：你收到了检查机关转给你的《游记》①，委员会对我那低三下四的呈文②作出什么决定没有？莫非小毛驴尼基坚科要踢死我，公牛敦杜克③要抵死我不成？其实，他们是不会如此轻易地摆脱我的。谢谢，十二分地感谢果戈理，谢谢他的《马车》，有了《马车》，丛刊就大有收获。不过我的意见是不能白用《马车》，要给点钱，果戈理需钱用。你要求给丛刊取个名字，我们就叫它《阿里翁》或《奥里翁》吧，我喜欢没有特殊含义的名字；开玩笑毫无好处，就请朗格尔画个卷头花饰，画个没有特殊含义的吧。要有小花朵、竖琴、酒杯、常春藤，就像果戈理喜剧④中亚历山大·伊凡诺维奇寓所中的景物那样的，这样就非常自然了。11 月里我会高高兴兴上你们那儿去。有生以来，我从未有过这样没有成绩的秋天，写东西又慢又心不在焉。要有灵感，务必心中宁静，可我却心烦意乱。你办事不力，变得优柔寡断起来了。我一向认为，照你想出的主意办事我都很顺手。丛刊的事我们就从《游

---

① 指普希金的《1829 年远征时游阿尔兹鲁姆》。——原编者注

② 见第 295 封信及呈文与供述部分第 6 封信。——原编者注

③ 在讽刺短诗《敦杜克公爵在科学院获得一席》中，普希金称米哈伊尔·亚历山德罗维奇·敦杜科夫-科尔萨科夫（书刊检查委员会主席）为敦杜克。——原编者注

④ 指《三等弗拉基米尔勋章》。——原编者注

记》开始吧，你把校样寄给我，我把诗歌寄给你。谁将是我们的检查官呢？我很高兴先科夫斯基在拿别尔金的名字做文章，可是，能否（当然是背地里悄悄地，比如在《莫斯科观察家》上）宣布说，别尔金其人已经故去，不能承担同名人之罪？真的，这倒不坏。

294. 致 E. Ф. 坎克林

1835 年 10 月 23 日于彼得堡

叶戈尔·弗兰采维奇伯爵大人：

卑职从乡下回来后获悉，大人已将圣旨宣示：卑职恭呈大人之奏请[①]已获恩准。多蒙大人厚爱，对卑职之事关照有加，谨向大人表示最最真诚、最最深切的感戴之情。

谨致以最崇高的敬礼并奉上无限忠诚。

最恭顺之仆

亚历山大·普希金

10 月 23 日

于圣彼得堡

---

① 见第 285 封信。——原编者注

295. 致 A. X. 宾肯多夫

1835 年 10 月(不早于 23 日)于彼得堡

(草稿)

谨向大人提出申诉,并有一事恭求大人:

大人外出期间,书刊检查机关对卑职出版一册诗集[①]进行刁难,卑职无奈恭请书刊检查委员会释此疑难,委员会对卑职所求却不予答复。卑职不知为何受此冷遇——任何一个俄国作家都不曾受过这般欺凌。卑职之作已蒙皇上恩准,出版时却受到检查机关随意删改,申诉又被置之不理。卑职不敢出版作品,因为不敢……

① 指叙事诗《安哲鲁》,初版是尼古拉一世允许的。——原编者注

296. 致П. А. 奥西波娃[①]

1835 年 10 月(不晚于 26 日)自彼得堡寄往三山村

夫人,我已回到彼得堡。难怪内人没有消息,原来她居然把信件寄到奥波奇卡去了。您瞧,天知道她怎么会这样。无论如何,求您打发自己的人去告诉那里的邮政局长我已不在乡下了,请他把我在局里的信件都退回彼得堡。

几乎是在妈妈弥留之际我才见到可怜的妈妈。她从巴甫洛夫斯克来找房子,暂时停留在克尼娅日尼娜公爵夫人家时突感不适。拉乌赫和斯帕斯基[②]对她已不抱任何希望了。在此悲苦之时,我更痛心地发现我那可怜的娜塔丽娅成了众矢之的。到处都在谣传,说她公婆一无所有,婆婆眼见着要死在别人家里,她还打扮得花枝招展,太不像话。您是知道事实真相的。当然不能说有一千二百个农奴的人一贫如洗,应当说家父还有点家当,我却一无所有。但无论如何,娜塔丽娅对此没有责任,对家母负责任的应该是我。如果母亲决定住在我们家,娜塔丽娅自然会欢迎的。可是冷冰冰的屋子,到处是孩子,客人又多,这对病人未必合适。母亲住在自己家里更好些。我见到她时,她都搬了。家父处境也可怜。我嘛,苦不堪言,疲惫极了,悲痛万分。

---

① 全信原文为法文。

② 医生。

亲爱的奥西波娃夫人，请相信我，虽然生活就是美好甜蜜的习尚，可是生活也隐藏着无限辛酸，因而令人厌恶，而社交界不过是一堆肮脏的垃圾。三山村对我更可爱。衷心向您致敬。

297. 致 И. И. 拉热奇尼科夫

1835 年 11 月 3 日自彼得堡寄往莫斯科

亲爱的伊凡·伊凡诺维奇阁下：

首先要祈求阁下原谅我的拖拉与疏忽。普加乔夫像一个月前就收到了，我从乡下回来后获知，《普加乔夫史》一书阁下尚未收到。现将雷奇科夫手稿奉还，多亏阁下我才用上这手稿。

我们大家都读过阁下美妙的小说，读得如饥似渴，欣喜异常，容我在此致谢。《冰屋》在艺术方面可能比《最后一个新贵》要好，不过历史的真实在书中未能得到遵循。沃伦斯基案件①公开后，随着时间推移，阁下作品当然会受到损害，不过，诗歌终究是诗歌，阁下小说的许多篇章将随俄语一道永世长存。毋庸讳言，我要替瓦西里·特列佳科夫斯基同阁下争辩几句。阁下侮辱了一位在诸多方面都值得我们尊敬与感激的人士。在沃伦斯基案件中他扮演了一个受害者的角色。他给科学院的报告感人至深，读着这份报告，不能不对迫害他的人产生愤怒。对比朗②同样可以这么说。他不幸身为日耳曼人，安娜王朝的一切恐怖活动都诿过于他。那个时期自有其当时的时代精神和民众习俗。其实，此人极其睿智、极具才华。

---

① 沃伦斯基(1689—1740)，俄国国务活动家、外交家，曾任喀山省省长、内阁大臣等职。1740 年厄内斯特·约翰·比朗等人密谋陷害他，以叛国罪将他处死。

② 比朗(1690—1772)，伯爵，安娜·伊凡诺芙娜女皇的宠臣。

请允许向阁下提个语言学方面的问题,答案对我至关紧要:阁下在新作中使用的 хоъот 一词何意,是什么方言?

拜托阁下多关照,谨致以最崇高的敬礼。

忠仆

亚历山大·普希金

1835 年 11 月 3 日

于圣彼得堡

298. 致П. А. 克莱恩米歇尔[①]

1835年11月19日于彼得堡

彼得·安德烈耶维奇阁下：

旅行归来后卑职才见到阁下命令，随即前来听召。承蒙切尔内绍夫伯爵大人厚意所提供之书籍和文件，卑职已奉还陆军部。

卑职有一小事麻烦大人：总参谋部现存有尚未为人知的一本卷册，内有比比科夫将军最后（1774年）一批信件和报告。卑职亟须查阅该卷册，斗胆请求大人允准。

谨致以最崇高的敬礼。

忠仆

亚历山大·普希金

1835年11月19日

---

① П. А. 克莱恩米歇尔（1793—1869），伯爵，尼古拉一世近臣，1835年起任陆军部监察署署长。

299. 致П. A. 奥西波娃[①]

1835 年 12 月 26 日自彼得堡寄往普斯科夫

夫人 11 月 27 日来信收悉，我终于得到了安慰。此信在路上竟然耽搁四个礼拜，我们还不知如何理解夫人的缄默。我不知道，但我认定夫人在普斯科夫，于是把这封信寄往普斯科夫。

家母病情好转，却远远谈不上康复，虽很虚弱，但病势见轻。家父十分值得同情。贱内谢谢夫人的惦记，她全指望夫人的友情了，孩子们也是这样。

祝愿夫人身体健康，每个节日都过得快活开心。我对夫人矢志不渝的忠诚自不待言了。

皇上刚刚饶恕了 1825 年谋反的大部分人，我那可怜的丘赫尔别凯也在其中，命令他必须定居西伯利亚南部。那是个非常美丽的地方，我却希望他离我们近点，也许会让他住在他妹妹格林卡夫人乡下的田庄里。政府对他一向温和、很迁就。[②]

这场不幸的暴动一晃十年过去了，我觉得如在梦中。各方面发生过那么多事，那么多变化，包括我自己的看法、境况，等等、等等。真的，只有我对夫人、对夫人一家的友谊常留心底，一如既往，永远实

---

① 全信原文为法文。

② 1835 年 12 月 14 日发布命令，缩短一些十二月党人的监禁期限。丘赫尔别凯流放伊尔库茨克省巴尔古津城，他请求到其妹尤斯季娜 · K. 格林卡的领地的请求被驳回。——原编者注

实在在、难以割舍。

于 12 月 26 日

写给夫人的借据已备好，下次奉上。

300. 致 A. X. 宾肯多夫

1835 年 12 月 31 日于彼得堡

亚历山大·赫里斯托福罗维奇伯爵大人：

谨将莫罗·德·布拉泽队长 1711 年远征札记[①]恭呈皇帝陛下御览审定，微臣何幸。该书附有卑职所撰注释与前言。札记趣味横生，所记乃真人真事，确属重要历史文献，说成绝无仅有也不过分（彼得大帝御笔记事簿除外）。

有一小事相烦大人：卑职想于明年，即 1836 年，出版四卷纯文学（如小说、诗歌等）、历史性、学术性作品，以及国内外文学评论，[②]类似英国的季刊《评论》。卑职没有参加一家杂志的工作，没有收入；出版上述作品，可为卑职提供再次自立之机，同时也使卑职得以把已经动笔的著作写下去。如能遂愿，这将是陛下赐予的又一洪恩。

卑职一切全仰仗大人关照。谨致以最崇高的敬礼，并奉上一片忠心。

忠仆

亚历山大·普希金

1835 年 12 月 31 日

于圣彼得堡

---

① 载《现代人》1837 年第 6 期。——原编者注

② 即《现代人》杂志。普希金最终获准出版。——原编者注

1836 年

301. 致 H. A. 杜罗娃

1836 年 1 月 19 日自彼得堡寄往叶拉布加

亚历山大·安德烈耶维奇[1]阁下：

阁下 1 月 6 日最近一封来信……令我极度不安。阁下的手稿我没收到，我怀疑这是因为我原打算在乡下住三个月，却只待了三个礼拜便不得不匆匆返回彼得堡了，手稿可能寄到普斯科夫去了。请千万别生我的气，我立即设法弥补耽误的时光。

我本来以为不希望得到《札记》，现在有了着落，谢天谢地。

谨致以最崇高的敬礼并奉上一片忠诚。

热心忠挚之仆

亚·普希金

1836 年 1 月 19 日

---

① 亚历山大·安德烈耶维奇，H. A. 杜罗娃的笔名。

302. 致 П. В. 纳肖金

1836 年 1 月中旬自彼得堡寄往莫斯科

亲爱的帕维尔·沃伊诺维奇：

我没有给你写信，因为与莫斯科邮局断绝了关系。听说你要去乡下找我，你没去，我很高兴，因为此时你去乡下找不到我。家母病了，我无奈又返回城来。你打赢官司的谣传五花八门，但是让我放心的是，众人异口同声地为你一个人说话。你既然未曾出发，我想你一定还在莫斯科。你那里有我住的地方吗？如果有，我们就可以畅谈一番了！此处无人可以畅谈。我的收支情况糟极了——只好操起杂志这个行当来，还不知道发行情况会怎样。斯米尔金已经出一千五百（卢布），要我放下自己的事情再次当他《文库》的合伙人，虽然有利可图，可我还是没同意。先科夫斯基如此滑头，斯米尔金又如此可恶，不能跟他们搅和在一块儿。很想瞧瞧你现在的家庭生活如何，也好让我替你高兴高兴，毕竟我插手过你的家事，对你生活的转折关头有过影响。[①] 我现在家中人丁兴旺，都一大家子了，身边是又吵又闹。如今看来，对生活无可抱怨，对衰老也无可畏惧。人世间的单身汉太孤寂：他看见年轻的新一代就要沮丧，但身为人父，望着身边的孩子们就无须嫉妒了。可见我们结婚成家是对了。你的情况如何？你那克涅采尔和那位犹太江湖术士好吗？娜塔丽娅·尼古拉耶芙娜极不

---

① 指纳肖金与 В. А. 纳尔斯卡娅结婚一事。——原编者注

喜欢他们,她的心极为敏感。还是小心地摆脱他们吧,这很有必要。这一切我们以后再谈。再见,我的朋友。

303. 致 A. H. 莫尔德维诺夫(?)[①]

1836 年 1 月下半月至 2 月初于彼得堡

(草稿)

恳请大人原谅在下的固执,昨天实在无法在大臣面前辩解——

我的颂诗[②]未加任何说明便送往莫斯科,朋友们对此诗一无所知。然而种种暗示却从那里流传出来,可谓用心良苦。颂诗的讽刺部分是针对继承人[③]那令人憎恶的贪欲的,此人趁亲戚卧病之机,竟下令查封他垂涎已久的病人家产。我得承认,此类笑话流传已广,在下不过是用诗歌语言将闪现于脑海的笑话表现出来罢了。

讽刺诗的尖刻用语若不能很快使人领悟其所指,是写不出讽刺诗的。当年杰尔查文在《大臣》一诗中刻画出一个沉溺酒色、对民众哀号无动于衷的骄奢淫逸之徒,这个色鬼高声叫嚷:

片刻宁静更令我愉悦,
胜似历史上数百年之欢乐。

这些诗句被认为是针对波将金[④]等人的,所有这些词语都是重复

---

① 全信原文为法文。

② 指《讽卢库尔病愈》一诗。

③ 指 C. C. 乌瓦罗夫。他是彼得堡最大富翁之一德·尼·舍列梅杰夫伯爵的堂姐夫,伯爵膝下无子,又患重病,乌瓦罗夫居然以继承人身份乘机查封病人的财产。

④ 波将金(1739—1791),俄国统帅,叶卡捷琳娜二世的宠臣。

千百次的老生常谈，讽刺诗中描写的最卑鄙、最普遍的恶习是用别的语言……

其实，这都是达官显贵的恶习，杰尔查文并未受到一点人身攻击的指摘，这是我没有想到的。

偷窃公家的木材、对妻子报假账的吝啬鬼、狡诈之徒、在显贵家当奶妈的马屁精等等角色中，据信公众已经悟出写的是权贵、有钱人、身居要职者。

我(不仅没有指名道姓)甚至也没有向任何人暗示我的诗……这让我感到满意，对读者诸公却不太好。

我只要求向我证明，我指名道姓写的是他——证明诗中何处是针对他的，或者我暗示了什么。

这一切都非常不明确，一切指摘都是泛泛而谈。

大众公道与否，对我无关紧要，最要紧的是证明我从来不曾用任何方式向任何人暗示过我的讽刺诗是针对何人的。

304. 致C. C. 赫柳斯京[①]

1836年2月4日于彼得堡

阁下：

我觉得有几点您误解了，请允许澄清事实如下：我不记得阁下从提及的文章中引用了什么。使我言辞激烈的正是阁下的言辞，您前一天说我把先科夫斯基的话过于当真是不对的。

当时我答复阁下的是："我不生先科夫斯基的气。可是有些体面的人一再重复猪猡和坏蛋的荒唐话，就不能不令我恼恨。"把阁下同（猪猡和坏蛋）混为一谈——当然是荒唐话。这种用语我既不会有存于心，激烈争吵中也不会冲口而出。

令我大惑不解的是，阁下反驳我，说您全然认为先科夫斯基的侮辱性文章、尤其是他的用语（"欺骗公众"）是针对您自己的。

阁下的声明更出乎我的意料："不论前天，还是我们最后一次见面时，您决然没有对我说过跟杂志上的文章有任何关系的话。"我觉得没听懂阁下的话，故请不吝赐教：这些话是什么意思。

当时我曾荣幸地向阁下指出：适才阁下所言，颠倒了事实。后来便没再说什么了，与阁下分手时我说过，对此事我不能置之不理。可

---

① 全信原文为法文。此信是对赫柳斯京1836年2月4日信的复信，要求决斗，实际决斗未进行。争执是由于先科夫斯基对柳岑科《瓦斯托拉……》的评论引起的，先科夫斯基以为该文是普希金写的。——原编者注

以把这话看成挑战,却不是威胁。因为到头来我不得不再次说明:先科夫斯基其人的话我可以不予追究,但是像阁下这样的人士将这些言语拥为己有,我就不能掉以轻心了。因此,我已委托索博列夫斯基先生以我的名义要求阁下:或者收回前言,或者与我决斗。我已对索博列夫斯基讲明,不要求对方赔礼道歉,足见令我何等不快。然而,遗憾的是,索博列夫斯基以其惯有的漫不经心来对待这一切。

至于所谓分手时我未向阁下鞠躬的无礼,请阁下相信,这纯粹是偶然的恍惚,我诚心地请阁下原谅。

谨致敬礼。

卑贱忠诚之仆

亚·普希金

2月4日

305. 致 H. Г. 列普宁[①]

1836 年 2 月 5 日于彼得堡

公爵大人：

在下无奈，有一事相烦，抱歉之至。作为贵族与一家之主，在下不得不维护自己的名誉——这可是要留给子孙的遗产。

无缘向大人面陈，甚为遗憾。在下非但从未侮辱过大人，而且由于在下已知之原因，对大人一直深怀尊敬和感戴之情。

然而，有位鲍戈柳博夫[②]先生公然多次散布有辱在下之言论，似乎这些话语出自大人之口。故而敬请大人赐教，在下当如何为是。

自己与大人别同天壤，在下比任何人都更清楚，大人非但是显贵重臣，而且还是在下忝列之古老贵族之代表。在下之所为，实出无奈，诚望大人体谅。

此致敬礼。

最卑微恭顺之仆

亚历山大・普希金

1836 年 2 月 5 日

---

① 全信原文为法文。H. Г. 列普宁，即尼古拉・格里戈里耶维奇・列普宁-沃尔康斯基(1778—1845)，国务会议成员，十二月党人 С. Г. 沃尔康斯基之兄。——原编者注

② 鲍戈柳博夫，乌瓦罗夫亲近之人，他告诉普希金，似乎列普宁公爵认为《讽卢库尔病愈》是针对自己的。——原编者注

306. 致 B. A. 索洛古勃[①]

1836 年 2 月上旬于彼得堡

（草稿）

我并未要求您对我作出解释，是您自己煞费苦心，要去找我内人，对她讲些有失体统的话，还自吹“对她说了许多粗话”。

情况不允许我 3 月底以前去特维尔，敬请原谅。

① 全信原文为法文。B. A. 索洛古勃（1814—1882），伯爵，作家，官员，19 世纪 30 年代为侍从长官。

307. 致 Н. Г. 列普宁

1836 年 2 月 11 日于彼得堡

尼古拉·格里戈里耶维奇公爵大人：

大人华函①拜收，谨表最真诚、最深切的感谢。

在下不得不承认，大人关于有辱个人名誉的作品的意见完全正确。该作即使写于伤心痛苦、莫名恼恨之际，亦难原谅。纵是空虚无聊、道德败坏的聪明人的游戏之作，亦难原谅。

谨致以最崇高的敬礼，并奉上一片忠诚。

恭仆

亚历山大·普希金

1836 年 2 月 11 日

---

① 列普宁 1836 年 2 月 10 日致信普希金，拒绝后者的指摘（参见第 305 封信），说“天才诗人只有歌颂俄罗斯的忠诚与信仰，而非侮辱人格”才会得到荣耀。——原编者注

308. 致A. A. 富克斯

1836年2月20日自彼得堡寄往喀山

亲爱的亚历山德拉·安德烈耶芙娜夫人：

在夫人面前我罪大恶极，岂敢辩解。不久前我从乡下回来才看到夫人来信。我的流浪汉叶梅利扬·普加乔夫[1]没到对自己有纪念意义的喀山去，不知何故。看来是他生性喜爱闲逛，玩得忘乎所以了。现在请阿普拉克辛公爵把我的书转交夫人。[2] 同时请让我奉上自己编辑的《现代人》杂志的领书证。亟盼夫人赐以佳作，使这份杂志增色生辉。

谨向卡尔·费奥多罗维奇致以我最崇高的敬礼。诸事多仰仗夫人和先生关照。

谨致以最崇高的敬礼与一片忠诚。

忠仆

亚历山大·普希金

1836年2月20日

于圣彼得堡

---

① 指《普加乔夫史》一书。

② 所言寄给富克斯的作品并未出版。——原编者注

309. 致 П. П. 卡维林①

1836(?)年2月于彼得堡

亲爱的卡维林,千万请你原谅,原谅我食言——未曾料及的事情迫使我必须立即离去。

① 全信原文为法文。

310. 致 C. Д. 涅恰耶夫

1827 年 6 月至 1836 年 2(?)月于彼得堡

亲爱的谢尔盖·德米特里耶维奇，请您把信件(不是包裹)赐还予我：信上我忘记写上这一件要紧事。您何时启程？

亚·普希金

311. 致 B. Ф. 奥多耶夫斯基

1836 年 2 月至 3 月初于彼得堡

我身体不太好——又很忙，您若能同萨哈罗夫先生一道光临寒舍，将不胜感激。急切恭候你们光临。

亚·普

312. 致 B. Φ. 奥多耶夫斯基

1836 年 2 月至 3 月初于彼得堡

只要是合您心意的声明，我都准备排印。首期《现代人》里我想采用《奥秘》①。有关神话的书，尚未拜读。手稿几天后奉还。

① 奥多耶夫斯基对普希金办《现代人》杂志有所帮助。《奥秘》是作家萨哈罗夫(1807—1863)著《俄罗斯民间传说》中一章，该书由奥多耶夫斯基编辑，并未在《现代人》杂志刊载。

313. 致 B. Д. 苏霍鲁科夫[①]

1836 年 3(?)月 14 日自彼得堡寄往皮亚季戈尔斯克

最亲爱的瓦西里·德米特里耶维奇：

我是在您的一位同胞、一位可爱的年轻人[②]的房间里给您写信。我常从他这儿听到有关您的消息。

他刚告诉我说您结婚了。我衷心祝贺您，祝您得到各方面说来都当之无愧的幸福。在此也问候奥尔加·瓦西里耶芙娜。很遗憾，我不能当面向她说出我对您的看法和我对您这位杰出的人所了解的一切。

自阿尔兹鲁姆宫分别后，不知是否给您去过信，似乎没有。请原谅，我一直很忙，千万别对我的懒惰有什么其他想法。

现在，我们来谈谈正事：您知道，我当上了杂志撰稿人（这使我想起没把《现代人》给您寄去，请原谅，我将尽力弥补这一过失），这样一来，我就成了布尔加林和波列沃依的同行了，于是厚着脸皮来向您讨要文章。真的，请把您那有实际价值、严谨而又有趣的作品寄些来。您与别什套山和厄尔布尔士山相邻而居，有的是灵感和闲暇。另外，在此不妨谈谈稿酬，一印张我给您二百卢布，如何？能成交吗？

---

① B. Д. 苏霍鲁科夫(1795—1841)，俄国顿河史学家。

② 指 Ф. И. 舒姆科夫，后升至将军。——原编者注

务请见谅。

您的亚·普

1836 年 3 月 14 日

于圣彼得堡

314. 致 B. Φ. 奥多耶夫斯基

1836 年 2 月末至 3 月上半月于彼得堡

我非常非常满意、非常非常感激。一礼拜要能印五个印张，那就更好了——我们的事情也就万事大吉了。[①] 不过请叫人把《游记》校样寄给我，手稿中错误甚多。您的小说《济济》怎样了？这可是本好书。

亚 · 普

① 讲的是《现代人》首期的准备工作。——原编者注

315. 致 П. А. 维亚泽姆斯基

1836 年 3 月(不早于 17 日)于彼得堡

乌拉！我们赢啦！科兹洛夫斯基的文章[①]顺利通过了,我现在就开始刊登。不过,可怜的屠格涅夫……他写的政治性材料全都卡住了。甚至菲耶斯基家族[②]和所有大臣的名字都给抹掉了,只剩下我们俄国天主教女教徒、女外交家名字的东正教的字母。不过我想找找宾肯多夫——看他能否设法通融一下。你向我谈过你致波托茨卡娅的诗:你收到了这些诗吗？至少,你能回忆起来吗？

亚·普

---

① 即科兹洛夫斯基公爵的《巴黎精确年鉴分析》。——原编者注

② 菲耶斯基家族,意大利封建家族,在热那亚中世纪历史上曾起过显著作用。其中朱泽佩是刺杀路易·腓力(1835 年 7 月 28 日,未遂)的主要参加者。

316. 致 M. A. 敦杜科夫-科尔萨科夫

1836 年 3 月 18 日于彼得堡

亲爱的米哈伊尔·亚历山德罗维奇公爵大人：

蒙大人见爱，今不揣冒昧有一琐事相烦。

书刊检查委员会不批准《巴黎书简》，认为其中有政治性的消息。大人可否恩准在下为此文拜见宾肯多夫伯爵？抑或大人认为可将此文再呈委员会？

谨致以最崇高的敬礼及一片忠诚。

忠仆

亚历山大·普希金

1836 年 3 月 18 日

于圣彼得堡

317. 致 A. Л. 克雷洛夫

1836年3月20日至22日于彼得堡

(草稿)

亲爱的亚历山大·卢基奇阁下:

米·亚·科尔萨科夫公爵大人致函在下,称《巴黎书简》将在最高委员会审查。现将该信奉上。有一点需要说明:屠格涅夫的《巴黎书简》不是作为政治性文章,而是作为文学作品刊载于《莫斯科观察家》的。

318. 致 A. 若巴尔[①]

1836 年 3 月 24 日自彼得堡寄往莫斯科

亲爱的阁下：

阁下《讽卢库尔病愈》一诗出色的译文及所附美好信函奉悉，我实在高兴。

阁下的译诗既尖刻又美妙，这足以说明许多问题。如果真的像您信中所说，有人想用法律程序宣布您丧失了理智，那么，应当说，自那时起您是真正获得了理智。

阁下对我的美意，我常引以为豪，它让我得以推心置腹地讲话。在致人民教育大臣函中，阁下仿佛明白表示您打算在比利时出版大作，并加上您认为理解正文所必需的注释。我冒昧地恳求您以后千万别这样做。

心情恶劣时写下的这首短诗，我自己至今还在懊悔不已。发表此诗已让某君[②]对我不满，他的意见对我至关重要。如果不想成为一个轻率的忘恩负义的人，就不能对他的意见漠然视之。请看在同行的分上，请牺牲您那发表自己译作的快乐吧。请不要用阁下的天才去再现那本应遭到遗忘的作品吧。甚盼阁下多多关照，同时也请相信我对阁下永怀崇高的敬意。

---

① 全信原文为法文。A. 若巴尔（生于 1793 年，卒于 1845 年后），古代文学史教授。

② 指尼古拉一世。——原编者注

特此专奉。

忠仆
亚·普希金
1836 年 3 月 24 日
于圣彼得堡

319. 致 C. H. 格林卡①

1836 年 3 月(不晚于 26 日)于彼得堡

亲爱的谢尔盖·尼古拉耶维奇阁下:

惠书拜收,感激非常(法文式语句,请原谅)。《现代人》尚未出版——以后一定会出版的,阁下会第一个收到。

写给费奥多尔·尼古拉耶维奇的信,当寄往何处?盼告。

您的

亚·普希金

---

① C. H. 格林卡(1775—1847),作家,1827 年至 1830 年任书刊检查官。

320. 致 B. A. 杜罗夫

1836 年 3 月 17 日、27 日自彼得堡寄往叶拉布加

亲爱的瓦西里·安德烈耶维奇：

您邮来的《札记》和您对我的信赖，令我非常感激。我的安排如下：1）我在出版杂志：本月（7 日）第 2 期将刊登《1812 年札记》（全文或部分），随后即将稿酬寄上，按一印张二百卢布计算。2）待令兄其他笔记寄到，我打算与《1812 年札记》合为一集，这能使书厚一点，自然也贵一点。

我在杂志上鼓吹后，《札记全集》可望好销。我准备买下文稿，再以有利于作者，即作者认为合适、有利的方式出版。无论如何请放心，我会全力争取共同事业的成功。

令兄①来信说他今夏要来彼得堡，我翘首以待。再见，祝您幸福，祝您借勇敢的亚历山德罗夫的好运大发其财，请替我吻他的小手。

您的

亚·普希金

1836 年 3 月 17 日

于圣彼得堡

---

① 瓦西里·安德烈耶维奇·杜罗夫之姐姐纳杰日达·安德烈耶芙娜·杜罗娃，笔名为亚历山大·安德烈耶维奇·亚历山德罗夫，故普希金戏称她为“令兄”。

我刚读完誊清的《札记》,好极了! 鲜明生动,新颖独特,文笔优美。毫无疑问会成功的。

3 月 27 日

321. 致乔治·博罗[1]

1835 年 10 月底至 1836 年 3 月于彼得堡

亚历山大·普希金拜收博罗先生的大作[2]，无比感激，不能面谢，遗憾之至。

---

① 乔治·博罗(1784—1845)，英国学者，文献学家。

② 指《〈旧约全书〉，阿拉米文译释，或三十种文字的格律翻译》，圣彼得堡 1835 年版。——原编者注

322. 致 В. Ф. 奥多耶夫斯基

1836 年 4 月初于彼得堡

在我的杂志第 1 期上没有刊载您的只言片语，我十分忧虑；本来我们的时间不够，可朋友们却替我向读者许诺说将于复活节后一个礼拜发行《现代人》。

我想在第 2 期的前面刊登您那论据翔实、思想深邃、极具说服力的文章——冠以《论对……教育之敌视》的标题，该期我还想安排《大车店》的评析，标题是《谈几部长篇小说》，您同意否？

《谢吉耶》①一诗，显然检查机关还在犹豫，不过，我对该诗不太满意——何况登载一些段落也会妨碍您出版完整作品。

我将于礼拜一动身②，此前能否见到您？

您的

亚·普

《不满意的人们的谈话》③我没刊登，因为在我这里的果戈理的几场戏④全登完了——而且，在效果方面，你们又会相互妨碍。

---

① 《谢吉耶》，奥多耶夫斯基未完成的悲剧性叙事诗，普希金不愿刊出。——原编者注

② 4 月 7 日、8 日普希金前往米哈伊洛夫斯克村参加母亲的葬礼。

③ 奥多耶夫斯基悲剧片段。

④ 指《一个精明人的早晨》。——原编者注

323. 致 M. A. 敦杜科夫-科尔萨科夫

1836 年 4 月 6 日于彼得堡

亲爱的米哈伊尔·亚历山德罗维奇公爵大人：

在下不揣冒昧，有一小事相求。

当然，检查机关过于苛刻，在下对此无权抱怨，在下杂志所要发表之文章审查均获通过，在下唯有感激大人宽厚仁慈之恩德。因为检查官克雷洛夫先生本人是无权决定批准这些文章的。在此感谢大人庇佑恩德之际，在下仍需禀明：第一，在下不断以区区琐事烦扰大人清怀，委实于心愧怍，也失体统。其实，在下也亟愿在万般无奈、确需最高当局裁定之时享用大人所赐特权；第二，这种双重检查花费了在下太多时间，致使刊物不能如期出版。这并非在抱怨检查官多疑，在下深知此君肩负着书刊检查条例之外的责任。在此，冒昧恳求大人恩准另选一位检查官。① 若能如此，对在下所办杂志审查之速度可望加快一倍，否则该刊行将停办或倒闭。

谨致以最崇高的敬礼并奉上一片忠诚。

忠仆

亚历山大·普希金

1836 年 4 月 6 日

于圣彼得堡

---

① 为《现代人》杂志任命了一个新检查官 П. И. 加耶夫斯基。——原编者注

324. 致 M. П. 包戈廷

1836 年 4 月 14 日自米哈伊洛夫斯克村寄往莫斯科

亲爱的米哈伊洛·彼得罗维奇：

我是在乡下给您写信，迫于令人堪忧的家事[①]我来到这里。我的杂志出版时我不在，料您已经收到。评论阁下箴言的那篇文章[②]不是我写的，我没时间也没精力仔细审阅这篇文章。阁下若对此文不满意，请别生我的气。请问，阁下能否与我建立文学上的和生意上的联系？若能，有何要求请坦诚相告。您若见到纳杰日金，请替我感谢他的《望远镜》。我将给他寄去《现代人》，我今天去彼得堡，5 月份才能去莫斯科——我要一头钻进那档案处查阅案卷，然后再去见您。

您的　亚·普

4 月 14 日

于米哈伊洛夫斯克

---

① 普希金丧母。——原编者注

② 对包戈廷《历史箴言……》的评论文章是果戈理写的。——原编者注

325. 致 H. M. 雅济科夫

1836 年 4 月 14 日自戈卢鲍夫寄往雅济科沃

亲爱的尼古拉·米哈伊洛维奇,您猜猜我在哪里给您写信,在"自由人生活之邦"[①]。

整整十年前这里是我们三人——您、武尔弗和我欢宴之处,这里回响着您的吟哦之声和斟满约姆卡酒[②]的杯子碰击之声,此时此刻我们正在这里回忆您和往事。我站在米哈伊洛夫斯克的山冈上,站在三山村的树荫下,站在蓝色的索罗季河的河岸上,站在叶芙普拉克西娅·尼古拉耶芙娜的身旁,我向您鞠躬致敬。曾几何时她还是一位体态轻盈的姑娘,如今已是臃肿的胖妇人了,肚子大了五倍。我正在她府上做客,我代表忠诚于您的、念及您的一切人和物向您致敬。

阿列克谢·武尔弗正在这里,这位前大学生、骠骑兵、小胡子农学家、特维尔的洛弗拉斯——亲切依旧,只不过已是三十出头的人了。如今我待在普斯科夫,不如当年流放和亚历山大在位之时那么爱热闹和快活了。我极其想念您,不能不给您写上几句,指望您重新在这里露面。您能收到我的《现代人》杂志的,但愿能得到您的称赞。评论文章中有我的一篇,谈科尼斯基的。请您务必为刊物撰稿。您的诗歌犹如一泓清水,我们的文章却像死水一潭,我们要用您的清水

---

① 引自雅济科夫《三山村》诗中的语句。——原编者注

② 可能是普希金与同伴们这么叫烧酒的。——原编者注

来冲洗一下《现代人》，请您将那晶莹的水珠喷洒在杂志上吧。致达维多夫的寄语诗[①]——写得妙极了。我们一头黑鬈发的斗士本想掩饰那绺白发，却弄脏了那绺白发。他看到您的诗章后又洗净了白发——也对，这是景仰诗歌的表示。再见，请来信。顺便说一句，我还要回复维亚泽姆斯基的寄语诗。（记得）该诗载于《新居》，至今您尚未答复人家只言片语。祝您健康。来信。您活着也让别人活着。[②]

您的　亚·普

4月14日

行行好，请把有关天之骄子阿列克谢的诗和不论什么传说随便寄一篇来。需要。

---

① 载《莫斯科观察家》1835年第3期，诗中有“你/一头黑鬈发的斗士，额头上露出一绺白发”的诗句。——原编者注

② 引自杰尔查文《恭贺格列米斯拉娃公主降世……》诗中句子。——原编者注

326. 致 A. A. 克拉耶夫斯基

1836 年 4 月 20 日前后于彼得堡

亲爱的亚历山大·安德烈耶维奇[①]先生：

在下昨日曾造访贵府，却无缘得识尊颜。明日再行趋拜。对先生、对奥多耶夫斯基公爵感激良深，无以言表。再见。

您的

亚·普

① 笔误，应是安德烈·亚历山德罗维奇。——原编者注

327. 致 A. H. 莫尔德维诺夫

1836 年 4 月 28 日于彼得堡

亚历山大·尼古拉耶维奇大人：

兹将所收之信立即转呈大人，此信是在下约一礼拜前收到的，在下其时刚散步归来。这是一位不知姓名之人交给我的同事的，也无任何文字说明。在下还以为此信经大人同意后送来的。

谨致以最崇高的敬礼并奉上一片忠诚。

忠仆

亚历山大·普希金

1836 年 4 月 28 日

于圣彼得堡

328. 致 M. A. 敦杜科夫-科尔萨科夫

1836 年 4 月后半月(18 日后)于彼得堡

(草稿)

大人惠寄华函和有关攻克德累斯顿之文章①拜收。

虽说检查机关不容发表达维多夫将军之辩解文章——然而,对在下的微末请求大人仍然予以考虑,如此厚意,不胜感激。

谨致以最崇高的敬礼并奉上一片忠诚。

---

① Д. В. 达维多夫的文章《攻克德累斯顿,1831 年……》批评了某些将领,也为自己的举动辩护。故此文需转呈军事书刊检查机关(参见第 338 封信)审查。——原编者注

329. 致 H. H. 普希金娜

1836 年 5 月 4 日自莫斯科寄往彼得堡

我的女皇，今向你详细禀报如下。我的旅行一路平安。5 月 1 日在特维尔过夜，2 日夜间到达此地。现住在纳肖金府上，他的宅第极为漂亮[①]。此人之妻十分可爱，他很幸福，有些发胖了。自然，我们见面双方都很高兴，昨天一整天都在天南海北地闲谈。我已经拜访过布柳洛夫，是在一个雕塑师的作坊里找到他的，他就住在那里。我很喜欢他。他忧心忡忡，害怕俄罗斯的严寒，等等，渴望去意大利。莫斯科嘛，他很不满意。我在他那里看见刚开始制作的几幅画，就想到你，亲爱的。难道我不该有一幅他为你画的肖像吗？他要是看到你，不会不想把你画下来的。你可别像赶走普鲁士人克里德涅尔[②]那样把他也给赶走。我非常想把布柳洛夫带到彼得堡。他可是一位真正的艺术家、一个善良的小伙子，他没有不想干的事。这里的佩罗夫斯基[③]想把他当作俘虏弄到自己家里关起来逼着他作画。布柳洛夫好不容易才逃了出来。纳肖金的小房子[④]收拾得尽善尽美——只是少了个活泼的小人儿。玛莎要有这么个小房子一定会欣喜若狂！现在把这里的新闻告诉你。那位鼻子长长的歌手奥库洛娃，昨天嫁给了

---

① 原文为法文。

② 应为 A. 克林德尔，艺术家。——原编者注

③ 佩罗夫斯基，作家，笔名 A. 波戈列尔斯基，布柳洛夫为他画过像。——原编者注

④ 纳肖金供小孩玩的小房子，至今尚在。——原编者注

鳏夫季亚科夫。她妹妹瓦尔瓦拉害相思病疯了。她堕入了情网，一心想嫁人，可总不能遂愿，成天地沉思默想，变得语无伦次。姐姐结婚使她神志不清，跑到特罗伊查去了。人们抓住了她，把她给带走了。我很同情她，大家都希望她得的只是震颤性谵妄症，实际上却不是这样。我见到了咱们的亲家公托尔斯泰，他的女儿①也几乎是疯疯癫癫的。她终日想入非非，眼前老出现幻觉，正从阅读希腊阿纳克里翁的作品疗法转而接受顺势疗法。恰阿达耶夫、奥尔洛夫、拉耶夫斯基与观察家们(纳肖金叫他们"十三点")我还没来得及见到。我打算向观察家们和书商们卖弄一番，努力办好《现代人》。——纳肖金来了，为了他我只好把你丢开。吻你和孩子们，祝福你们。向你的女士们致敬。这里已经开始谈论玛丽娅·维亚泽姆斯卡娅②的婚事——暂时我要保密。原谅我——朋友，再次亲吻你。

5月4日

于莫斯科纳肖金寓所

——老皮敏的对面、伊凡诺娃夫人宅

---

① 指C. Ф. 托尔斯泰娅，女诗人，死于肺结核。——原编者注

② 玛丽娅·维亚泽姆斯卡娅，П. A. 维亚泽姆斯基之女，5月22日嫁给后来成为著名政治活动家的彼得·亚历山德罗维奇·瓦卢耶夫(1814—1890)。

330. 致 H. H. 普希金娜

1836 年 5 月 6 日自莫斯科寄往彼得堡

我到莫斯科已经三天，什么事也没有干成：没查档案，同书商没做成生意，一次也没有拜访过客人，也没去晋见索恩采夫[①]一家。毫无办法。纳肖金起得晚，跟他聊一会儿——瞧，又该吃午饭了，过会儿又该吃晚饭了，过会儿又该睡觉了——日子便这样一天天过去啦。昨天上德米特里耶夫、奥尔洛夫和托尔斯泰家去了，今天准备去看望其余的人。诗人霍米亚科夫要娶雅济科娃，诗人雅济科夫的妹妹。新郎是个阔佬，新娘也有钱。莫斯科有什么新闻该报告你呢？好像很多，可是一时记不起来了。你知道莫斯科人是如何谈论彼得堡的吗？简直可笑极了。比如，莫斯科有个萨维利耶夫，近卫重骑兵团一个极好的年轻人，这位老兄迷上了伊达丽娅·波列季卡，替该女赏了格林瓦尔德[②]一记耳光。萨维利耶夫将在几天内挨枪毙，你看，伊达丽娅多可怜！这里还传播着有关你的一些闲话，亲爱的。我倒没有听全，因为丈夫总是全城最后了解妻子的人哪。显然是你的风骚和冷酷让某人碰了壁，他只好弄了一个戏剧学校的烂货做姘妇聊以自慰。我的天使，这不好。端庄持重才是女人的最佳装饰物。莫斯科人想从我这儿，就像想从一位过客那里听到一些新闻以饱耳福，我要

① 索恩采夫，普希金的姑父。

② 格林瓦尔德，萨维利耶夫任职的那个团的团长。

提供点合他们脾胃的东西。我讲了亚历山大·卡拉姆津(史学家之子),由于和黑发美人的爱情失败,举枪自尽,幸而子弹只打掉了他一颗门牙。不闲扯了。你上果戈理那儿去一趟,把以下字句念给他听:我见到了演员谢普金,他诚心诚意邀请果戈理来莫斯科朗诵《钦差大臣》。他不在场,演员们演不好。他说该剧极为滑稽可笑,又太卑劣(这是莫斯科人存心追求的)。我呢,也劝他不能让《钦差大臣》在莫斯科演砸了,莫斯科的人爱果戈理胜过彼得堡的人。此信所附纸包是给普列特尼奥夫在《现代人》上用的,如果检查官不批准,就得报送检查委员会,务必在第2期登出来。很希望你写信来,你的身孕如何?孩子们怎么样?我来莫斯科并不后悔,只是想念彼得堡。你住在别墅吗?跟房东相处得如何?孩子们呢?真让人痛苦!我知道一定得有八万收入。我也一定要搞到这些钱,不枉办杂志一场——这毕竟是在淘金。别佐布拉佐夫[①]的母亲想买它的专利权:她想净化俄罗斯文学,就是说,她想打扫茅厕和依赖警察局。弄不好就……见他们的鬼吧!我的一腔热血正变成满腔怒火。吻你,吻孩子们,为他们也为你祝福。向女士们致敬。

---

① 别佐布拉佐夫,侍从武官。

331. 致 П. А. 维亚泽姆斯基

1836 年 5 月 7 日于莫斯科

事情是这样的：

梁赞省省长递了份呈文，有关该省土地丈量官斯捷潘·萨维利耶维奇·古巴诺夫遗孀抚恤金之事。该妇出于无奈，请求提前支领抚恤金。

亲爱的，请通过 Д. В. 达什科夫①来办妥此事，因为此事得由他决定。你也该好好感谢奥库洛夫，此条便是在他的住所写的，此君也求你办好这件事。

亚·普希金

5 月 7 日

① Д. В. 达什科夫，司法大臣，“阿尔扎马斯社”创始人之一。——原编者注

332. 致 H. H. 普希金娜

1836 年 5 月 10 日自莫斯科寄往彼得堡

你的来信刚收到，它使我顿生柔情，赶忙给你邮去九百卢布——以后再写回信，现在，暂时再见吧。伊凡·尼古拉耶维奇[①]就在我旁边。

---

① 伊凡·尼古拉耶维奇，普希金娜的二哥。

333. 致H.H.普希金娜

1836年5月11日自莫斯科寄往彼得堡

非常非常感谢你的来信,我能想象得到你有多忙,也请你原谅我和书商。他们是些没教养的无赖,他们比骗子还坏,正像果戈理说的那样。奥多耶夫斯基为印刷之事操劳,我也感谢他。告诉他:想怎么刊登便怎么刊登,先后顺序毫无关系。杜罗娃的札记怎么了?检查官放行了吗?我很需要这些札记——没有它们,我就完蛋了。你提到科利佐夫[①]的文章是怎么回事?是科利佐夫的还是果戈理的?——果戈理的文章可以发表,科利佐夫的却要仔细审阅。不过这无关紧要。昨天伊凡·尼古拉耶维奇到我这里来,要我相信他的事情进展顺利。德米特里·尼古拉耶维奇比他本人更了解这一点。我日子过得琐碎极了,在家坐不住——查阅档案也静不下心来。今天是第二次去找马林诺夫斯基。前几天我在奥尔洛夫那里吃饭时,莫斯科的观察家们都聚齐了,新郎霍米亚科夫也在。奥尔洛夫是个聪明人,好小伙子,可是由于我们过去的那层关系,我怎么也不喜欢亲近他。拉耶夫斯基(亚历山大)上次我看他有点傻乎乎的,这次看起来他又有了精神,也聪明一些了。他妻子算不上美——听说非常聪明。现在除了别的头衔之外,我又加上了新闻撰稿人的头衔,因此

---

① 科利佐夫(1809—1842),俄国诗人。

对莫斯科人来说，我有新的可爱之处了。不久前传说切尔特科夫[①]找过我。我们从没交往过。可是，他居然想起他妻子跟我沾点亲，就把他写的《西西里游记》捎给我一册。我能否亲戚般地数落他几句？昨天我在费奥多尔·加加林公爵府上吃的晚饭，下半夜四点才回来——就像舞会后那样心情舒畅。纳肖金是我在这里的唯一快乐，可是他一觉要睡到中午，晚上又去俱乐部玩到天亮。总共只见到恰阿达耶夫一次面。我的信很像屠格涅夫写的[②]——可以告诉你莫斯科和巴黎的不同。我常为《现代人》的事情奔走，怕书商们利用我的心肠软这一弱点要我作出种种让步，所以就顾不上你那些严格规定了。不过，我尽力表现出贵族的坚毅就是了。我去过索恩采娃[③]家。索恩采夫不在这里，去乡下了。她要父亲到乡下她那儿去消夏。库金卡姐妹[④]老是像寒鸦一样尖叫。我上佩罗夫斯基那儿去过，他给我看了布柳洛夫未完成的画。布柳洛夫遭他控制过，跟他吵了一架，又从他手下逃走了。佩罗夫斯基一边给我展示盖泽里希[⑤]攻克罗马的画（此战是庞培的末日之战），一边对我说："瞧，这个下流坯把这个骑兵画得多神！这个猪猡多会表现他那精灵天才的想法啊，这个坏蛋，骗子。你看他怎么画这群人的，这个酒鬼，骗子。"真是滑稽。好了，再见吧。吻你和孩子们，祝你们健康。基督保佑你们。

5 月 11 日

---

① 切尔特科夫(1789—1858)，俄国著名古钱学家、档案学家，1842 年起为科学院院士。

② 意为像发表于《现代人》上的屠格涅夫写自巴黎的《书简》那样的信。——原编者注

③ 索恩采娃，普希金的姑母。

④ 索恩采夫的女儿们。

⑤ 盖泽里希(一译亨泽里希，477 年卒)，汪达尔人国王(428—477)。公元 429 年率领汪达尔人由西班牙入侵北非，并在该地建立自己的王国。455 年攻克罗马。

334. 致 K. A. 波列沃依[1]

1836 年 5 月 11 日于莫斯科

亲爱的克谢诺丰特·阿列克谢耶维奇先生：

先生最近一次来信没有奉复，本望面见先生。书商法里科夫把您寄给我的书[2]送来了。至于《现代人》，法里科夫不想在我这里拿，他已亲自寄去了。信中写明的钱（二百七十五卢布）他也未交给我。日后有事，请直接与我联系，千万别再托法里科夫先生——此人显然不是一位可靠认真的人。

忠仆

亚·普希金

5 月 11 日

---

① K. A. 波列沃依（1801—1867），尼古拉·阿列克谢耶维奇·波列沃依之弟，文学家，著名《笔记》一书的作者。后开书店，《现代人》杂志销售代理人。

② 指《米哈伊尔·瓦西里耶维奇·罗蒙诺索夫》。——原编者注

335. 致H.H.普希金娜

1836年5月14日、16日自莫斯科寄往彼得堡

这是怎么啦,贤妻?开头你做得多好,到后来却真糟糕!见不到你一行文字,莫非你已经分娩了?今天是格里什卡的生日,祝贺他,也祝贺你,我要为他的健康干杯。他没有多一个小弟弟或小妹妹吗?等着我回去,我已在准备上你那里去了。我去了档案馆,没办法,还要在那里翻上五六个月的卷宗。这么一来,什么时候才能跟你在一起啊?今后要照你的意愿把你带在身边。我在莫斯科表现得规规矩矩、正正派派。只待在家里——只见得着男人。不走不跳——所以长胖了。前几天切尔特科夫邀请我去吃饭,我去了——他妻子小产了,使我们饭也没吃好,毫无情趣,非常不快。我要尽力与莫斯科文学圈子调调情,可是观察家们不赏脸。喜欢我的只有纳肖金一个人,他可是我牌桌上的对手,人们让我为他牺牲自己。听了当地文人们的谈论,我很吃惊,他们在报刊上是那么高贵,谈吐却如此笨拙。你老实说,我也是这样吗?我真怕。巴拉丁斯基倒很招人喜欢,不知为什么我们彼此又都很冷漠。我想强邀布柳洛夫到彼得堡我们家——可他病了,心情忧郁。这里的人们想为我塑一尊半身像,我不愿意。我这个其貌不扬的黑人死后才会永垂不朽。我对他们说,我家里有位美人儿,有朝一日我们给她塑个像。霍米亚科夫的新娘子我见着了,只是光线太暗,看不清楚。已故的格涅季奇说过,她算不上美女,

只是身段还不错。[①] 再见，等等：两个小丑进我房间来了，一个是信奉神秘论的少校，另一个是酒鬼诗人。只好丢开你去招呼他们了。

5 月 14 日

好不容易才摆脱这两个小丑——一个是诺罗夫，他们都请我去赴宴，我都谢绝了。我在开始考虑离开的事。可能你已经到了郊外沼泽地吧？你是怎么把我的孩子们和我的书籍弄去的？是拖去的还是运去的？你挺个大肚子怎么去的？祝福你，我的天使，上帝保佑你，保佑孩子们。祝你们健康。问候你的女骑手们[②]。吻卡捷琳娜·伊凡诺芙娜的双手。再见。

亚·普

你那非常讨人喜欢的信收到了——没空写回信了——多谢了，吻你，天使。

5 月 16 日

---

① 原文为法文。

② 指娜塔丽娅·尼古拉耶芙娜的姊妹们。

336. 致 H. H. 普希金娜

1836 年 5 月 18 日自莫斯科寄往彼得堡

贤妻，我的天使，虽然谢谢你那令人喜欢的来信，我还是要跟你吵几句。为什么你信上说“这是我最后一封信，你再也收不到我的信了”，你想逼着我 26 日以前到你那儿去吗？这不行。上帝保佑，《现代人》没有我照样出版，你离开我却生不了孩子。收到的钱，你能拿出五百卢布给奥多耶夫斯基吗？不行的话，那就让他们等着我吧——就这么办。你想重新安排你的收入，这由你自己决定好了，你爱怎么办就怎么办。不过，与德米特里·尼古拉耶维奇打交道，比和娜塔丽娅·伊凡诺芙娜打交道好些。我这么说，只是为了朱利叶先生和席勒太太的利益，[①]我自己无所谓。你说的彼得堡的新闻太可怕了。信上你写的有关帕夫洛夫的事情使我跟他和解了。他要求和阿普列列夫决斗，[②]我很高兴——在我们这里，凶杀可能成为一种丑恶的报复措施：逃避决斗仅仅是受点处分——又不是死刑。斯托雷平[③]沉海自尽——可怕！难道帮不上他一把吗？幸而咱们莫斯科一直平静：基列耶夫和亚尔的决斗在此地的守旧阶层中引起极大的愤懑。纳肖金为基列耶夫鸣不平，非常简单又非常巧妙。他说：“骠骑兵中

① 原文为法文。席勒太太等是时装店老板。

② 阿普列列夫诱骗帕夫洛夫之妹，前者在与另一女子的婚礼上被帕夫洛夫杀死。——原编者注

③ 斯托雷平，1836 年 5 月 9 日在芬兰湾淹死。——原编者注

尉喝醉了，打了还手的饭店老板，这算得了什么？我们那个时候在克拉斯纳亚小酒馆打了德国人都没受惩罚，难道德国人抄着手让你打么？依我看，现在有些青年人，脸上让人家吐了口水也只会掏出小手绢擦擦，生怕惹出事来有碍他们进出阿尼奇科夫宫。与近卫重骑兵们的豪华盛宴和这些年轻人的谨小慎微相比，基列耶夫斗殴更可以原谅。”布柳洛夫要离开我去彼得堡了，他很不愿去，怕我们那里的气候，又担心去了不自由。我竭力安慰他、鼓励他；其实，一想到自己是个新闻撰稿人，就不免有点提心吊胆。我安分守己之时，何况还遭到警察局几次警告、申斥，他们说“您别狡辩（骗人）了”，等等，现在他们又会如何对待我呢？莫尔德维诺夫会把我当作法杰依·布尔加林和尼古拉·波列沃依那样的奸细，谁让我这么一个能思考、有才气的血肉之躯诞生在俄国呢！祝你快活，暂时就写到这里，再见，祝你健康，吻你。

337. 致 П. В. 纳肖金

1836 年 5 月 27 日自彼得堡寄往莫斯科

我亲爱的帕维尔·沃伊诺维奇：

23 日半夜我回到自家别墅，路上得知，就在我到家几小时前，娜塔丽娅·尼古拉耶芙娜已顺利生下小女娜塔丽娅，她已入睡了。第二天才向她祝贺，礼物不是金钱而是你送的项链，真让她惊喜不已。但愿上帝不为难，保佑我们一切顺遂。现在来谈正事。我在你那里留了没用上的两册《现代人》，请你把一册送给加加林公爵，另一册以我的名义寄给别林斯基(注意，避开观察家们)，告诉他我来不及和他见上一面，很抱歉。第二，你的《笔记》我忘带了，请费心寄来，快点。第三，钱，钱哪！亟须要钱用，没钱活不下去。

我一路平安，虽说修过三次马车，谢天谢地都是在那个地方，就是在驿站修的，而且总共不超过两个小时。

第 2 期《现代人》好极了，为此你也会向我致谢的，我自个儿也开始喜欢《现代人》了，要好好干。再见，祝你打牌等走运。衷心问候维拉·亚历山德罗芙娜，她托我办的事还来不及办，近几天就办。

5 月 27 日

告诉你有关我的萨什卡的一则笑话吧：人家不准他要他想要的东西。(我不知为什么)这几天他老对他姨妈说：“阿齐娅，给我倒茶！我不会请求你的。”

338. 致Д. В. 达维多夫

1836 年 5 月下旬自彼得堡寄往莫斯科

（草稿）

有关德累斯顿的文章在发表之前，我不能现在就把它从莫斯科寄给你，因为它是通过检查机关审查过的文件。不过，你会有机会把这篇文章高贵的伤口①看个够的。

你同意照现在这样发表这篇文章，对此先行致谢了，可惜，我们不能把它塞进《现代人》第 2 期，因该期登的全是写拿破仑的文章。怎能如此随便地把温岑格罗德将军②作为媾和的牺牲品钉在旺多姆圆柱③脚下？我袖子都卷起来准备动手了，却让这些可恶的家伙溜了，由他们去吧，见他们的鬼去吧。

维亚泽姆斯基对我说，无须你同意便可出版《你那双眸》。我倒很乐意，不过有点担心。你看怎么样，可否——不署名……

我等着雅济科夫的来信。

---

① 暗指检查机关对此文章大砍大删。

② 温岑格罗德将军，即费迪南·费奥多罗维奇·温岑格罗德（1770—1818），男爵，俄国和奥地利军事活动家，将军。

③ 旺多姆圆柱，建于巴黎旺多姆广场，以纪念拿破仑的功绩。

339. 致Л. С. 普希金

1836年6月3日自彼得堡寄往梯弗里斯

我们预定的家产分割[①]简告如下：

八十个农奴和七百俄亩土地都在普斯科夫省(假定每个农奴价五百卢布，不是一般的四百卢布)，共值

	——40000	卢布
扣除其中七分之一给父亲	5714	
再扣除十四分之一给妹妹	2857	
共扣除	8571	
父亲不愿接受自己那一份，他让给姐姐。		
你我剩下可供平分的	31429	卢布
你应得	15715	

9月份前我们来不及做什么。

你在梯弗里斯欠债多少，来信说明。如果来得及，就把自己的期票赎回来，趁你的债主们还不知道你接收产业一事。

看过你写给尼古拉·伊凡诺维奇[②]的信后才知道你对自己的产业情况一无所知：你写给波尔金诺村的期票我已赎回，欠普列谢耶夫

① 普希金在母亲去世后，想把米哈伊洛夫斯克村留给自己，弟弟应有的份额，付钱给弟弟。——原编者注

② 尼古拉·伊凡诺维奇，即尼古拉·帕夫利谢夫，普希金的姐夫。

的债替你还了(我不再管家后,他来信讲的那三十个金卢布除外),欠尼古拉·伊凡诺维奇的债也还了。小笔债务中,古特的债未还。尼古拉·伊凡诺维奇告诉我,还有你知道的一些其他债务。

6 月 3 日

我的意见:这一万五千卢布分三年付给你。也许你要钱用,不同意接受米哈伊洛夫斯克村的一半收入。——我再和父亲谈谈他已替你安排好的事,也可能毫无结果。我把庄园交给他时,本来都替你争到了基斯捷涅沃村一半的单独收入。可是,显然父亲改变了主意。无论如何,父亲领地管理也好,破产也罢,我再也不想插手了。

340. 致 A. A. 克拉耶夫斯基

1836 年 6 月 6 日于彼得堡

维亚泽姆斯基写裘力斯·恺撒和拿破仑的那篇文章[①],人名中有文字错误。比如,塔奎尼乌斯[②]成了塔奎尼,帕提亚人成了帕提人,提比略[③]成了提维略,等等。找到后请费心改正过来。

---

① 指维亚泽姆斯基《拿破仑和裘力斯·恺撒》一文,供《现代人》第 2 期刊用。——原编者注

② 塔奎尼乌斯,古罗马第五代国王。

③ 提比略,即克劳狄·尼禄(前 42—37),古罗马皇帝(14—37)。

341. 致 H. A. 杜罗娃

1836 年 6 月 10 日自彼得堡寄往叶拉布加

兹将您札记的开头部分寄上。各册俱已印好,正在装订。不知可否让出版停下来。我由衷的无私的意见是:完全停下来。《女骑手札记》有点矫揉造作、不自然,像德国小说。《H. A. 杜罗娃笔记》——朴实、真挚、文笔优美。勇敢些——在文学舞台上,您要像在使您芳名远扬的疆场上那样勇敢才对。敷衍了事,毫无好处。

您的　亚·普

寒舍随时供您使用:皇城河沿河街洗衣桥巴塔舍夫寓所。

342. 致 И. И. 德米特里耶夫

1836 年 6 月 14 日自彼得堡寄往莫斯科

亲爱的伊凡·伊凡诺维奇先生，在下回到彼得堡即收到先生华函，荣幸之至。多蒙先生对在下家庭不幸[①]的关怀，家父命我向先生表示最深切的谢忱。

先生对《现代人》的赏识鼓励着在下投身这一新的天地，先生的美意将努力报答。

先生有关同音异义词的评论定为《现代人》第 2 期增色生辉，会一字不落地登载出来。先生那位孪生兄弟[②]并非天帝之子，与先生同期相遇，在诸多方面对他都不利。

上帝保佑先生健康长寿！祝愿先生万寿无疆，活过当代年轻作家，如同先生的诗文流芳百世，胜过我国年轻的现代文学一样！

谨致以最崇高的敬礼并奉上一片忠诚。

忠仆

亚历山大·普希金

6 月 14 日

于圣彼得堡

---

① 指普希金母亲去世。——原编者注

② 指德米特里耶夫的侄子米哈伊尔，两人在同一期《现代人》上发表作品，分别署名为“И. Д.”和“伊凡·德米特里耶夫”，故普希金有此戏言。

343. 致 И. М. 片科夫斯基

1836 年 6 月 14 日自彼得堡寄往波尔金诺

我从莫斯科回来就看到您的来信。希望莫斯科的委员会的收据您已经收到了。不该加上租金。如果可以把基斯捷涅沃变成耕地，并且又有利可图，那就预示着成功啦。然而这未必可行。

家父打算今年上您那儿去，可未必能成行，他可能又不同意住在波尔金诺。要是不留在莫斯科，以我看，他会搬到米哈伊洛夫斯克去。

您对我们家领地那么关心，我非常感激。去年也是您打消了家父出售领地，从而剥夺我和孩子们最后一块靠得住的面包的想法，多亏了您。请您相信，此恩我会永世不忘。

亚·普

1836 年 6 月 14 日

于圣彼得堡

米哈伊洛[1]和他全家的情况，我会写信告诉您。

① 指米哈伊洛·卡拉什尼科夫。

344. 致 Н. И. 乌沙科夫[①]

约 1836 年 6 月 14 日前后于彼得堡

（草稿）

从莫斯科回来即收到阁下寄来的书[②]，何其荣幸。随即如饥似渴一气读完。

我无意将此书作为学识渊博的军人学者的著作妄加评论，只是对书中叙述之清晰、雄辩与生动赞叹不已。埃里温、阿尔兹鲁姆和华沙征服者的英名自此便同他那杰出历史学家的大名联系在一起啦。我十分惊讶地发现，阁下动动笔便把不朽之荣誉惠赐予我，置我于荣耀之殿堂，宛如埃里温伯爵恩准我随其纵马驰入刚刚攻克的阿尔兹鲁姆一般。

谨致以最崇高的……

① Н. И. 乌沙科夫（1802—1861），将军，军事作家、历史学家。

② 指《亚洲土耳其 1828 年、1829 年作战史》。注释中有普希金参加过两军一次火器对射。

345. 致 П. А. 维亚泽姆斯基

1836 年 5 月底至 6 月上半月于彼得堡

祝贺你顺利通过书刊检查①。现将《冯维辛传》寄给你。我手头没有赫沃斯托夫的《信》,也未见过。冯维辛写过抨击神学方面的文章《避居穷乡僻壤的隐修士阿瓦库姆》,②你知道吗?

---

① 指维亚泽姆斯基的《冯维辛传》通过检查。——原编者注

② 《避居穷乡僻壤的隐修士阿瓦库姆》,被认为是冯维辛旨在反对古老信徒派教徒的辩论性作品《某位阿瓦库姆隐修士生平》,实为丘尔科夫所著。——原编者注

346. 致 A. A. 克拉耶夫斯基[①]

1836 年 6 月 18 日于彼得堡

我已准许印刷厂先排印《巴黎》，然后再印下边两篇：《论〈钦差大臣〉》和《论新书》。因为《巴黎》已经准备就绪，那两篇文章还未誊清，还未上过克雷洛夫的老虎钳。[②] 请原谅，祝你健康，因为我们还得活着。

您的　亚・普

6 月 18 日

---

① A. A. 克拉耶夫斯基，普希金与莫斯科各家杂志的中介人。

② 克雷洛夫（1748—1853），彼得堡大学教授，书刊检查官。此语指尚未经过他的严格审查。

347. 致H.A.杜罗娃

1836年6月(不早于25日)自彼得堡寄往叶拉布加

收到您用语坦率、态度坚决的来信[①],非常感谢。此信极为亲切,因为满纸都是您那火爆、缺乏耐心的脾气的痕迹。我将照书吏所言逐项答复。

1)您的札记尚未誊清,我只得托付信得过的人誊抄,所以就耽搁了。

2)皇上愿意做我的检查官,这是实情;不过我拿别人的作品让他审查,您当然例外,这样做总得有个借口。我正想与您商谈此事,切不可操之过急影响大事。

3)您荣耀地走下一个舞台,进入一个新的、陌生的领域。著作家的辛苦麻烦,您尚不了解。一礼拜之内不可能出版书籍,至少要两个来月。要誊清手稿、呈送检查机关审查、找印刷厂,等等。

4)信上您写着:"干吧,或者让我来干吧。"我拿到誊清稿,就马上开始干。这不会,也不应该妨碍您那方面的行动。我的宗旨——为您提供尽可能多的利益,不让您成为那些自私自利、怠慢拖沓的书商的牺牲品。

5)我不能要手腕去晋见皇上。我甚至想到,在检查机关不批准您的札记,万不得已时再去求见皇上。有机会碰到您时,我会当面解释这一点。

---

① 杜罗娃催促普希金出版她的《札记》,建议想办法呈送尼古拉一世。——原编者注

剩下的五百卢布[①]我会在7月1日前寄上。通常(如同所有杂志出版人一样)我在所购文章发表之后才付稿费。

我知道有个人会乐于买下您的札记,不过他的条件对他自己更为有利。不管怎样,您卖手稿也好,自己出版也好,出版与校对等一切麻烦事统统交给我就是了。务请相信我的一片忠心,千万别急急忙忙地指摘我不卖力气。

谨致以最崇高的敬礼并奉上一片忠诚。

忠仆

亚历山大·普希金

又及:《现代人》第2期近几天面市,到那时我就有闲了,也有钱了。

① 五百卢布是普希金欠杜罗娃的稿费,《现代人》第2期发表了《札记》片段。——原编者注

348. 致 A. A. 克拉耶夫斯基

1836 年 6 月后半月于彼得堡

穆拉维约夫在自己的剧作中发现一个大错,漏印了一个完整的句子:

谁赞成骑士团长的意见?
博埃蒙德答道:我!(163 页)

我们怎么办?重印该页,还是刊登勘误?①

① 《现代人》第 2 期第 163 页后来重印。——原编者注

349. 致 И. А. 雅科夫列夫

1836 年 7 月 9 日于彼得堡

亲爱的伊凡·阿列克谢耶维奇：

实在愧对于您，我无言可辩。有了钱随手就花光了——替人家还债，帮别人赎回领地——可我自己依然一身债务。领地极度衰败，我没钱还债……所以，无奈中只好求您延期到秋天。[①] 同时祝贺您来到首都。我们在何处见面？我正在服丧期内，[②]不外出，不过很乐意见到您，虽说您是我的债主。我求助于您那久经考验的宽厚仁慈了。

亚·普希金

1836 年 7 月 9 日

于石岛

---

① 普希金欠雅科夫列夫六百卢布。——原编者注

② 普希金之母病故于 1836 年 3 月 29 日。——原编者注

350. 致 Н. И. 帕夫利谢夫

1836 年 7 月 13 日自彼得堡寄往米哈伊洛夫斯克村

管家[①]是个骗子,这我十分清楚。我承认,从未想到他竟如此肆无忌惮。您赶走他,自己管理家业,做得好极了。只有一点不好:从来信得知,他竟不顾我的嘱咐,把家产都变卖光了。不知您目前靠什么生活。您那位波隆斯基没上我这儿来。不过我没有列夫·谢尔盖耶维奇出具的委托书[②],所以没去找他。需要找他之时,我又不知上哪儿才能找到他?老爷子 7 月 1 日已离开彼得堡——我也没听到他什么消息,一知道该往何处给他写信,我就把姐姐的信转给他。姐姐身体好吗?我衷心拥抱她。还有,向可爱又可敬的普拉斯科维娅·亚历山德罗芙娜[③]致敬,她把我全忘了。我在这里忙得头昏脑涨,等我把自己的事稍作安排后,就尽快去米哈伊洛夫斯克村。

7 月 13 日

---

① 指米哈伊洛夫斯克领地的管家林格尔。——原编者注

② 指管理田庄的委托书。——原编者注

③ 指普拉斯科维娅·亚历山德罗芙娜·奥西波娃。

351. 致 K. П. 布柳洛夫

1836 年 6 月至 7 月于彼得堡

马利佐夫、索博列夫斯基和普希金向布柳洛夫致敬![1]

---

① 此信是普希金等三人合写的便条。

352. 致 H. И. 帕夫利谢夫

1836 年 8 月(不晚于 13 日)自彼得堡寄往米哈伊洛夫斯克村

请费心把出售米哈伊洛夫斯克庄园的广告在当地写好后寄来,我好印出来。尽力在当地与最合适的买主谈妥。了解该地区及我们土地情况的这里的邻居,给我出二万卢布!说真话,未必有人肯多给一倍的价,六万我想都不敢想。您提出的那桩生意[①],我不能同意,原因在于:家父无论如何不会同意分给奥莉加财产,我也指望不着波尔金诺。他坐吃山空,一半家产都耗光了,另一半还要卖掉。您信上说,米哈伊洛夫斯克对我不过是个小玩具。对我来说,是的。可我的孩子们丝毫不比您的廖利亚富有,我也不能拿他们的将来或财产开玩笑。如果您得到米哈伊洛夫斯克后又卖掉,那对我来说它连小玩具也算不上了。您估价六万四千,好价钱,不过,要知道别人会不会给这么高。我倒想给,可没这么多钱,就是有钱,也想图更多的利。问候奥莉加,上帝保佑她健康——保佑我们有个好买主。今年秋天我要去米哈伊洛夫斯克村——可能这是最后一次了,希望能见到您。

亚·普

---

① 1836 年 7 月 11 日,帕夫利谢夫致信普希金,提议自己全部拥有米哈伊洛夫斯克村领地,普希金应有的份额他付钱,估价二万五千卢布。——原编者注

353. 致 А. Л. 克雷洛夫

1836 年 8 月前半月于彼得堡

普希金恭请亚历山大·卢基奇将此文呈递应该呈递之处审查。[①]

① 此话写在普希金《亚历山大·拉季舍夫》一文的抄件上。——原编者注

354. 致 A. A. 让德尔[①]

1836 年 7 月至 8 月于彼得堡

（草稿）

一位陌生的年轻人处境窘迫，亟须救助，故冒昧代他向您求情。赫梅利尼茨基先生前几天从小俄罗斯[②]来，他二十三岁，在这里既没有钱又没有靠山。听其谈吐，看其信件，可知此人气度高贵，聪明异常。问题是他想到海军谋个差使，可至今无缘晋见缅希科夫[③]公爵。我答应把他介绍给您，并保证只要您力所能及便会帮助他。

---

① A. A. 让德尔（1789—1873），剧作家，高级官吏，格里鲍耶陀夫的友人，1836 年为海军部办公厅主任。

② 小俄罗斯，旧俄时代对乌克兰的别称。

③ 缅希科夫（1787—1869），侍从将军，海军上将，海军部参谋总长。

355. 致 A. A. 克拉耶夫斯基

1836 年 7 月至 8 月于彼得堡

我即刻去检查机关——想把我的文章①转呈科尔萨科夫②公爵——再见。

① 供《现代人》第 3 期刊登的两篇文章(《M. E. 洛巴诺夫对文学精神……的意见》、《伏尔泰》)。——原编者注

② 科尔萨科夫(1790—1844),作家、翻译家、书刊检查官。

356. 致Д. В. 达维多夫

1836年8月自彼得堡寄往马札

（草稿）

你认为你那篇论游击战的文章将会完整无损地通过检查。你错了，它也未能幸免红墨水的践踏。我敢说，军事书刊检查官红笔涂鸦，无非是想表明文章他们已经看过。

真叫人痛心，又叫人无话可说。一个检查机关就够你受的，听命于四个检查机关[①]又会是什么滋味？我不懂，俄国作家究竟有什么错？他们不仅温顺，而且他们自己也符合政府要求。我知道，他们从未像现在这样受到压制：即使是在先皇在位最后五年，托克拉索夫斯基和皮鲁科夫的福，整个文学界也不过是变成了手抄书稿的工匠而已。

书刊检查是地方当局的事务，然而又分出了皇上直辖部门，而侍卫们遵从的不是条令章程，服从的只是他们自己那极端的观点。

---

① 《现代人》杂志除接受普通检查以外，还要经过四个机关检查：军事检查机关、宗教检查机关、外交部检查机关和宫内检查机关。——原编者注

357. 致 П. А. 科尔萨科夫

1836 年 9 月（不晚于 27 日）于彼得堡

亲爱的彼得·亚历山德罗维奇先生：

当我在文学舞台上走出最初几步之际，是先生向我伸出了友谊之手①，而今再次冒昧祈求先生庇护。

在我们这里，善于把书刊检查官的微妙职责与文学家（优秀者，而非现今的文人）的情感结合起来者，先生是绝无仅有之士。先生百忙、公务繁重，我是知道的。此番相烦于心有愧。然而我只能以莫大信任和由衷尊重之情向您求助最终裁决。先生只能怨您自己了。

冒昧奉上我的小说②前半部，请先生裁决，本人名字务请保密。

谨致以最崇高的敬礼并奉上一片忠诚。

您忠诚的

亚·普希金

---

① 科尔萨科夫 1817 年主编《北方观众》时曾发表过普希金几首诗。——原编者注

② 指《上尉的女儿》。

358. 致 Н. И. 格列奇

1836 年 10 月 13 日于彼得堡

亲爱的尼古拉·伊凡诺维奇先生：

先生对我《统帅》一诗的赞美之词，衷心感谢。巴克莱那个坚忍不拔的人物是我国历史上最卓越的人物之一。在军事才干方面，我不知道自己能否完全证明此人亦具有帅才，不过他那种刚强性格永远值得赞叹与崇敬。

谨致以真诚敬礼与忠心。

您的忠仆

亚历山大·普希金

1836 年 10 月 13 日

359. 致 M. A. 科尔夫

1836 年 10 月 14 日于彼得堡

昨天收到的你的邮件，它在各方面对我都无比珍贵，定会成为我的纪念品。老实说，国事重任抢走了我的历史学家，实在遗憾。我不希望别人代替你。所寄书目[①]看罢，不胜惶恐和惭愧：列出的大部分史书，我都一无所知，这些书我要千方百计搞到手。俄国这段近代历史是何等广阔的天地啊！你不以为这片领域全然尚未开拓，除我们俄国人外谁也不会从事这一工作吗？——然而历史长存，人生短暂，怕就怕生性懒惰(尤其是俄罗斯人)。

再见，我们也许明天在米亚索耶多夫[②]家相会。

一心忠于你的

亚·普

10 月 14 日

① 供普希金研究彼得一世时期历史的书目。——原编者注

② 米亚索耶多夫，普希金与科尔夫在皇村学校时的同学。——原编者注

360. 致 M. Л. 雅科夫列夫

1836 年 10 月 9 日至 15 日于彼得堡

我同意 No. 39[①] 的意见。二十五周年纪念活动，皇村学校老规矩没什么可更改的。这也许是不祥之兆。我说过：即或只剩下一个皇村学校的学生，他一个人也要庆祝 10 月 19 日，[②]不妨先提醒一下各位。

No. 14

---

① 指雅科夫列夫。在皇村学校，雅科夫列夫住第 39 室。

② 普希金曾于 1825 年作《10 月 19 日》一诗，诗中写道："我们中间谁能活得最久，待到老年/他将独自把皇村学校这一日子隆重纪念。"

361. 致П.Я.恰阿达耶夫[①]

1836年10月19日自彼得堡寄往莫斯科

多谢您寄来的小册子[②],我满意地重读了一遍,这本书居然翻译并且印出来了,我惊奇不已。译文也让我满意,原著强烈的表现力和无拘无束的自然风格在译文中保存下来了。至于思想观点,您也知道,我和您是远非一致。毋庸置疑,分裂出来的教派(宗教分裂)把我们与欧洲其余部分分割开来,可是我们有自己特殊的使命。这就是俄罗斯,这就是她那广袤无垠的领土化解了蒙古人的侵犯。鞑靼人也没敢越过我国西部边界进而把我国变成他们的后方。他们都退回自己的荒漠去了,于是东正教文明才得以拯救。为达此目的,我们有过完全独特的生存方式,这种方式把我们变为基督徒,与基督教世界又完全不同的教徒。由于我们受苦受难,天主教的欧洲才能排除种种干扰从而得到大力发展。您说我们吸收基督教的来源不纯洁,应该鄙视拜占庭,拜占庭可鄙,等等。哎,我的朋友,难道耶稣基督不是生就的欧洲人吗?难道耶路撒冷不是众口谈论的话题吗?由此产生的福音书难道就不令人惊叹了吗?我们从希腊人那里得到的是福音书和传说,不是孩童吹毛求疵与吵架斗嘴的那种精神。拜占庭法典

---

① 全信原文为法文。

② 此信谈的是恰阿达耶夫著名的《哲学书简》第一部,俄译文刊载于《望远镜》1836年第三十五卷15期,是H.X.克特切尔从法文译出的。由于恰阿达耶夫受迫害,普希金此信未能寄出。——原编者注

从来不曾被当作基辅的法典。我们的宗教界，直到费奥凡[①]之时，都值得尊敬，从未沾染上天主教的恶习，在人类最需统一之时当然也从未引起变革。我们的宗教界现在落后了，这点我同意。原因何在，您想知道吗？它长出大胡子了，老啦，这便是一切。它不属于美好的社会。要说我们历史贫乏，您的意见我是绝不能苟同的。奥列格和斯维雅托斯拉夫的战争，甚至于公国间战争——难道不是各民族幼稚时期所特有的、充满激烈动荡和强烈的、目的不明确的活动过程吗？鞑靼人入侵——何等悲壮的场景啊。俄罗斯的觉醒、国力的发展、走向统一（自然是统一为俄国）、两位伊凡，发端于乌格利奇[②]而终于伊帕季耶夫修道院[③]的辉煌戏剧。怎么样，这一切难道不是历史，只是模糊不清而又易于忘却的梦幻不成？彼得大帝一个人就是一整部世界史！把俄国置于欧洲门槛上的那位叶卡捷琳娜二世呢？把我们带进巴黎的亚历山大呢？再说（平心而论），俄国当今情况下，您就找不出一点显著的、能震动未来的历史学家的东西吗？您以为史学家会把我们置于欧洲之外？虽然我个人由衷地依恋皇上，可我所目击的周围一切让我丝毫也高兴不起来。作为文学家——我感到愤慨，作为抱有主见的人，我感到屈辱，但是我以名誉发誓，地老天荒我也不会换一个祖国，除了我们祖先的历史，上帝赐予我们的历史，之外，我不会再有另一部历史。

写了一封非常长的信，跟您争论一番后我应该对您说，您来信中的许多意见都是对的。确实必须认识到我们的社会生活——是令人忧虑的现象。这种不存在社会舆论的现象，这种对任何义务、正义或真理都无动于衷，这种对思想、人类尊严的犬儒主义的鄙视，真令人绝望。您大声讲出这些话，干得好。可是我担心您那宗教的史学观

---

① 指费奥凡·普罗科波维奇（1681—1736），俄国宗教和政治活动家、作家、历史学家，曾任普斯科夫主教、诺夫哥罗德大主教、神学院副院长。

② 第聂伯河下游至黑海沿岸地区，10 世纪中叶并入古俄版图。

③ 指 14 世纪中叶建于科斯特罗马附近的修道院。

点会害了您……最后，我很懊丧的是，您把文稿交付编者时我不在您身旁。我哪儿也没去，没法告诉您文章引起了什么反应。我希望人们不要吹捧这篇文章。《现代人》第3期您看过吗？《伏尔泰》和《约翰·泰纳》——我写的。要是科兹洛夫斯基[①]永远当文学家的话，他便是我的上帝。再见，我的朋友。见到奥尔洛夫和拉耶夫斯基，请替我问候他们。他们是不太虔诚的基督徒，对您的书简他们说了些什么？

10月19日

① 科兹洛夫斯基公爵在《现代人》第3期发表《论希望》一文。普希金直到受伤逝世之前还建议他为《现代人》写一篇文章介绍蒸汽机。

362. 致 С. Л. 普希金[①]

1836 年 10 月 20 日自彼得堡寄往莫斯科

亲爱的父亲，首先告诉您，这是我的地址：马厩桥附近莫依卡的沃尔康斯卡娅公爵夫人府邸。我不得不搬出巴塔舍夫寓所，他家的管家是个坏蛋。

您问娜塔丽娅和孩子们近况如何，谢天谢地，她们都很健康。我没有听到姐姐的消息，她离开乡下是带着病的。她丈夫来过一些毫无意义的信件，让我实在受不了，正该需要处理他的事情时，连个人影也见不着。您把分给奥莉加的那份家产的委托书寄给他吧，这很有必要。列夫入伍了[②]，总向我要钱。不过我无力供养全家：我的情况更糟，全靠自己的力量养家，负担着一大家人口，将来的事连想也不敢想。帕夫利谢夫责备我乱花钱。既然我并不依靠别人生活，我除了对自己的子女外对谁都没有责任。他偏说反正我的孩子们比他的孩子有钱。我不懂，不过我不能，也不愿为他们慷慨解囊。

原打算去米哈伊洛夫斯克小住——没去成，这至少还要影响我的事情达一年之久。我在乡下能多做点事，在这里什么也干不成，只让人痛苦烦恼。

再见，亲爱的父亲，吻您的双手，衷心拥抱您。

1836 年 10 月 20 日

---

① 全信原文为法文。

② 列夫·谢尔盖耶维奇 1836 年 7 月入伍后去了格鲁吉亚。——原编者注

363. 致 П. А. 科尔萨科夫

1836 年 10 月 25 日于彼得堡

亲爱的彼得·亚历山德罗维奇先生：

先生垂询，赓即奉复。女郎的姓氏米罗诺娃[①]是杜撰的。我的小说是根据从前听来的故事写成的，好像是背弃天职叛投普加乔夫的那帮军官中的某人讲的。当时他那垂暮之年的父亲跪在女皇脚下苦求，才免他一死。正如先生所见，小说离事实甚远。作者姓名，甚望先生勿予提及，只说手稿来自彼·亚·普列特尼奥夫，我已经关照过此人了。

您的忠仆

亚历山大·普希金

10 月 25 日

---

① 《上尉的女儿》中的人物，即玛丽娅·伊凡诺芙娜·米罗诺娃，要塞司令之女。

364. 致 A. H. 穆拉维约夫[①]

1836 年 10 月至 11 月初于彼得堡

您那让我盼望已久的文章收悉,衷心感谢。实在对不起您。不仅应该,也确实希望和您谈谈——何时可以见到您呢?

亚·普希金

① A. H. 穆拉维约夫(1806—1874),十二月党人亚历山大·尼古拉耶维奇·穆拉维约夫之弟,作家。

365. 致 E. Ф. 坎克林[①]

1836 年 11 月 6 日于彼得堡

亲爱的叶戈尔·弗兰采维奇伯爵大人：

受大人宽厚仁慈的鼓舞，再次冒昧以小事相烦。

大人部里周知的文件上载明，在下欠国库（不用担保）四万五千卢布，其中二万五千（卢布）该在五年内还清。

而今，在下打算立即还清债务，但有一个障碍，这障碍排除不难，但需借重大人之力。

在下于下诺夫哥罗德省有二百二十名农奴，其中二百名可典押四万卢布。家父已将该庄园交付给我，并规定在其生前不得出售，但可以向国家或个人典当。

不过，国家有权索债而无须考虑个人支配权，只要支配权未获皇上御准即可。

---

① 头天晚上，普希金收到《戴绿帽子荣誉勋章证书》，该匿名诽谤材料暗示普希金"占用公款"，所以普希金下决心立即还债。该提议未被坎克林接受。——原编者注

另据列·格罗斯曼著《普希金传》记载，普希金是在 11 月 4 日（而非前注所言"头天晚上"即 11 月 5 日晚上）收到经邮局寄来的一封匿名信《戴绿帽子荣誉勋章证书》，此信也同时寄给普希金一些朋友。信中称，"在会长纳雷什金主持下，戴绿帽子协会会员一致推举亚历山大·普希金为'副会长'和'勋章史编纂家'"。纳雷什金的妻子是亚历山大一世的情妇，所以普希金明白此信在暗示自己妻子与亚历山大一世的关系，也使诗人想到："原来是由于妻子跟皇上的关系才得到他给予的种种好处……"，于是决心"不领此圣恩"，立即将债款归还国库。

在下冒昧以此庄园抵还上述四万五千卢布。庄园确值此额，也许还不止此数。

此外，还有一要事请求大人，恳请大人切勿让皇上知晓此事。因为抵债一事与别的事无甚关联，可当作普通事务处理。皇上仁厚慈善，也许不会同意这样还债（虽然绝不难堪），如若下旨赦免此笔债务，在下将不堪窘迫，势必辞谢皇恩，这样做又会让人视为粗鲁无礼、炫耀自己，甚至不知恩义。

谨致以最崇高的敬礼，并奉上一片忠诚。

忠仆

亚历山大·普希金

1836年11月6日

366. 致 Н. Б. 戈利岑[①]

1836 年 11 月 10 日自彼得堡寄往阿尔捷克

亲爱的公爵，我要千百次地感谢您，感谢您无与伦比地翻译出我针对国家仇敌的诗文。

我见过三种译文，有一种还是我朋友中一位身居高位者所译，却没有一种比得上您的译文。当初您何以不译这首短诗呢？——要不然，我可以把您的译文寄到法国去，好好教训一顿议院那帮夸夸其谈的家伙。

阁下那里的克里米亚美妙的气候真让我羡慕不已。华函引起我种种的回忆。那儿也是我《奥涅金》的摇篮，所以，其中某些人，阁下当然是认得出的。

阁下答应用诗体翻译我的《巴赫奇萨拉伊的喷泉》，我相信定能成功，如同阁下巨笔取得所有成就一样，虽说阁下醉心的那类文学作品在我所了解的作品中是最难处理，也是最费力不讨好的。据我所知，没有把俄文译成法文更难的事了。因为我们的语言简洁精练，再没有像俄文这样凝练简洁的语言了。您如此成功地做到了这一点，光荣和名望当然也就非阁下莫属了。

再见，我对在我们首都面见阁下依然抱有希望，因为我知道阁下

① 全信原文为法文。Н. Б. 戈利岑(1794—1866)，音乐家、诗人，将俄文作品译成法文的翻译家。——原编者注

高升在即。

您的　亚·普希金

1836 年 11 月 10 日

于圣彼得堡

367. 致 B. A. 索洛古勃[①]

1836 年 11 月 17 日于彼得堡

我毫不犹豫地把本来可以口头宣布的声明写成书面声明。我要求与盖克伦先生决斗，他未作任何解释便接受了挑战。我从社会议论中获知乔治·盖克伦先生决定在决斗后公布娶冈察罗娃小姐之意愿，故请求决斗证人先生们权当没有这次决斗挑战这回事。我没有任何理由把他的决定看成一位高尚人士不配有的主意。

伯爵，请在您认为适当的时机使用此信。

请相信我的一片敬意。

亚·普希金

1836 年 11 月 17 日

① 全信原文为法文。此信是给索洛古勃(普希金的决斗副手)和达尔沙克(丹特士的决斗副手)的复信。普希金 11 月 5 日收到匿名诽谤信后要求决斗。普希金考虑到丹特士同意娶娜塔丽娅·尼古拉耶芙娜·冈察罗娃的姐姐，才允诺撤回挑战，并说明了不决斗的理由。照普希金的想法，这种“和解”理由当使丹特士在上流社会被当成懦夫。普希金凌辱丹特士的目的并未达到，丹特士出自懦弱与卑下目的之婚姻，在上流社会反而被视为拯救娜塔丽娅·尼古拉耶芙娜名誉的“骑士般的自我牺牲”。——原编者注

368. 致 M. Л. 雅科夫列夫

1836 年 11 月 19 日于彼得堡

我亲爱的和尊敬的米哈伊尔·卢基扬诺维奇！对不起！本来是请你今天来寒舍便饭相聚的，可我得外出。下次吧。请你海涵。别忘了给我这个罪人带一本有关圣人的札记[①]来。

① 可能是指 M. Л. 雅科夫列夫和 Д. A. 埃里斯托夫合编的《圣徒历史词典》，普希金想评此书。普希金的评论载《现代人》1836 年第 3 期。——原编者注

369. 致Л.盖克伦[①]

1836年11月17日至21日于彼得堡

男爵：

首先请允许我对不久前发生的事件加以总结。贵公子的行径，本人早有所知，因此我不能漠然视之。由于贵公子的行径尚未越出上流社会的规矩，也因我本人深知自己的妻子在这方面值得我充分信任和尊重，我本想做个旁观者，到必要时再进行干预。我很清楚，漂亮的仪表、不祥的狂热、两年不断的追逐最终会在年轻女子的心上留下某些印象，这时身为丈夫者，只要他不是傻瓜，就会完全自然地成为自己妻子的信赖之人，成为自己妻子行为的主人。我承认，我的心情并非十分平静。然而，一个在其他场合下本会使我极端不快的事件恰巧使我摆脱了困境：我收到几封匿名信。我认为时机已到，便利用了这一时机。想必你早已知道：我曾使您的儿子扮演了一个既滑稽又可悲的角色，当我的妻子看到他的卑鄙和怯懦时，不禁啼笑皆非。他那种伟大而高尚的激情也许在她心里引起过某种感情，现在却由于蔑视和厌恶而烟消云散了。

可您，男爵，恕我直言，在此整个事件中扮演了一个很不体面的

---

① 全信原文为法文。Л.盖克伦（一译盖克恩）（1791—1884），1823年起为荷兰驻俄国公使，是乔治·丹特士的义父。该信两份抄件残片保存至今。普希金写此信是要尽量羞辱盖克伦，普希金认为是他炮制匿名信的。可能由于尼古拉一世的要求，此信并未发出。

角色。您身为某国君王的代表，身为人父，却在为自己的私生子或所谓的义子拉皮条；看来，这个乳臭未干的小子的行为是在您的怂恿下进行的。正是在您的授意下，他才敢做出如此卑鄙无耻的勾当，才敢写出如此荒唐下流的文字。您的所作所为，活像一个恬不知耻的老妇人，您到处窥伺时机，向我妻子诉说您那私生子的所谓爱情；当他因患梅毒而出不得家门时，您这个寡廉鲜耻之徒却谎称他是由于相思病重而奄奄一息；您还不厌其烦地絮絮叨叨，居然要她还您的儿子。还远不止这些。

您看得出，我对此一切了如指掌，请少安毋躁，这还没完。我曾对您说过，事情复杂了。我们再回到匿名信上来。您猜得好，这些信件是您感兴趣的。

11 月 2 日您可能已从贵公子口中听说了令您称心如意的消息，想必他会对您说我怒不可遏，说我妻子害怕……说她张皇失措。于是您决定进行显然是最后一击，于是炮制了匿名信。

所散发的十份匿名信，我收到了三份。此信炮制得极不精心，我一眼便发现了作恶者的蛛丝马迹。对此我不再担心了，深信我定能揪出那老奸巨猾的阴谋家。事实上，经过不到三天的调查，我已完全清楚该如何行动了。

如果说外交只是探听他人的隐私、破坏他人计划的一种艺术，那么阁下定要还我一个公道并承认我已经把你们各个击破了。

现在我要谈谈写这封信的目的。也许您很想知道，是什么原因使我迟至今日才让阁下在我国和贵国宫廷面前名誉扫地。我可以奉告阁下。

正如阁下所知，我乃善良诚实之人，不过，我的这颗心却异常敏感……对我来说，决斗犹嫌不足……不论决斗结局如何，不论贵公子是死是活，不论他那纯属是一场无耻的闹剧的婚姻（其实，这婚姻并未让我感到丝毫的难堪和窘迫）是否破灭，还是最终我有幸给您写的这封信函（此信抄件我将保存备用），都不足以雪我心头之恨。我想请您费心自己去找出足够的理由好让我不往阁下脸上唾上一口，从而消除这一可悲事件的影响，使我轻松地写出我戴绿帽子历史的最出色的一章。

阁下最卑微恭顺之仆

亚·普希金

370. 致 A. X. 宾肯多夫[①]

1836 年 11 月 21 日于彼得堡

伯爵大人：

卑职认为有权，甚至有责任将不久前家中所发生的事禀告大人。11 月 4 日晨，卑职收到有辱本人及贱内名誉的三封匿名诽谤信。从信纸、遣词用语及炮制情况，我一眼便看出这是出自一个外国人、上流社会的人、外交官之手。我进行调查后，获知有七八个人当天都收到该信抄件。信封两面都印着我的姓名、地址。收到此信者大多鄙视这种下流行为，没把信转给我。

总之，对如此卑贱无理的侮辱，他们无不愤慨，一致肯定贱内言行举止无可挑剔，他们说丹特士先生无休止地向她献殷勤便是这一卑贱下流举动的根由。

我不该看到贱内的姓名在这种情况下与任何其他人的姓名联系在一起。我已托人将此话转告丹特士先生。盖克伦男爵曾来寒舍，以丹特士名义接受决斗挑战并要求将决斗延期两个礼拜。

原来，在此期间丹特士却爱上了卑职姨妹冈察罗娃小姐并向她求了婚。卑职从众人议论中得知此事后，便托人要求达尔沙克先生

---

① 全信原文为法文。由于宾肯多夫斡旋，尼古拉一世 11 月 23 日接见普希金，皇帝显然希望普希金不要卷入盖克伦的事件中去（参见第 369 封信），并要普希金答应不进行决斗。——原编者注

（丹特士先生的决斗副手）撤回挑战。与此同时，卑职确定匿名信出自盖克伦先生之手，并认为有义务将此情况报告政府、公诸社会。

卑职作为本人及贱内名誉的唯一裁判人、保护人，并未要求对此进行公正裁判、并未要求报仇，所以不能，也不愿向任何人提供我所认定之事的证据。

伯爵大人，无论如何，卑职都希望此信是对大人所怀敬意与信赖的明证。

卑微恭顺之仆

亚·普希金

1836年11月21日

371. 致 E. Φ. 坎克林

1836 年 11 月 21 日后于彼得堡

（草稿）

大人复函[①]奉悉，不胜荣幸。卑职冒昧提出的办法似不妥当，遗憾之至。任何情况下卑职均以仰赖大人最终裁决为己任。

承蒙大人关照，谨致以真挚的谢忱与最崇高的……

① 坎克林复信，答复普希金对偿还国债的提议（见第 365 封信）。——原编者注

372. 致 B. Ф. 奥多耶夫斯基

1836 年 12 月 7 日于彼得堡(?)

非常感谢。我一直在家,实在对不起您——鬼知道我怎么变得这样懒。

12 月 7 日

373. 致 А. Г. 巴朗特[①]

1836 年 12 月 16 日于彼得堡

男爵：

阁下希望了解俄国文学作品版权法规，在此我从速奉复。

我国文学活动成为一个相当大的行业只是近二十年来的事。在此以前文学创作仅仅被当作贵族阶层的高雅活动。斯塔尔夫人 1811 年说过："俄国有几个贵族在搞文学"（十年流放）。除了用自己的作品博取社会上的称赞外，谁也没想过要谋得其他好处，作者们自己也鼓励别人重版，并引以为豪。与此同时，我们的科学院也在心安理得、无所顾忌地带头违法。第一次盗版诉讼案是在 1824 年提出的。原先，立法者并未预见到类似的情况。文学作品所有权已蒙当今皇上认可。现将相关法律表述如下：

任何书籍之作者、译者有权将该书籍当作私有财产（非继承性财产）出版、销售。

作者、译者之合法继承人（在所有权未被剥夺之前提下）有权在二十五年内出版、销售该作品。

自作者、译者死亡之日起二十五年后，其作品即成为公共财产。

1828年4月22日立法

---

① 全信原文为法文。此信是对法国作家巴朗特（1782—1866）1836 年 12 月 11 日信的复信，巴朗特请普希金介绍俄国著作权的法律。

同年4月28日法律附件对此立法进行解释补充，主要条款如下：

文学作品，不论已发表或尚为手稿，只要著作者本人不要求，不论在其生前死后，均不能将其出售用以偿还著作者之债务。

著作者不论以前承担何种义务，只要作品修改达三分之二或完全重写，有权将其重版。

被视为侵犯版权的情况（非法重印）：1)重版时不履行法律规定之手续者；2)把手稿或手稿版权出售予两个或两个以上对象而又未达成一致意见者；3)出版发表于俄国的译作（或经俄国书刊检查机关批准之作品）而附原文于译作之后者；4)在境外重版发表于俄国之作品或经俄国书刊检查机关批准之作品而又在境内销售者。

这些规定远不能解决今后可能出现的问题。法律上没有任何条款涉及遗著。法定继承人应当对遗著拥有全部权利，以及对著作者本人全部财产的全部权利。以笔名发表的作品或被认定为某知名作家之作品，著作者是否对这些作品丧失所有权，在这种情况下应当遵循何种规定，法律对此全无规定。

重版外国书籍不受禁止，也没法禁止。俄国书商重版外国书籍总能获得高额利润。这些书籍无须输出境外即有销售保障，而外国人却因为没有读者而无法重版俄文书籍。重版时效定为两年。

文学作品所有权问题在俄国大为简化，因为在俄国要不讲明作者是谁并因此把作者置于政府直接保护之下，任何人也不能向书刊检查机关提供自己的手稿。

谨致敬礼，男爵大人。

最卑贱恭顺之仆

亚历山大·普希金

1836年12月16日

于圣彼得堡

374. 致 H. M. 孔申

1836 年 12 月 21 日、22 日自彼得堡寄往皇村

亲爱的尼古拉·伊凡诺维奇①,来信收悉,我非常高兴,这是您未忘却我的明证。呈文我今日就写好归卷。见到茹科夫斯基我会亲自托他转呈。求乌瓦罗夫吗——见他的鬼去吧!我和他还没有这份交情,不过可以指望茹科夫斯基办妥此事。您接替拉热奇尼科夫职务后,不像前任那样写小说吗?那有多好!反正您把我忘了,虽然后来又想起来,我只能友善地抱怨几句。

您不能来彼得堡吗?如能来,我也可以指望见到您了。呈文一有结果我会尽快相告。

亚·普

---

① 称呼笔误,应是尼古拉·米哈伊洛维奇。孔申请普希金为他谋求空缺的特维尔中学和特维尔省专科学校校长之职,他遂愿了。——原编者注

375. 致 B. Φ. 奥多耶夫斯基

约 1836 年 12 月 24 日于彼得堡

维格尔[①]对我说过几次，他给您寄过评布尔加林文章的评论[②]。如果还在您手上，请寄给我。《现代人》第 4 期[③]收到了？还满意吗？

① 维格尔(1786—1866)，"阿尔扎马斯社"成员，1823 年任比萨拉比亚省副总督。

② 维格尔对布尔加林《我的互教互学和再教育》一文的评论，布尔加林的文章是针对普希金的，但未发表。——原编者注

③ 普希金《上尉的女儿》在该期发表。——原编者注

376. 致 П. А. 奥西波娃[①]

1836 年 12 月 24 日自彼得堡寄往三山村

亲爱的普拉斯科维娅·亚历山德罗芙娜，您没法相信来函让我多么高兴。我有四个多月没有得到您的一点消息，只是前天利沃夫先生才把您的情况告诉我，当天又收到您的来信。我原盼秋天能见到夫人，却未能成行，部分原因是忙我的事情，另一部分原因是帕夫利谢夫妨碍了我，此人令我心绪不佳，我不想让人觉得去米哈伊洛夫斯克是为了分家产。

无奈我不能与夫人为邻，非常遗憾。不过我仍然希望不失去这个地方，我看它比别处都好。是这么回事：起初，我提出独自经营整个庄园，按每个农奴五百卢布计算，应分给他们的那些份额我负责支付。帕夫利谢夫按每个农奴八百卢布对米哈伊洛夫斯克进行估价——我不想跟他争论，不过这么一来，我只好放弃经营并提议卖掉庄园。他离开前写信对我说，他把庄园让给我，每个农奴五百卢布，**因为他需钱用**。我让他见鬼去了。我说要是庄园能值两倍的价，我也不想发姐姐和弟弟的财。事情就此作罢。夫人想知道我有什么打算吗？我原想夫人成为米哈伊洛夫斯克的所有人，我呢——只留下房宅花园，加上十来个仆人。我最大的心愿是今冬能去三山村小住几天，到时候我们再仔细谈谈此事。就此搁笔，谨致以衷心的问候。

---

① 全信除个别词句外，原文均为法文。

内人多谢夫人惦念,是不是要我把她给您带去?替我问候您一家人,尤其是叶芙普拉克西娅·尼古拉耶芙娜。

377. 致 B. Φ. 奥多耶夫斯基

1836 年 12 月(不晚于 29 日)于彼得堡

文章[①]写得既有理有据又尖刻辛辣。不过我还是认为检查机关不会都删去的——以防万一,还是问问的好。我们能否在科学院敦杜克公爵主持会议之处见面?

① 指维格尔的文章,见第 375 封信。——原编者注

378. 致 A. A. 普柳沙尔[①]

1836 年 12 月 29 日于彼得堡

先生：

1836 年 12 月 23 日来函中有关出版我的诗集的全部条件我都同意。这么说，事情就决定了。请先生安排印制二千五百册，自行选用纸张，委托先生一人销售，折扣为百分之十五，销售诗集收入先偿付全部出版费用，此外还是预付一千五百卢布纸币为好。[②]

请先生接受我无比的敬意。

亚・普希金

1836 年 12 月 29 日

于圣彼得堡

① 全信原文为法文。普柳沙尔(1806—1865)，书商、出版商。

② 由于普希金早逝，此事未果。——原编者注

379. 寄 A. Ф. 斯米尔金书店

1836 年 12 月 29 日于彼得堡

请按此便条把《现代人》第 4 期二十五册发下去。

亚·普希金

1836 年 12 月 29 日

380. 致某君

1827 年至 1836 年

此时此刻我还是什么事也做不成,希望一礼拜后能见到先生好好谈谈。万一我不能前去,恭请先生光临寒舍。

亚·普

请勿将此信看成是我谢绝邀请。

381. 致 В. Ф. 奥多耶夫斯基

1835 年至 1836 年于彼得堡

请行行好，将《观察家》[①]借我用上几小时。

亚·普

① 指《莫斯科观察家》杂志。

382. 致 В. Ф. 奥多耶夫斯基

1835 年至 1836 年于彼得堡

我在家待着，病了，着凉了。我准备在斗室接待贵客——出不了门。

亚·普

383. 致 A. П. 凯恩[①]

1835 年至 1836(?)年于彼得堡

我的鹅毛笔太脏，希特罗沃夫人用不得，故而在下荣幸地给她当秘书。

---

① 全信原文为法文。这是普希金在希特罗沃为凯恩与舍列梅捷夫的田产诉讼案写给凯恩的便条上的附言。——原编者注

384. 致 А. П. 凯恩[①]

1835 年至 1836(?)年于彼得堡

兹寄上舍列梅捷夫的复信,希望此信你喜欢——希特罗沃夫人已竭尽所能。再见,绝色的夫人。请放心。希望你健康,请相信我的忠诚。

---

① 全信原文为法文。

385. 致 A. П. 凯恩[①]

1835 年至 1836(?)年于彼得堡

(片段)

既然您什么都办不成,可爱的小妇人,那就得我来了——我也不是个漂亮的小伙子……我能向您建议的就是再找中间人……

① 全信原文为法文。

386. 致 П. А. 维亚泽姆斯基[①]

1835 年下半年至 1836 年于彼得堡

Араб 一词(没有阴性),居住或出生于阿拉伯地区的人均为阿拉伯人。商队遭沙漠地区阿拉伯人抢劫。

Арап,阴性为 арапка,一般称黑人或白人与黑人的混血儿。Дворцовые арапы,在宫内服役的黑人,黑奴。他带着三个衣饰华美的黑奴坐车出去了。

Арапник,源于波兰语 Herapnik(harap,猎人在夺猎犬口中猎物时的用语)。注意:harap 来自德文 Berab(往下,向下)。

---

① 普希金评《俄罗斯科学院词典》和普柳沙尔编的《百科词典》。арапник 的释义根据的是 Ф. 列弗的《俄法词典》。——原编者注

387. 致某君[①]

1835 年底至 1836 年于彼得堡

(草稿)

男爵：

多蒙盛情相邀，内人及其姊妹自当从命。

谨借此机会向阁下表达我的尊敬之意。

---

① 全信原文为法文。

388. 致 M. Л. 雅科夫列夫

1836(?)年于彼得堡

陷我于不幸者是斯米尔金，
这奸人，总是朝令夕改，
他说星期四，实际上
不知是将来何年何月。

明天下午两点我能拿到钱，晚上给你送去。

你的　亚·普

389. 致 A.塔迪弗·德·梅洛[1]

1836(?)年于彼得堡

阁下要我找出拙作之美，其实阁下已为拙作穿上了高贵的外衣[2]，有了这身外衣，这诗才真正成了仙子，于举手投足中她更现出仙子风范。多谢先生珍贵的包裹。

阁下是诗翁，教教青年人吧。在此双倍地祝福阁下。

亚·普希金

① 全信原文除个别语句为拉丁文外，均为法文。

② 指《高加索的俘虏》一诗由 A.塔迪弗·德·梅洛译成法文。——原编者注

390. 致 B.Φ.奥多耶夫斯基

1836 年 11 月底至 12 月于彼得堡

当然《济济公爵小姐》比《气仙》[①]更具有真实性,也更引人入胜。不过所惠赠之礼品均属上乘之作。岳父来信很冷淡,实在可有可无。不过其他方面倒有不少很好的东西。有个地方我打了个问号(?)——我看它令人费解。不过《气仙》也好,《小姐》也好,写完后一定要寄来。离了您,《现代人》要倒闭的。

亚·普

① 《气仙》和《济济公爵小姐》都是奥多耶夫斯基的中篇小说,普希金希望在《现代人》第 4 期刊载。——原编者注

391. 致B. Ф. 奥多耶夫斯基

1836年11月底至12月于彼得堡

沃尔科夫先生的文章①确实写得出色，道理通畅，构思巧妙，谁看过都觉得妙趣横生。不过我不敢刊登，因为政府全然不必干涉这位赫尔斯季涅尔的方案。俄国不会投资三百万做试验。修新路一事涉及个别一些人：让他们折腾去吧。能够许诺他们的不过是十二年或十五年的优先权。莫斯科到下诺夫哥罗德的（铁）路比莫斯科到彼得堡的路更需要（这是我的意见）。要是能从这条铁路开始修了，那就好了……

当然，我不反对修铁路，可是我反对政府经营铁路。对方案的某些反驳意见是无可辩解的，比如积雪，为此应发明新机器，无论如何是需要的。② 别指望派民工或雇人清除积雪，这是荒唐的。

沃尔科夫的文章写得生动、尖锐，把奥特列什科夫骂得很可笑。可是不应忘记反对修铁路的人中有许多是国务会议成员，文章的语气总之应很温和才是。这篇文章我希望单独印出来，或者登在别的杂志上。我们可以大段大段地摘录，再加些有益的说明和注释。

---

① 沃尔科夫的文章是反驳H. И. 塔拉先科-奥特列什科夫的小册子的，后者反对Ф. A. 冯·赫尔斯季涅尔在俄国修筑铁路的方案。沃尔科夫的文章《现代人》未刊用。——原编者注

② 原文为拉丁文。

我同意您的意见,文章前的题词沃尔科夫选得不当。[①] 彼得一世的话最合适,不过我只想到下边这句:问问德国人,他想不想……

① 题词是克雷洛夫的“要是鞋匠烙饼的话,那就倒霉了”一语。——原编者注

392. 致 П. А. 维亚泽姆斯基[①]

1836 年 12 月于彼得堡

你的信写得好极了,“亲爱的谢尔盖·谢苗诺维奇大人”与“呵”等,格式看来没什么意义,主要的是让文章得到批准,让文章更有影响。但是检查机关无论如何也不会放行的,乌瓦罗夫是绝不会鞭打自己的。这事扯上宾肯多夫既不理智也不恰当。怎么办?文章我看就让它保留原样,过一阵子把文章中能用的材料都抽出来用,就像谢格洛夫那篇未获批准的文章你用在《文学报》上那样。可惜你没有照沃耶伊科夫为波列沃依发明的方式[②]评论乌斯特里亚洛夫,要不然,那才叫绝呢!我正替你抄诗呢。

---

① 维亚泽姆斯基以致乌瓦罗夫信函的形式写的一篇文章(1879 年才发表),反驳历史学家 Н. Г. 乌斯特里亚洛夫,后者在学术论文中推翻卡拉姆津《俄罗斯国家史》的论点。维亚泽姆斯基在文章中把这一做法与教育大臣乌瓦罗夫推行的政策联系起来。——原编者注

② 沃耶伊科夫主办的《斯拉夫人》杂志《变色龙》专栏选登了波列沃依诸文中不当用语,贯以“准将太太编的花环”的标题——猛烈抨击波列沃依。——原编者注

393. 致 B. Φ. 奥多耶夫斯基

1836 年 12 月于彼得堡

老爷子，大人！要讲点良心，我跟利沃夫、奥奇金和他们的孩子们——均无往来。[①]《儿童杂志》我为什么去瞎掺和？人家本来就在说我返老还童了。还不是为了钱吗？唉，这绝非儿戏，这是正事。不过我们以后再谈吧。

① 利沃夫和奥奇金均是《儿童文库》出版人。普希金未参与该杂志的事务。——原编者注

394. 致 С. Л. 普希金[①]

1836 年 12 月底自彼得堡寄往莫斯科

已经很久没有听到您的消息了。维涅维季诺夫[②]告诉我，他发现您忧心忡忡、心绪不宁，还说您打算来彼得堡。是真的吗？我一定要去莫斯科一趟，无论如何我希望尽快见到您。新的一年又快到了——上帝保佑我们在新的一年比过去的一年更加幸福。不论我姐姐还是列夫，我都没有他们的任何消息。列夫也许作战远征去了，只有一点确定无疑——他既没死也没伤。他写的有关罗森将军的事毫无根据。列夫爱发牢骚，他的前任长官们对他不拘礼节，把他惯坏了。罗森将军从来不像他说的那样对待他像对待一条狗，可对待一位上尉则完全不同了。我们这里要举行婚礼了，我的大姨妹叶卡捷琳娜要嫁荷兰国王公使盖克伦男爵的侄子和养子。这是个很英俊善良的小伙子，衣着非常时髦，比未婚妻小四岁。[③] 为缝制嫁衣我妻子和她姐姐忙得不可开交，这事让她们开心极了。我却气得不行，因为我们家都成裁缝铺了。维涅维季诺夫呈递了库尔斯克省情况的报告，该呈文令皇上大为震惊，多方垂询维涅维季诺夫其人。他对某人

---

① 全信原文为法文。

② 指 A. B. 维涅维季诺夫，诗人 Д. B. 维涅维季诺夫之弟，曾被派往库尔斯克省检查国有资产。——原编者注

③ 叶卡捷琳娜·尼古拉耶芙娜·冈察罗娃与丹特士 1837 年 1 月 10 日举行婚礼。——原编者注

说(我不记得是谁了):“我们要是碰到一块儿,请第一个把他介绍给我。”这可是个现成的升迁机遇呀。我收到佩休罗夫厨子的信,他提出要把徒弟带回去。我答复他说这件事我要等您老人家拿主意。您想留下他么?学徒有什么条件?我很忙,杂志和彼得一世[①]占去我许多时间,我今年的事办得相当不好,但愿明年会好些。再见,亲爱的父亲。我妻子和全家拥抱您。亲吻您的双手。问候姑母和她全家。

① 指撰写《彼得一世史》。

1837年

395. 致 B. Φ. 奥多耶夫斯基

1836 年 12 月至翌年 1 月初于彼得堡

兹寄上 12 月号。多谢大作,我立即拜读。请寄小说,小说!

396. 致 Н. И. 帕夫利谢夫

1837 年 1 月 5 日自彼得堡寄往华沙

（片段）

那就卖掉米哈伊洛夫斯克村吧。如果有人出个好价钱，对您更有利。我看是否有能力把它留下来。

397. 致Ф.А.斯科别利岑[①]

1837年1月8日于彼得堡

亲爱的费奥多尔·阿法纳西耶维奇，您能借给我或替我搞到三千卢布吗，借期为三个月？如果能够，那您就是我的大恩人了，就能把我从书商们的爪子下解救出来了，他们都以压榨我为快。

亚·普希金

1837年1月8日

① Ф.А.斯科别利岑（生于1781年），有钱的地主，赌徒。他并未替普希金弄到钱。

398. 致 A. И. 屠格涅夫

1837 年 1 月 16 日于彼得堡

现将您的信函[①]退回。应该抹去公文套话，也要少些真诚，删去某些心里话，因为不能铸成大错，等等。要增加的内容，尽量写清楚。我想给这些信函加上标题：某人或 A. И. 屠格涅夫著作，罗马和巴黎档案文献成果。文章非常引人入胜。

现奉上我给维亚泽姆斯基的诗：

难道是海洋，这古老的
凶犯，点燃了你的才气？……

1 月 16 日

---

① A. И. 屠格涅夫的书信体著作，未在《现代人》上刊出。——原编者注

399. 致A.O.伊希莫娃[①]

1837年1月25日于彼得堡

亚历山德拉·奥西波芙娜夫人：

几天前在下曾荣幸登门拜望，未能面见夫人，遗憾之至。原望与夫人相商要事，彼得·亚历山德罗维奇[②]要我相信夫人很愿意参与《现代人》出版事务。此前在下已欣然同意夫人的全部条件，亟待得到夫人鼎力相助：在下极想向俄国公众介绍巴里·柯恩沃尔[③]的作品。夫人能否将其戏剧评论翻译几篇？为此，谨将他的书随信奉上。

忠仆

亚·普希金

1837年1月25日

---

① A.O.伊希莫娃，即亚历山德拉·奥西波芙娜·伊希莫娃（1806—1881），俄国著名儿童文学作家，19世纪30年代从事翻译工作。——原编者注

② 指彼得·亚历山德罗维奇·普列特尼奥夫。——原编者注

③ 巴里·柯恩沃尔（1787—1874），英国诗人、剧作家，笔名普罗克特。

400. 致 Л. М. 阿雷莫娃

1833 年 3 月至 1837 年 1 月(26 日前)于彼得堡

柳鲍芙・玛特维耶芙娜夫人：

尤里耶夫先生要运走存放在夫人家中的半身铜像，[①]恭请夫人惠赐方便。

此致敬礼！

忠仆

亚历山大・普希金

① 普希金曾将叶卡捷琳娜二世半身铜像放在阿雷莫娃的哥哥家，他要把铜像卖给 В. Г. 尤里耶夫。——原编者注

401. 致 H. H. 卡拉迪金[①]

1836 年 12 月至 1837 年 1 月(26 日前)于彼得堡

尼古拉·尼古拉耶维奇先生:

不意先生来访,正逢我一个钱也没有,多有得罪——我赓即遍寻自己的债务人筹措欠款,一旦如愿,即刻去面见先生。

先生怎么了? 怎么才能见到先生? 务必要见!

您的　亚·普

① H. H. 卡拉迪金,赌徒,帝国办公厅官员尼古拉·米哈伊洛维奇·卡拉迪金之子。普希金欠他的债款在诗人逝世后由监护人偿还。——原编者注

402. 致某君[①]

1836 年 12 月至 1837(?)年 1 月(26 日前)于彼得堡(?)

我想对您提一个问题。但是这问题是否会白提呢?
幸而没有。

① 全信原文为法文。

403. 致Л.盖克伦[1]

1837年1月26日于彼得堡

男爵：

请允许我对不久前所发生的事件予以澄清。贵公子的行径，本人早有所知，因此不能漠然视之。我本想以旁观者自居，待必要时再进行干预。然而，一件在其他场合下本会使我极端不快的事使我摆脱了困境：我收到了几封匿名信。我认为时机已到，便利用了这一时机。想必您早已知道：我曾使贵公子扮演了一个甚为可悲的角色，当我妻子看到他的卑鄙和怯懦时，不禁啼笑皆非。他那种伟大而高尚的激情也许曾在我妻子心里引起过某种感情，现在由于蔑视和厌恶而烟消云散了。我必须承认，男爵，您本人扮演了很不体面的角色。您身为某国君王的代表，身为人父，却为您的儿子干着拉皮条的勾当。看来，他的行为（可惜十分拙劣）是在您的怂恿下进行的。正是在您的授意下，他才敢做出如此卑鄙的勾当，才敢写出如此下流的东西来。阁下所作所为，活像一个恬不知耻的老妇人，到处窥伺机会，向我妻子诉说您那私生子或所谓的义子的"爱情"；当他身染梅毒服药出不得家门时，阁下却谎称他相思成病、奄奄一息，您竟然絮絮叨叨：要我妻子还您的儿子。

---

① 全信原文为法文。此信是在第369封信的基础上写成的。盖克伦1月26日晨收到此信后，以丹特士的名义具衔向普希金提出决斗。——原编者注

男爵，您很清楚，在此种种不快之后，我不能容忍我的家属同你们父子再有任何交往。以此作为条件，我才同意不让这件丑闻张扬出去，免得阁下在您我两国宫廷之中名誉扫地，对此我有能力，也有这个打算。但愿我的妻子今后再不会听到您的“开导”。我绝不允许您的儿子在干出这种卑鄙勾当之后再敢跟我妻子交谈，更不允许他这个骗子和流氓对她散布流言蜚语，或者故作多情，假献殷勤。

因此，如果您想避免新的纠葛和丑闻，我要求阁下结束这一切阴谋，否则我决不善罢甘休。

谨此奉告！

您的卑微恭顺之仆

亚历山大·普希金

1837年1月26日

404. 致 A. И. 屠格涅夫[①]

1837 年 1 月 26 日于彼得堡

我脱不开身。等您到五点。

① 此信上屠格涅夫注有“普希金决斗前给我的最后一张便条”。——原编者注

405. 致 K. Φ. 托利[①]

1837 年 1 月 26 日于彼得堡

卡尔·费奥多罗维奇伯爵阁下：

华函拜收，不胜荣幸！该信将是阁下对在下赏识的珍贵的纪念品[②]。阁下对在下尝试创作第一部历史著作的关心，补偿了公众与批评家之流反应的冷漠。

阁下对早已被人忘却的米赫尔孙的评价[③]更令人欣喜不已。诽谤中伤掩盖了此人的功绩，人们不能不愤怒地看到，正是同龄人和长官们的无能和嫉妒使他遭受不幸。遗憾的是，阁下为这位功臣彻底昭雪的宏论在下未能载入拙著。不过，无论无知偏见多么顽固强烈，无论诋毁和诽谤多么顺耳中听，只需如阁下者一句话，它们统统都会烟消云散。《圣经》说：天才用一个观点就可揭示一个真理，而**真理比帝王更强大**。

忠仆

亚历山大·普希金

1837 年 1 月 26 日

---

① K. Φ. 托利（1777—1842），俄国伯爵，侍从将军，国务会议成员。——原编者注

② 托利致信普希金，感谢后者寄去《普加乔夫史》。——原编者注

③ 米赫尔孙（1740—1807），俄国骑兵上将，参加过 1756 年至 1763 年的七年战争、1768 年对波兰战争和 1768 年至 1774 年的俄土战争。因镇压 1773 年至 1775 年普加乔夫领导的农民起义而出名。

406. 致 O. 达尔沙克[1]

1837 年 1 月 27 日上午九时半至十时于彼得堡

子爵：

我决不允许彼得堡的好事之徒探听我的家事。因此我不同意决斗副手们进行任何交涉，我只把自己的副手带到决斗场。因为提出决斗、受侮辱的是盖克伦先生，所以只要他愿意，他就可以为我选择副手。我会预先接受这位副手，哪怕是他的仆人也罢。至于时间和地点，我完全听从他的安排。照我们俄国的习惯，这已足够了。子爵，请相信这是我最后的意见，有关此事我再无别的答复了。我只要是走出家门，那就是上决斗场。

请接受我的敬礼。

亚·普希金

1 月 27 日

---

① 全信原文为法文。此信是对达尔沙克(丹特士的决斗副手)1 月 26 日、27 日的信要求派副手商洽决斗条款的答复。普希金的决斗副手是皇村学校同学康斯坦丁·卡尔洛维奇·丹扎斯。——原编者注

407. 致 A. O. 伊希莫娃

1837 年 1 月 27 日于彼得堡

亚历山德拉·奥西波芙娜夫人：

今天我不能应夫人之邀过府拜访，遗憾之至。只好把巴里·柯恩沃尔的书让人送去。书的后边，夫人可以找出铅笔勾出的几个剧本①，请译出来——您应当有信心，一定会译好。今天我偶然翻开您的历史故事②，不禁读得爱不释手。就该这样写！

恭顺之仆

亚·普希金

1837 年 1 月 27 日③

---

① 剧本有《为宽容医治好的爱情》、《胜利的手段》、《畸形人温图奥特》、《鹰》和《路易·斯福查》，载《现代人》1837 年第 8 期。——原编者注

② 指《童话故事中的俄罗斯的历史》。——原编者注

③ 当天普希金同丹特士决斗。

附录一　有待考证的信函

1. 致Д.В.达维多夫

1834年至1836年寄往彼得堡(?)

先科夫斯基一样可以教你俄语,就像太监可以教授波将金一样。

附录二　呈文与供述

1. 致 A. X. 宾肯多夫

1831 年 7 月(不晚于 21 日)自皇村寄往彼得堡

皇帝陛下于微臣关怀备至，俨若慈父，微臣铭感五内。蒙恩如此，却碌碌无为，早已羞愧难当。卑职现时职衔(即皇村学校毕业时所获职衔[①])不幸却成卑职担任公职之障碍。自 1817 年至 1824 年，卑职一直编属于外交部，其间已错过两次晋升(即九等、八等文官)之机会，列位前任长官均忘却呈报。卑职不知能否得到应有待遇。

皇上圣意欲继续任用微臣这刀笔小吏，微臣自当效犬马之劳、鞠躬尽瘁。在俄国，期刊并非不同政党之代言者(我国没有政党)，故而政府也无须拥有自己的官方刊物；然而，普遍的意见是必须加以管理。卑职乐于着手编辑一份政治性、文学性杂志，即可以刊载政治性和国外消息之刊物。卑职或可将一批有才华的作家团结于该杂志周围，以此使那些依然冥顽不化、轻视启蒙，又是可用之才靠拢政府。

如能允准卑职在各种国立档案馆、图书馆从事历史研究，就更合卑职本人的职业与爱好。卑职不敢，也无心继世人永志不忘的卡拉姆津之后觊觎历史编纂学家之名衔，不过，有朝一日，定要实现自己编纂彼得大帝及其继承人直至彼得三世皇帝史之夙愿。

---

① 十等文官。

2. 致 A. X. 宾肯多夫[①]

1832 年 5 月 27 日前后于彼得堡

十年前，我国搞文学的只是极少数的爱好者。他们把文学看作是愉快而高雅的事业，并没把它当作糊口谋生的行当：读者甚少，书籍交易仅仅限于一些长篇小说的翻译，再不然就是翻印圆梦书和歌曲集。

随着当今皇上登极而出现的不幸局势，引起陛下对作家群的留意。陛下发现该阶层全然受制于变幻无常的命运和听命于恣意专横、为所欲为的检查机关。至今我国连一部规定文学作品所有权的法律都没有。

保护文学作品所有权和制定检查条例实属当朝一大善举。

于是文学有了生机，走上了常轨，即商业性的方向，如今已成为受立法保护的个人糊口谋生职业的一个组成部分。

所有各类文学作品中，期刊最能获利，内容越丰富多彩，就越容易销售。

政治性新闻能吸引更大数量的读者，因为政治性新闻人人都感兴趣。

由两位知名文学家出版的《北方蜜蜂》，因为拥有三千来个订户，自然对读者大众、进而对图书交易应该更具影响。

对一本新出版的图书，任何一位撰稿人都有权讲出自己的意见，怎么说都行，只要对自己有利。《北方蜜蜂》就享有这种权利，并且干得好；用法律要求撰稿人关照赏识，甚至公正无私、不偏不倚，是办不到的，也是不公正的。受到指摘的图书作者只好等待读者大众的裁决，或者在别的刊物上去讨公道，寻求保护。

然而，纯文学性刊物不会有三千订户，就连三百订户也未必能有，自然它们的呼声也就十分微弱。

如此一来，图书交易活动便落入《北方蜜蜂》出版者股掌之中，因而文学批评如同政治一样也为他们所垄断。

凡与《北方蜜蜂》出版者不睦的文学家，均要由此蒙受物质损失，他们的作

---

① 此为呈送宾肯多夫的正式信函，第 8 封信是草稿。

品没有一部卖得出去，因为刚在报纸广告中受到指摘的货物是没人会买的。

为建立文学活动中的平等，我们需要一家其力量可与《北方蜜蜂》匹敌的杂志，即可以刊登政治的和国外新闻的杂志。

政治性文章之倾向性则由政府，也理应由政府决定。在这一点上，卑职以服从政府和同检查官的决定保持一致为神圣义务，而且自己保证严密注意自己刊物的每一行文字。在这一方面出版者要有什么险恶用心，那是卑下的，也是轻率的。

3. 呈外交部

1833 年 8 月 11 日于彼得堡

呈外交部庶务会计司

奉侍从将军宾肯多夫伯爵大人旨意，四等文官莫尔德维诺夫[①]先生赐告，皇帝陛下降旨允准微臣前往喀山和奥伦堡两省休假四个月。在此恭请庶务会计司遵旨为卑职办理相应证件。四等文官莫尔德维诺夫先生之信函随信奉上。

外交部属下九等文官

亚历山大·普希金

1833 年 8 月 11 日

4. 在百科词典编辑名单上的签名

1834 年 3 月 16 日

若能不提及本人姓名、编辑部一切章程能为我知晓并不违我意，我即同意参加。

亚·普希金

---

① 莫尔德维诺夫，帝国第三厅长官。

5. 致И. М. 片科夫斯基

1834年11月20日自彼得堡寄往波尔金诺

我的奥西普·马特维耶维奇先生:

根据家父、五等文官谢尔盖·利沃维奇·普希金之委托书,我经管的家产有:尼日哥罗德省波尔金诺村的五百六十三个农奴,谢尔加切夫县基斯捷涅沃村的二百七十四个农奴,此外在该基斯捷涅沃村还有我个人名下的二百个农奴(俱据第八次人口调查)。鉴于我留居圣彼得堡,故授予先生支配经管上述家业之全权:如若发生与其相关之案件,所附之呈文、申明以及由我出具之各种文件,先生签署后即可递呈所有官衙以及官长,听取这些案件之摘录、摘要与判决,签署同意或不同意的意见,有权向上级官衙递交上诉状、同时支付上诉费用,保护农奴不受冤屈压迫以利劳作,按自己之判断解放农奴和发给合法身份证,并且依缴纳代役租之证件解放仆人。

同时,先生应注意按时足额指派、缴纳官方差役赋税,代役租农奴之租金须征收无缺,并发寄予我;如若出现不良行为与有害于领地之农奴与仆人,此类人等随时列为最近一次征兵对象,若其不能当兵,可另行发落,此情需预先知会于我。总之,请先生支配该庄园俨如我本人,收入寄发予我,先生努力增加收入,改善领地状况,我唯先生是托,日后绝无异词。

皇帝陛下之低级侍从、九等文官
亚历山大·谢尔盖耶维奇·普希金
1834年11月20日

此委托书由白俄罗斯贵族奥西普·马特维耶维奇·片科夫斯基收存。

6. 致书刊检查总署

1835年8月28日于彼得堡

卑职现遇难决之事,特恭求书刊检查委员会裁夺。

1826年，皇帝陛下于卑职赐有恩旨，陛下乐意屈尊作微臣之检查官。恭奉此旨，自彼伊始，凡卑职所发作品均由第三厅某位官长签署“政府允许”意见后退还本人。以这种方式发表有：长篇叙事诗《茨冈人》(1827)，长篇诗体小说《叶甫盖尼·奥涅金》第四章、第五章、第六章、第七章、第八章(1827，1828，1831，1833)，《波尔塔瓦》(1829)，《小诗》第二部、第三部，叙事诗《鲁斯兰与柳德米拉》修订第二版(1828)，《努林伯爵》(1828)，《普加乔夫叛乱史》等。

而今，值此自莎士比亚作品译成之《安哲鲁》修订第二版出版之际(原为书商斯米尔金不严肃地、随心所欲地变动后出版)，圣彼得堡学区督学先生口头对卑职宣称，他再也不能允许卑职出版自己的作品了，即再也不允卑职像此前这些作品那样经陛下私人办公厅官长签署就可出版了。其间也不见有任何新的指示，如此一来，皇帝陛下亲自恩赐微臣出版自己作品之权便被剥夺了。

在过去的五个月，陛下将微臣的作品①赐还微臣，除了陛下亲手画出之处外均准许出版。卑职不可为签署一事再求陛下私人办公厅，无奈中敢问委员会：不知委员会规定何种方式准许卑职手稿发排付印？

九等文官

亚历山大·普希金

1835年8月28日

7. 致看守所

1836年4月4日于彼得堡

答复

顷接警察总监下达圣彼得堡税务局之命令，谓我需偿还所欠一万卢布及其利息，我荣幸地声明：

奉财政部长先生之最新命令：延期并分几次偿还此款。

---

① 指《普加乔夫史》。——原编者注

特此奉告。

亚历山大·普希金
1836年4月4日
于圣彼得堡

8. 致彼得堡书刊检查委员会

1836年9月5日于彼得堡

《亚历山大·拉季舍夫》一文作者诚惶诚恐请求委员会将此不准刊载于刊物之文归还作者。

亚历山大·普希金
1836年9月5日

附录三　信函草稿摘选

165. 摘自致 A. X. 宾肯多夫信之草稿[①]

1833 年 12 月 6 日

（片段）

我抛弃了虚构，完成了《普加乔夫叛乱史》……我不知能否将它出版，但至少说，我是凭着良心履行了一个历史学家的职责：我尽心竭力地寻求过真理，并且光明正大地对它进行了叙述，力求既不迎合权势，也不投合时好。

305. 摘自致 H. Γ. 列普宁信之草稿[②]

1836 年 2 月 5 日

（一稿）

据说列普宁公爵竟然恶语伤人。受辱者恳求列普宁公爵俯允不再干预与自己丝毫无涉之事。提出此请并非出自惧怕，或者出自谨慎之心理，仅仅是出于受辱者对列普宁公爵所怀之善意和真诚，个中因由公爵自明。

---

① 编号是指与定稿相应的编号，请与定稿（即第 165 封信）比较。

② 全信原文为法文。

361. 摘自致П. Я. 恰阿达耶夫信之草稿[1]

1836 年 10 月 19 日

彼得大帝颁布《官级表》制伏了贵族,宗教界则废除了总主教制(注意:拿破仑对亚历山大一世说过:您便是自己的牧师;这绝非蠢话)。不过,进行革命是一回事,巩固革命成果则又是另一回事。彼得大帝的革命我们继续进行到叶卡捷琳娜二世,却没有巩固这场革命。叶卡捷琳娜二世还惧怕贵族;亚历山大本人是个雅各宾党人。自……以来,消灭贵族已进行了一百四十年;当今皇上第一次筑起了防范比美国的民主制更坏的民主制的洪水之堤坝(尽管还很单薄)(您读过托克维尔的书[2]吗?)。读过他的书后所产生的强烈印象还在影响着我,这本书把我给吓坏了。

至于宗教界,它置身于社会之外,僧侣们还蓄着胡子。到处都看不见僧侣,无论是在我们的客厅,还是在文学中……他们不属于良好的社会,他们不想成为百姓。我们的历代皇上认为,让他们留在原来发现他们的地方为好。的确,阉人们只有权力欲,所以人人都怕他们。我就知道有那么一个人,尽管他对一切都很固执顽强,在困境中他却对他们卑躬屈膝了——当时这使我非常恼火。

幸而宗教与我们的思想和我们的习惯格格不入,不过,不该谈这个。

看来,您的小册子引起了很大反响。我在自己所处的社会圈子里是避而不谈这本小册子的。

您说的和本该说的,就是当代社会真蠢得可鄙;它没有社会舆论,对正义、权利和真理应尽的一切义务的冷漠;对可有可无的一切无动于衷。这是对人类思想和尊严无耻的蔑视。应当补充的是(不是作为让步,而是说出真理),在俄国,政府仍然是唯一的欧洲人。无论它是多么粗鲁和无耻,依附于这个政府,还要糟糕一百倍。然而,对此人人都没予以丝毫的注意。

---

① 全信原文为法文。

② 可能指法国政治学家托尔维克(1805—1859)的名著《美国的民主》。

附录四　呈文与供述草稿摘选

1. 摘自致 A. X. 宾肯多夫报告之草稿①

1831 年 7 月（不晚于 21 日）

现在，正当正义的愤怒和旧有的、长期被忌妒刺激的民族敌视，使我们同仇敌忾一致反对波兰暴乱分子时，心怀不满的欧洲乘机攻击俄国，他们用的不是枪炮，而是每日疯狂的诽谤。各国立宪政府希望和平，而受报刊鼓动的年青一代却要求战争……请他们让我们俄国作家来反驳外国报刊既无耻又无知的攻击吧。要是上帝赐予和平，陛下就有时间治理太平国家，政府也不难从中吸取种种教益，因为俄国完全仰赖皇上；祖国的真正朋友都祈望皇上万寿无疆。

计划初稿

1831(?)年 3 月底至 5 月上半月于莫斯科(?)

何谓欧洲杂志

何谓俄国杂志

现今的俄国杂志

俄国杂志可以办成什么样

政治部分：

对外政策

① 此处的编号 1 与《呈文与供述》定稿部分的编号相应。

事件
政治论争

对政府意见的预先说明：
内政意见
事件、政令

政府对策：
注意政府提供的资料
函件

文学：
外国文学——选登杂志上的好文章；外国书籍评论
国内文学；历史资料
现代文学

索引

广告

参考资料，大臣令
我的杂志提供给政府——作为它影响舆论的手段
官方文告

图书在版编目(CIP)数据

普希金全集. 9,书信 / (俄罗斯)普希金著;沈念驹,吴笛主编;吕宗兴,王三隆译. —杭州:浙江文艺出版社,2020.4

ISBN 978-7-5339-5982-1

Ⅰ. ①普… Ⅱ. ①普… ②沈… ③吴… ④吕… ⑤王… Ⅲ. ①俄罗斯文学—近代文学—作品综合集②书信集—俄罗斯—近代 Ⅳ. ①I512.14

中国版本图书馆CIP数据核字(2019)第288267号

策划统筹 王晓乐　　**责任校对** 杨爱英
责任编辑 周　佳　　**责任印制** 吴春娟
装帧设计 梁　珊　吕翡翠

普希金全集9 · 书信
[俄]普希金 著　吕宗兴 王三隆 译
沈念驹 吴笛 主编

出版 浙江文艺出版社
地址 杭州市体育场路347号
邮编 310006
网址 www.zjwycbs.cn
经销 浙江省新华书店集团有限公司
制版 浙江新华图文制作有限公司
印刷 浙江新华数码印务有限公司
开本 880毫米×1230毫米 1/32
字数 470千字
印张 18.125
插页 7
版次 2020年4月第1版
印次 2020年4月第1次印刷
书号 ISBN 978-7-5339-5982-1
定价 **98.00**元(精)